作者简介

  海男，原名苏丽华，出生于二十世纪六十年代，中国当代著名作家，中国女性先锋作家代表人之一，现为云南师范大学特聘教授。主要作品包括跨文本写作《男人传》《女人传》《身体传》《爱情传》等，长篇小说《花纹》《夜生活》《马帮城》《私生活》等，散文集《空中花园》《屏风中的声音》《我的魔法之旅》《请男人干杯》等，诗歌集《唇色》《虚构的玫瑰》《是什么在背后》等。

海男近照

坦言

海 男

由于她的身体像这一般无法解开，里面的血液、头发、指甲、牙齿构成的故事让我感到惊奇；由于她的基础想象她的生活方式，她的私人生活使本这无法叙述清楚；由于我看见她的时候她似乎已经无去又似乎活着，所以，我选择了四种虚构的方式叙述了模特征丽的故事。

——序

甲部
——对一个女人的叙述方式之一

她就是名模征丽。她就是许许多多男人在魔洛和带有诗意的幻觉中想象的那个漂亮女人。她就是许许多多女人羡慕、忌妒、限仿她的微笑，衣着、口红的颜色。典型塑造悲凉的姿势的那个女人。我坐在那三排，从近距可以回顾这二十一岁的名模。实际上，为了找到一张灯照，我托了许多朋友，后从从我女友交舒露的包里意外地发现了这进入场界。然而，我那一眼看到的岸不是她的身材时装，更不是她的微笑……

当灯光师另一束灯光打在她的面庞上时，我看到了征丽的眼睛，只是一刻那，那束束光生形一时刻短危了征丽的眼睛，她的眼睛正在凝离这面部，人群，她的那双眼睛有一种魔力正在闪电般的音乐声中热激，灯光师手下的灯迫奔在她的身体的线条中闪闪。一个名横的身体我无想象到图会有多少诱惑的东西，我刚进入二十岁，许多诱惑，比如，来自女人求领征丽私地的请求对于我来说已经失去了神秘的色彩，我既在愚兴趣的是我必征从名模征丽身上我到那种独特的东西，那才灯师虽然想想打了她的魅丽。但是一眨眼，那双眼睛发无近记得了，我变得体身中场地的观众看到了到些在吸看名模征征倒身上的那些时候，我竟是在欣赏她的美征身体的某些瞬间，只有我一个人在征瑚坊场时看到了她的眼睛。除此之外我什么也没有看到。

《坦言》首发于《花城》杂志 1997 年第 5 期

作家出版社版（1998 年）

长江文艺出版社版（2001 年）

《花城》首发　纪念珍藏版

坦言

海 男 著

SPM

南方出版传媒

花 城 出 版 社

中国·广州

图书在版编目（ＣＩＰ）数据

坦言 / 海男著. -- 广州：花城出版社，2019.8
（《花城》首发）
ISBN 978-7-5360-8962-4

Ⅰ．①坦… Ⅱ．①海… Ⅲ．①长篇小说－中国－当代
Ⅳ．①I247.5

中国版本图书馆CIP数据核字 (2019) 第147042号

出 版 人：肖延兵
策划编辑：林宋瑜
责任编辑：揭莉琳　林　菁　刘玮婷　罗敏月
技术编辑：凌春梅
装帧设计：刘红刚
封面绘画：海　男

书　　名	坦言	
	TANYAN	
出版发行	花城出版社	
	（广州市环市东路水荫路 11 号）	
经　　销	全国新华书店	
印　　刷	恒美印务（广州）有限公司	
	（广州南沙经济技术开发区环市大道南路 334 号）	
开　　本	880 毫米 ×1230 毫米　32 开	
印　　张	11.125　6 插页	
字　　数	230,000 字	
版　　次	2019 年 8 月第 1 版　2019 年 8 月第 1 次印刷	
定　　价	56.00 元	

如发现印装质量问题，请直接与印刷厂联系调换。
购书热线：020－37604658　37602954
花城出版社网站：http://www.fcph.com.cn

目　录
Contents

序

　　由于她的身体像谜一般无法解开，里面的血液、头发、指甲、线条构成的故事让我感到惊奇；由于她的美貌禁锢着她的生活方式，她的私人生活便永远无法叙述清楚；由于我看见她的时候她似乎已经死去又似乎活着，所以，我选择了四种虚构方式叙述了模特征丽的故事。

甲部
—— 对一个女人的叙述方式之一

1

　　她就是名模征丽，她就是许许多多男人在激动和带有诗意的幻觉中想象的那个漂亮女人，她就是被许许多多女人羡慕、嫉妒，但又极力模仿她，模仿她的微笑、衣着、口红的颜色、发型和走路姿势的那个女人。

　　我坐在第三排，从正面可以目睹这位二十一岁的名模，实际上，为了找到一张好票，我托了许多朋友。最后，从我女友文舒菌的包里意外地发现了这张入场券。然而，我第一眼看到的并不是她的身材和时装，更不是她的脸蛋，当灯光师将一束灯光打在她的面庞上时，我看到了征丽的眼睛，只是一刹那，那束柔光在那一刻照亮了征丽的眼睛。她的眼睛正在脱离体育馆、人群，她的那双眼睛有一种魔力正在闪电般的音乐声中释放，灯光师手下的灯后来在她的身体线条中闪烁。一个名模的身体我无法想象到底会有多少诱惑的东西，我刚进入三十岁，许多诱惑，比如，来自女人衣领处和私处的诱惑对我来说已经失去了神秘的色彩。我现在感兴趣的是，我必须从名模征丽身上找到那种独特的东西。刚才灯光师虽然照亮了她的眼睛，但是一眨眼，那双眼睛就无法看清楚了。我觉得体育场里的观赏者们要么是在观看名模征丽身上的那些时装，要么是在欣赏她的腿和身体的某些局部。只有我一个人在征丽出场时看到了她的眼睛，除此之外我什么也没有看到。

她给我带来的是一团粉红色，此刻的征丽不知她是裹在粉红色中，还是粉红色正紧裹着她的身体。看到那团粉红色，我便有了一个最为大胆的念头——我要去认识这个女人。这个念头随同人们的欢呼声升起在体育场大厅时，时装晚会已经结束了。征丽身穿粉红色扇面的衣服正在缓慢地合拢，而体育场里的观众们正聚精会神地目送着粉红色的扇面，那是这些欢呼雀跃的人生活中梦想的一部分。我抬起头，看到一位中年男子一边往外走，一边看着时装舞台，他的眼里涌满了缤纷的色彩，那些象牙色的、紫红色的、墨绿色的色彩。那些停泊在舞台上的色彩使一个四十多岁的中年男人感觉到了什么。一位坐在我身边的女孩，她大约是一个大学一年级的学生，刚才兴奋时双肘不住地抬起来又放下去，看得出来她是真心实意地喜欢舞台上的那些漂亮女人，她沉浸在闪烁着颜色、乐曲，鲜艳夺目或柔和悦目的名模们的神秘世界里。

走到体育馆外面的草坪上时，我有一种想立即见到征丽的欲望，我想她总会从体育馆里出来的，她一定会出来。但是那天下午，我并没有见到征丽，她也许在我之前就已经出来了。我见到了另外的一些模特，她们穿过体育场的水泥地，相互簇拥着正消失在已经升起的晚霞之中。没有再次见到征丽，我有些遗憾。我独自一人走到体育场门口，在晚霞之中我看到了文舒菌，我想她站在体育馆门口的唯一目的就是在等我。她几乎是在丝丝缕缕的晚霞之中向我靠近的，她问我你看到征丽了吧，我点点头。她紧挽着我的手臂又问道："怎么样，征丽是不是很漂亮？"她显然需要我肯定她的结论，但是我指着街对面的那家和平酒吧对文舒菌说："我有些饿，那家酒吧里的西餐很合我的口味。"

街道上的晚霞中就像飘动着薄薄的湿雾，使我无法看清文舒菌今天的面孔。她总是在我无法适应一件事情的时候准确无误地出现在我身边，比如，今天当我从时装舞台中回到现实，文舒菌就会在体育馆的门口等到我，她似乎早就有一种预感，我会被这场时装表演弄得心神不定，而且她深信我的目光中已经触到了一种磁场，所以她便在晚霞中挽住了我的手臂，对我说："商仪，哦，我也肚子饿了。"文舒菌的声音中有一种含义，那就是她肚子饿，这样，进入和平酒吧就充满了一种和谐的意义。所以，文舒菌是一个聪明的女人，对她这种聪明我似乎已经了如指掌。

我们来到和平酒吧刚坐下不久，我就看到了文舒菌正惊愕地盯着门口，接着她靠近我轻声说："征丽与一个男的进来了。"她刚说完，我就看到了征丽，她已经和那男的来到了我对面的酒吧桌前坐下来。征丽的面孔侧对着我，那男的也同样侧对着我。

从旁边的酒吧桌前传来了笑声，那是征丽的笑声，那声音里有着我无法把握的东西，它使我又幻想出征丽出现在舞台上时我从她眼神中看到的另一种东西。我知道从我看到那种东西的那一刻开始，我就想接近征丽，而我接近她的第一步就是在那块草坪上等待。我现在思忖，如果那一刻征丽出来了，我会不会走上前去跟她说话？

文舒菌伸过手来触到了我的手背，她说："我们走吧，商仪。"我知道她为什么急于离开此地，她要尽快避开征丽的面庞，最为重要的是，她要让我的目光得到转移。于是，我顺从于文舒菌已经拉住我的那只手臂，当我们站起来时，在那一刹那我又看了一眼征丽，我的目光是短促的，但我看到了征丽正在聚精会神地听那个人说话，她一定已经着迷了。文舒菌一如既往地已经挽住了我的手臂，这种动作像在宣布我们的私人关系，然而，我们到底是什么关系？所以，到目前为止我们之间并没有确定为一种明确的关系。我知道文舒菌坚持要将我的视线从酒吧中拉出去，到了街上，她贴近我后轻声说："商仪，征丽跟那个男的在一起，他可能是征丽的男朋友……"我拍了拍文舒菌的手背，压低声音说道："文舒菌，别烦我。"我们许久都不再说话，但她已经敏感地察觉到是征丽使我变得心不在焉，而文舒菌显然在追究那张入场券，因为这一切都是从那张入场券开始的。

我承认自己也在滋生着幻想，我的幻想使我因为得到了一张入场券而达到了平衡。我原来认为得到了那张入场券，我的幻想就可以找到一座舞台，而当我看到征丽时我的幻想就会付诸实现，而之后我就会忘掉那个幻想。然而，当我们坐在酒吧中与征丽相遇时，我再一次感受到了自己内心那种无法克制的幻想。这种幻想显然已经使文舒菌担忧，我想，如果当初文舒菌没有把那张入场券给我，如果我看不到名模征丽，那么，我的幻想将永远是一种苍白的幻想；那么当我与文舒菌走到街道中潮湿的夜色里时，我会像以往一样精神饱满地与她走过一条又一条街道。我盯着城市中心的广告牌，我说我要逐渐将这些腐烂的广告牌上的广告语和画面来一次彻底的改头换面。文舒菌就说你完全有希望，我说我只是需要时间，我要找到一种广告的世界。于是我就把文舒菌带到我的画室兼工作室中，那天晚上我说了许多话。那天晚上她就住在了我的卧室，而我睡在画室，半夜时我来到她身旁，房间是那么黑，我小心地说："如果你不愿意，我还是去那边……"文舒菌在黑暗中说她愿意。于是，我迎着黑暗走过去。当时我还留着一头画家的长发，我慢慢地亲近着她，我感觉到她的皮肤非常细腻。

　　就是从那天晚上开始她就成了我的女友，她占据着我的空间，每星期的两个夜晚我们总是待在一起，我也同样占据了她生活的空间，在很长的一段时间她似乎已经不能离开我。文舒菌告诉我今天晚上得回去，她的母亲这几天身体不舒服，而父亲又出差了，所以她要回去看母亲。我没有留她，我把她送到楼下，像往常一样拥抱她。

把文舒菌送走后重新回到楼上，我接到法国香水商迈林的电话，他要我到饭店去谈谈代理香水广告的问题。半个多月前我认识了迈林，他看过我的一些广告制作，暗示过让我做香水广告的事。不过，那时候我并没有信心，香水是妇女们使用的东西，每当嗅到法国香水我就会产生一种眩晕的感觉。我早年的女友菲菲身上总是飘着一种香气，那就是法国香水。我仍记得她身上的法国香水味总是在我们之间弥散，每当我们开始拥抱时，香水便不可避免地成为一种气味，影响着我的热烈，也许是那种浓郁的香水味更会让我眩晕。但是，菲菲过了不多久就嫁给了另一个男人，她的理由是我并不像她想象中那样爱她。我不知道这是不是与那种气味有关系，因为每当我想拥抱她时，那种气味就扑面而来，在来自法国巴黎的香水味道里，有一种与过去与现实之间十分背离的东西，所以，每当我想拥抱她时，一嗅到那香水味，我的激情就会慢慢地丧失。

事隔多年以后我却萌生了一种香水广告创意，而这种创意来源于今天下午的开幕式，也就是说当我看到征丽的那一刻，这种广告创意就慢慢地产生了。征丽身上散发出来的那种魔力到底会不会同样释放到广告中去，这我还不能全面把握，但是这个年轻漂亮的女人的存在却必然地使我看到了一种新型广告的灿烂前景。

一群又一群年仅十七八岁的少女们巡行在街上，她们是一群夜色中游动的颜色。她们身穿着时装短裙，即使在夜色中也会看到她们嘴唇上过分艳丽的口红，正在破坏着她们已有的青春期；即使在夜色中也会看到她们嘴唇上那些不屑一顾的微笑，就像吹进松散的薄毛衣中的微风。我曾经在一个特殊的时期喜欢过这些少女，那是一些颓丧的日子，在我的故乡 G 城，我曾经与菲菲在一起，那时我抵抗着画布上的沮丧，少女菲菲伴随我度过了最为颓丧的日子后，我们相继离开了 G 城，那年我才二十二岁。

有人在叫我，声音是从一家鞋店发出来的，我转过头时看见了白丛斌，他正站在鞋柜前，透过鞋店的玻璃窗他竟然看见了我。白丛斌是一个古怪的画家，他一直对我搞广告感到费解。他来到门口看着我，他告诉我他的鞋坏了，是突然坏的，而且鞋底快断了，这并不是一个好兆头。我说这有什么，他说要出事。白丛斌是一个职业画家，他从前是保险公司的宣传员，但他在一夜之间就辞了职，而且没跟任何朋友商量，就将一份辞职申请书递给了单位，半个多月后他成了一名职业画家，并且搬出了保险公司的两室一厅的住房。那时，随同职业的改换，与白丛斌谈恋爱的一名漂亮的女护士用最快的时间与他断绝了恋爱关系。

白丛斌说："如果你现在有空的话，我想请你去喝酒，我要给你讲讲我的故事。"白丛斌望着街对面的那家发廊，又一次重复道："商仪，我真的想找一个人讲讲我的故事，今天碰到你是一种缘分。"我说："白丛斌，我跟一个人约好了时间，我得去见那个人。"白丛斌说："那就这样吧，我回去等你，你谈完事到我租住的房间里来，我一定准备好酒和吃的东西，我要给你讲讲一个女人，我想我也许真的要失恋了。"

我唯一想到的女人就是名模征丽。

迈林并不知道因为有了这个女人的存在我才决定做香水广告的代理人。从今天晚上开始那个梦想便进入了我的生活，我与迈林签订了三年的合同。三年时间内我将是一名香水广告人。我想，假如没有那张入场券——我就不会接受这场长达三年时间的签约，因为有一个女人的存在，我看到了一场不能被忽视的赌局——我将把名模征丽带到法国香水的香气之中去。从某种意义上讲，是她的身体中那些无法看到的神秘使香水所蕴含的奥妙得到了传播。告别了迈林，我并没有忘记白丛斌的邀请，而这时候已经是夜里一点了。从酒店出来，沿着笔直的砖墙走着，我有些兴奋。虽然我还没有认识征丽，但想起了走在她身边的男友，他是那样幸运。

白丛斌的租住屋隐匿在市博物馆的后面，我在白丛斌从保险公司辞职后曾经去过一次。那是一套一室一厅的房屋，白丛斌说这套房子是一对退休的老人租给他的。在我记忆中那套房屋的光线非常暗淡，对画家来说这是最为挑剔的，因为光线会影响一个画家的视觉效果。然而，白丛斌说他目前的绘画已进入想象的境界，光线从来不会影响他绘画，更不会影响他的视觉、嗅觉和味觉。我在他居住的那幢楼前巡视了一圈后才回忆起白丛斌住在四楼，也就是这幢楼的顶楼。抬起头来，我看到了从白丛斌住的那套房子里发出的灯光，那是台灯射出的光线。想到白丛斌正在屋子里走来走去，桌上放满了酒，那些燃烧的酒精可以将白丛斌经历的故事化为灰烬。

敲开门，白丛斌像是站在一团暗红色的光影之中，仔细看过去，原来是一幅画，那是一幅肖像画。白丛斌看着我，他的眼里似乎一直弥漫着那幅画的全部色彩，我走过去，屋子里仅挂着一幅画，也就是那幅油画肖像。画上的女人似乎很眼熟，我回忆着，回忆的碎片在过去与现实之间缭绕，最后我的目光停留在那双眼睛里。我突然想起了征丽，只有她有一双这样的眼睛，除此之外，我从未看到过这样一双眼睛。

然而，令我困惑的是白丛斌的画面上怎么会出现征丽的肖像画。传来了敲门声，白丛斌在敲门声中思忖了片刻才走过去开门，站在门口的人竟然是征丽。她走进屋来时，无论是我还是白丛斌都仿佛被电击了一样呆滞地看着她，她对白丛斌说："我是来取走我的肖像画的。"她一边说着一边走到镜框前，白丛斌走过去帮她将那幅画取了下来。整个过程是那样简单，白丛斌将画框放在征丽的手中时，他显得局促不安，嘴里想表达什么，但始终没有能够表达出来。征丽将画框微微地向上抬了抬，她说："白丛斌，我该走了，很晚了。"白丛斌挡住征丽说："有些事我可能没跟你说清楚，我想问一问，你今后还会来吗？"征丽已经面对着门，她听白丛斌将话说完以后平静地说："我只希望我们是朋友。"征丽说完后就自己拉开了门，我只看见一个暗影从楼道上走过去后就不见了。白丛斌来到门口，看着空寂的楼梯，很久之后他才转过身来对我说："你看见了吧，我跟征丽的关系就这样完了。她的肖像画刚画完，我俩的关系就这样结束了。"白丛斌走进屋来砰地将门关上，声音很重，震荡着墙缝里的石灰粒。

听白丛斌叙述他与征丽的这段历史时，我坐在他画架的旁边，一瓶已经稀释的油画颜料的气味直冲鼻子扑来，我一直还沉浸在征丽敲开门走进白丛斌房间的那一瞬间。也许是太突然了，我根本没有想到白丛斌简陋的屋子里会走进来征丽，她进屋的一刹那，我感到我的神经在隐隐作痛，后来她取走了墙上的那幅画后我仍然回不过神来。征丽简直来得太突然了，她把我的整个思维全部搅乱，而且她竟然会出现在白丛斌的屋子里，而且那么自然地就取走了墙壁上的那幅她自己的肖像画。

白丛斌的叙述充满这间弥漫着油画颜料的简陋画室中，他坐在墙壁下的那张沙发上，那是一张旧沙发，里面的海绵都已经冒出来了。然而，此时此刻白丛斌坐在那张旧沙发上，就像占据着一个属于他自己的空间，他的声音已经开始脱离画屋中扑面而来的气味以及旧家具的历史。白丛斌讲述了他认识征丽的全过程，其实，这只是一段陈旧的浪漫故事。当我听完之后，有些相信，有些疑惑，白丛斌是在虚构他与征丽邂逅的过程呢，还是果真发生了？他站在一片小树林中画远处的池塘时，仿佛发生的事已经近在眼前。就在那片小树林，画家白丛斌认识了征丽，但是在整个叙述过程中，白丛斌从未介绍过征丽的身份，在整个叙述过程中，征丽只是白丛斌看到的一个漂亮女人而已。而且他与她认识后，征丽就来到了白丛斌的画室，她来画室是让白丛斌为她画肖像。然而，在这个过程中白丛斌爱上了征丽，在整个叙述过程中白丛斌叙述的只是自己对征丽的爱恋，他没有叙述征丽的感情。

也许这是他的习惯，一种谦逊的陶醉于自我情感中的习惯而已。另一种可能性也存在着，那就是征丽并没有进入白丛斌的情感中，她只是作为一个肖像模特坐在他面前，然而，也就是在这段作画的时间里，画家白丛斌把名模征丽当作了自己的恋人。他也许向征丽表达过自己的感情，所以，征丽临走时才告诉他以后可以做朋友。有一点白丛斌一直没有在叙述中提到过，那就是他根本不知道坐在他面前让他画肖像画的这个女人就是名模征丽。这一点我很清楚，白丛斌的生活很单一，几乎与外界不来往，偶尔看看电视和大众杂志，他的世界只有画室里的色彩。不管怎样，他的叙述慢慢地完成了，这就是白丛斌的失恋和爱情故事。

从白丛斌的叙述中我看到了另一个征丽，比如，星期天她总是来到白丛斌的画室中，身体倚靠在椅背上，她望着那扇窗，在两小时内可以沉静地坐着。比如，她是一个善良的女人，每次来都要给画家白丛斌带一些食品和水果。

故事讲完之后白丛斌就开始喝酒，那天晚上他醉了，而我并没有醉。天快亮时我帮白丛斌接了一个电话，听声音好像是征丽，只有她的声音是湿润的，说她要找白丛斌，我说白丛斌醉了，她迟疑了一下，把电话放下了。我离开画家白丛斌的画室时携带着他讲述的那个爱情故事，还有一个收获就是从他这里牢记了名模征丽家的电话号码：650041。

走出画家白丛斌租住的那幢楼，清新的空气从博物馆的后墙中吹来。那天早晨，当我走在城市的人行道上时，不知道为什么有一种已经找到征丽的感觉，就是因为那个号码，我找到了与征丽联络的方式。这种现代方式的好处在于可以在极短的时间里让我听到征丽的声音。有一点在那一刻我必须申明，我这样千方百计地寻找征丽，在那个时刻里更多的是为了香水广告，因为有了征丽的存在我才签下了三年的合同书，而如果没有征丽，也就是说如果在这之前我没有看到征丽，那份合同书也许并不会在昨天晚上那么快地被签订。所以，我的激动是因为我是一个广告人的激动，与私人欲望的联系并不很大，而且我此时此刻的激动与征丽家里的电话号码有直接的关系，但那串号码只是可以提供我与名模征丽联络的方式，它并不是一个男人对一个漂亮女人的关于性的想象力。所以，这就是我当时告诉世人的秘密，这就是一个三十多岁的男人与一个女人之间的联系。

2

然而，那天上午我并没有去给征丽打电话，我去了和平酒吧，也许是我缺少勇气，总之，我就这样穿过一条又一条马路走进了酒吧。刚坐下，酒吧小姐来到我桌前问我需要喝点什么时，她发现了旁边桌上的一个包，酒吧小姐对另一位小姐说："哟，刚才那个长得漂亮的女人将包留在桌上忘记带走了。"另一名小姐说："她刚坐下，那男的就来把她叫走了。"我瞥了一眼桌上的那只包，觉得似乎很熟悉，在片刻之间我突然回忆起来这只包曾经在画家白丛斌的画室中闪现过，就是说这只包是征丽的包：一只可以装一本书的黑色皮包。

我对酒吧小姐说："我认识包的女主人，那只包就由我转交给她吧。"酒吧小姐看了我一眼说："那你负责转交包的话必须留下你的电话号码及姓名。"于是，我就在酒吧小姐递来的一张纸上写下了我的电话、住址、姓名。酒吧小姐就把那只包交给了我。我的手接触到那只包时感到意外又欣喜，这似乎是一种水火相容的联系，又似乎是一种来自肌肤的亲密关系。我将那只包搁在桌前，喝了一杯葡萄酒之后告诉自己，机会来了，这无疑是上帝的精心安排，有了这只包我就不用自己去找征丽，她很快就会意识到自己的包已经不翼而飞，女人们大都习惯用单薄而美丽的肩承受一只包的重量，她很快就会感觉到自己肩头的那只包已经不在身上了。所以，我必须尽快赶回家去，我要让征丽自己找到和平酒吧，然后从酒吧小姐那里知道我的电话号码和住址，然后站在我家门口敲门。

事情的经过就是这样，我现在闭上双眼就可以想象出征丽问我那只包的情景，我将把她引到我屋里，然后她就会嗅到我工作室里陈列的几十瓶巴黎香水的味道，女人对气味总是很敏感，在她呼吸时，我就会将她引到工作室里去。就这样我在这种冥想中抽身走出了和平酒吧，酒吧小姐在我临出门时嘱咐了一句："麻烦你一定要将那只包转交给那女人。"我把那只包放在桌上，在等待的这段日子里，时间过得非常慢。于是，我便重新将那只包拿起来，这次我感到这只包很沉，不像一般的包，我用手摸了摸，里面似乎有一本书。我对里面的书感到好奇，想看看征丽到底在看什么样的书。拉开拉链后，我看到了里面的一本笔记本，我犹豫了一下，那本崭新的笔记本对我产生了极大的诱惑，于是我将笔记本取了出来。这是一本刚开始记录的日记，等意识到我不该偷看征丽的日记时，日记已经结束了。

　　下面是征丽的一则日记："抱着画框来到漆黑的夜中已是夜里两点了。我不知道为什么要把我的肖像画从白丛斌的画室中取出来，总之，我此刻就抱着那个画框。厚重的颜料似乎是从我的衣袖中流出来的，画家的颜料使我变成了一幅肖像画，不知道为什么，我喜欢画框中的自己。今天从开幕式上出来后，乔伟在等我，后来我们去了酒吧。乔伟是我的高中同学，但他比我大三岁，也就是说我二十六岁，他二十九岁。我与乔伟事实上已经有好多年没有见面了，他去了一座海边城市念大学，而后又毕业经商。乔伟见到我时大吃一惊，我不知道为什么他会那样惊讶。在酒吧时他才告诉我他大吃一惊是因为我变化太大了。是的，我的变化确实很大，大学一年级时我的个子就拼命往上长，其实我的母亲个子并不算高，我想我的个子长高一定与父亲有关系，但我从未见过自己的亲生父亲。母亲从小就告诉我父亲出了远门，但问题是出了远门的父亲从来就没有回来过，所以，在我的意识之中，我的父亲早已死了。我想我的父亲一定非常高大，所以我的个子才会往上长。上高中时我已经长到了一米六五，在当时的女同学中，我的个子算很高了。大学二年级我就加入了模特队，如果不长高我可能不会被模特教练挑中。所以，在最初时我做模特跟我的个子有关系。

　　"乔伟还问我几年没见，我怎么会变成了模特，而且长得这么漂亮。我想，这也许是男人们的习惯赞美之词。在我做模特之后没有一个人不说我漂亮，也就是说每个见到我的人都说我漂亮。我二十六岁时已经被他们的赞美声弄麻木了。所以，认识画家白丛斌的时候我感到很惊讶，他并不知道我是一名模特，他把我带到他的画室，他的画室中的一切都是简朴的，包括他同我谈话的一切也都是朴素的。他从未赞美过我，他只是看着我的眼睛说他要为我画一幅肖像。当时，我非常高兴，每逢星期天我就跑到他的画室中，在不知不觉中，白丛斌用一种我以往见过的男人们的目光看着我，那目光缓慢地从我的眼睛看到我的脚下去。我想，也许这只是我的错觉，也许那是一个画家的目光。那目光除观察之外并没有别的什么内容。然而，那天下午结束最后一笔时，黄昏已经到来了。白丛斌有些疲倦，我对他说：‘我们到外面找一家好餐馆去吃晚饭。’他用疲倦而充满激情的目光看着我，我正站在画框下面的阴影中，他突然来到了我身边，用手抱住了我的腰。我感到紧张极了，在透不过气来的情况下，我在挣扎，我的皮肤及指甲中的血液都在拼命地挣扎，他更紧地抱住了我的腰，我扬起手来捆了他一巴掌。突然之间他仿佛醒过来了，而就在这时我已跑了出去。就在这样的情况下我要回了那张肖像画，我抱着画框向着黑夜深处走去，两点钟的街上没有一辆出租车，我只有步行回家。我喜欢步行，尤其喜欢独自一人步行，小时候我就每天步行着从小巷深处走出去上学，它给我带来了一种无法说清的自由。

　　“我二十六岁，但我知道一个男人抱住你的腰时意味着什么事将要发生，如果我当时不反抗，那么一定有什么事情会发生。那种事我曾经与另一个当时我很喜欢的男人发生过，那是我二十二岁时，那年我刚做模特……所以，当他从后面抱住我腰的那一刹那，我的抵抗意味着我想从一个男人的欲望中逃跑。而逃跑的第一步是我要回了那幅肖像画。本来我想等到明天天亮时再去将画要回来，但是同乔伟告别以后，我有一种冲动，我想面对那幅肖像。因为我非常喜欢画家白丛斌将里面的颜色涂抹出暗红色，站在那个画框前就有一种我的某些东西被暗藏起来的感觉。所以，虽然我再也不会到画家白丛斌的画室中去，但是我知道他已经将我的某些东西镶嵌在那个画框里。那里面充满了我的所有气息，充满了许多不可思议的光影，所以，我想抱着我的画框回到四面墙壁的房子里去，我知道里面的墙壁会将这幅画悬挂起来。

"回到家，最为重要的就是要找到一根钉子，再就是找到一把锤子。钉子在记忆中似乎曾经在屋子里出现过，但是锤子就没有了。我从母亲的住处搬到这套房子才一个多月时间，这套房子是我租住的。我已经二十六岁了，从做了模特之后，我的生活就毫无规律，我害怕影响喜欢过宁静生活的母亲，所以就自己租了一套房子。

"在抽屉里找到了钉子，解决了一半问题，但问题的另一半仍然存在——我必须找到一把锤子，将钉子敲进墙壁中，然后将那幅肖像挂上去。但是，我屋子里肯定是没有锤子的，唯一的办法就是等到天亮，敲开邻居家的门，然后问他们家里有没有锤子。我站在窗口，看着外面的景物慢慢地开始亮起来后，心里的等待似乎有了归宿。我此刻的归宿就是那个画框，只有将画框挂在墙上后，我的身影才会浓缩进那团颜色之中去。

"光线已经将窗外树梢上的树叶带到了我面前，这是一种柔和的光线。光线已经把夜晚带到了白昼之中，我伸出双手似乎已经触摸到那些树上的叶子，触摸到它们的茎脉。慢慢地，我又看到已经有老年人在窗外打太极拳了，这是一种我不喜欢的运动。刚想把头从窗外缩进来，这时我看到了一个人，他正是我二十二岁时喜欢过的那个男人……"

日记就在这时候结束了，看得出来，征丽是第一次记日记，也就是第一次在笔记本上记录下自己的生活。我刚合上日记本把它放到征丽的包里去，电话铃就响起来，铃声特别大。也许是刚从一种梦魇般的状态中惊醒，我第一个反应就是直奔电话机，我深信一定是征丽打来的电话。电话中的女人声音使我的身体松弛下来，她并不是征丽，而是我的女友文舒菌。她在电话中的声音冷漠而古怪，首先她问我昨天晚上到哪里去了，然后又告诉我她给我挂了约三十遍电话都没有人接。等她说完以后我想告诉她我昨晚跟谁待在一起，我刚想说话，门铃又响了起来。我只好说："我的门铃响，有人来找我，我稍后再给你挂电话。"我很快把电话挂了，门铃已经响了三遍，征丽就在这时像我想象中的一样来取她丢在酒吧的黑色皮包。我打开门时，她问我这里有没有住着一个叫商仪的人，我说我就是商仪。她说她是来取包的。我请她进屋，她走进屋后问了我一个问题：她不认识我，我也不认识她，那么我为什么要把她丢在和平酒吧的包带回来？她盯着我的双眼，但是目光很柔和，她转身看了看四周说："你好像是单身男人。"我点点头，她便说："我想在你这里避一避，我碰到了一个人，我不想再见到他。"我想征丽碰到的这个人一定是日记里面写到的那个人，日记里写道她刚想从窗外缩回头来就看到了一个人，日记里还写道那个人曾经是她喜欢过的一个男人。她又说我可以坐下来吗，我说当然可以，她便坐在客厅里的沙发上，她刚坐下就问我："你屋子里一定有许多香水，你是不是香水推销员？"我笑了起来，告诉她我正在做香水广告。她点点头说："我喜欢香水，但并不喜欢自己使用香水，我喜欢呼吸到香水的气味。"我便把她带到了我的工作室，她看到陈列在柜子里的几十瓶法国香水之后，开始变得激动。我说我正在构思香水广告，她问我想好了没有，我便坦率地告诉她我想让她做香水广告。她听到这话后回过头来对我说："我现在开始明白了，你为什么要将我的包带到这里来。不过，我可以考虑一下你的建议，你知道我还从未做过广告，我做模特有四年时间了，但是我最近正考虑做一些别的事情。说实话，我已经对模特生涯感到厌倦了。"她抬起头来，脖颈纤长，我感到她的这个姿态显得迷惘而迷人，她注视着窗外那片青灰色的住宅楼上那张晾晒着的床单，后来她突然转过头来告诉我："我还是要回去，我不能藏在你这里，这样对你不太好。我回去后可以好好考虑一下你的建议，你的建议对我有很大的吸引力。"她从工作室回到客厅拿起桌上的包，她刚想告诉我点什么，她和我都同时感到门外有人正用钥匙开门，我知道开门的人是文舒菌，因为只有她有我的钥匙。我感到文舒菌在这个时候用钥匙开门显得真是不合时宜，我真是后悔当初把另一把钥匙给了她。但是，门终究被打开了，文舒菌也没有想到我屋里来了征丽，但不管怎样，我们三个都感到了同样的尴尬。征丽对文舒菌点点头便离开了。我把征丽送到楼下，目送着她到了马路对面打了一辆出租车，她在车里向我挥了挥手。我无法看清楚她的目光，但她的目光令我愕然。

文舒菌在屋里等着我，出乎意料的是她并没有追究征丽在我屋里的事情。她取出包里的一张报纸告诉我："一名外省的艾滋病患者流亡到我市，我是来告诉你今后的日子里千万别结交陌生的朋友。"我瞥了那张报纸一眼，没有任何兴趣去阅读它。我此刻还沉浸在文舒菌将钥匙伸进孔道的那一瞬间，那一刻，我和征丽都将目光集中在门上，我不愿意让征丽看到另一个女人用钥匙打开我的住宅门。所以，我提醒文舒菌让她今后开门之前务必先敲我的门，如果我没有在房间里再用钥匙开门。文舒菌听到我的提醒之后很生气，她把钥匙掏出来放在桌上说："我还是把钥匙交还给你吧！这样你就没有顾虑了。"文舒菌虽然将钥匙放在了桌上，但她绝没有想到我没有将钥匙再递给她，所以从她的目光中我感到她非常后悔，但又不好意思将钥匙重新收回去。总而言之，那把曾经系在我过去的女友文舒菌钥匙串上的一把固定钥匙，就这样重新回到我的手中。我长时间盯着那把钥匙，我知道收回了这把钥匙我就再不会面对文舒菌用钥匙打开门的尴尬，我不喜欢置身在那种不愉快的尴尬之中。在这同时，文舒菌的目光也盯着那把钥匙，这不奇怪，那把钥匙曾经长时间地陪伴着她。我想起来，从我们之间的肉体第一次开始亲密接触的那天晚上，好像是从第二天开始我就把这把钥匙给了文舒菌。当时的想法极其简单，我害怕她来找我时进不了屋。所以，从有了那把钥匙后，文舒菌就可以自由地出入我的房间。现在，当她盯着那把钥匙时，一定在想没有了那把钥匙之后，我们的关系会不会发生变化。所以，就在她看着那把亮晶晶的钥匙时，我看到了文舒菌脸上的两行泪水。然而，就是这两行泪水也没有使我再把那钥匙交给文舒菌。

　　我沉默地看着这个女人，想不出任何语言去安慰她。文舒菌走的时候我正坐在工作室里抽烟，她打开门并把门关上，我嘘了一口气。烟雾缭绕，在这期间，我嗅着工作室里的香水味，想起当年我拥抱菲菲时为什么会缺乏激情，如果我当时让菲菲感觉到我爱她的话，她也许就不会嫁给另外的男人。如果当初我与菲菲结婚，那么，就不会有现在。现在是我面对着一间二十多平方米的工作间，我在想香水广告的女人；我在想征丽那双既迷惘又迷人的眼睛；我在想桌上那把钥匙使我独立，又使我滋生孤独和寂寞。现在是什么？现在已经陷入一种抗拒状态，或者说是等待状态。我想起报纸上的消息：一名身患艾滋病的患者已经流亡到我市。我不明白他为什么要选择游动，我想流亡也许就是游动，带着自己的躯体继续游动。如果我身患艾滋病，我选择的不会是游动，而是结束。但是，那名游动者已经携带着他困窘的面孔和病毒来到了我的城市。可是害怕他又有什么用,他的游动仅仅只是将自己最后的生命消耗掉。如果我碰到他,我并不害怕他,我会跟他交谈,在不丧失安全的范畴中交谈。

3

她与我约定了时间,这天上午来我的工作室谈论广告的事宜。征丽是昨晚来的电话,她握住电话筒的声音很确定,当她告诉我她已经决定做香水广告时,我感到她仿佛是在告诉我一桩秘密。早晨起床后我就在等待征丽,我将工作室里的窗帘拉开,窗口面对两条街道,右边的那条街道通向一座公园,因而里面浓荫垂列,人走在街上时大都与树林融为一体;而左边的那条街道是外省人生活的地方,里面的商店全是外省人开的,因而,你如果走在里面准会与许多不同口音的外省人擦肩而过。右边和左边的街道都可以通向我的住宅,大约十点半,我看见征丽从那条浓荫垂列的街道上走了过来。但就在她快走到一棵梧桐树的阴影中时,征丽转回了头,一个人,一个男人使她停住了脚步。那男的走到征丽身边,他们面对面,似乎在说话,但征丽很快就告别了那个男的,她转回身,我似乎能够听到她的声音:"我已经与一个朋友约定了时间,我必须守约。"这样征丽就与我见面了,当然,她站在门口敲门时,我已经将目光从窗口挪开,我知道再有三分钟时间,征丽就到我的门口了。她走在街道上时,我只是有一种被黑颜色笼罩的感觉,征丽满身黑色正穿越街道,当她进屋的那一瞬间，我突然感觉到她穿黑色是那么神秘。所以，面对这个显得过分神秘的女人，我开始觉得不知所措。

她坐下后不久就告诉我如果可能的话，今天就签约，她下午就要离开 G 市，我说："我是这样想的，如果可能的话，我们最好签约后就开始工作，因为我得赶快制作由你的形象……"她打断了我的话解释说："我知道你说的是什么，你的意思是说时间很紧，但我现在需要三天时间，我有一些事得外出，我得陪我的朋友出门，三天后我会来找你。"我升起一种奇怪的念头，我把这念头告诉了征丽："如果你允许的话，我想与你一块儿出门……"征丽马上否定道："那是不可能的，因为……"我又解释道："其实我只是与你同往一个地方，但并不是与你待在一块儿，你可以陪你的朋友，我待在一个你无法看见我的地方熟悉你的神态和形象，因为你对我来说确实很陌生，我只抓住你最独特的地方，这样我就能与你配合好……"征丽想了想说："你说得不是没有道理，不过，我告诉你，我这次出门是陪我一个朋友去一个他想去的地方。我们好多年未见面，他突然出现在我身边，他的身体状况不太好，你如果在一个无法被我看见的地方观察我的行动，我会感到很尴尬。"征丽已经站了起来，她似乎想走了，她告诉我上述道理之后，我觉得我如果再申明这件事，那就会使她不太愉快，所以，我保持着沉默。

将征丽送走之后我觉得还是不对劲，通常情况下对我来说已经滋生的东西就必须做下去，我突然产生了要跟随征丽去一个地方的想法，那就必须跟随而去。我并不知道，在这个时刻，征丽的神秘已经对我产生了无法抗拒的诱惑，当她身穿黑衣坐在对面时，我有一种竭力想接近她的强烈愿望。所以，我在征丽离开后的一秒钟内果断地开始制订了一个计划：我要尽快下楼去，要带上一只箱子，带上我的照相机和胶卷，如果再晚一点，征丽就会不知去向，因为我根本不知道她住在什么地方。所以在另一秒钟内，我把照相机放进箱子里，想去追踪征丽。白丛斌突然带着一个女人来到了我的门口。

白丛斌刚进屋就把我拉进了工作室里，他压低声音问我："我刚才在楼下碰到了征丽，她是来找你的吧！"我没有说话，只是觉得白丛斌来得不是时候，我将头探出窗外，已经根本看不到征丽的影子了。我沮丧地看着白丛斌说："你来得不是时候，你知道吗？你来得不是时候。"白丛斌又低言说："你不要被她弄得神魂颠倒，我已经决定忘记她，所以我认识了另一个女人，为了忘记征丽，我正在为她画肖像……商仪，你听见我说话没有？你盯着窗口干什么？我告诉你，刚才我碰到征丽时，我又开始激动起来，我问她要到哪里去，她说她要到阳宗海去，我听到的就是这些。我本来想同她好好说说话，但是她显得慌慌张张。"阳宗海，征丽在无意识中已经将她去的地名告诉了白丛斌，而白丛斌又在无意识之中将这个地名告诉了我。我开始显得平静，因为这样我就不用去慌张地追寻征丽。我可以到租车公司租一辆轿车在傍晚时悄悄地进入阳宗海。

白丛斌和他带来的这个女人看来已经将我的计划打乱，

白丛斌带着这个女人来我这里的唯一目的就是把他的故事继续讲下去。我和白丛斌回到客厅，我根本没有兴趣看他带来的这个女人，所以，她的模样没有给我留下任何印象。后来，白丛斌准备带着那个女人走了，他们出门时，我瞥了那个女人一眼，她虽然很漂亮，但是我还是不明白白丛斌怎么会如此之快就把讲给我的故事忘记了。我想，也许他确实想把征丽忘掉，而忘记征丽的手段就是去认识另外一个女人。白丛斌在下楼时又回过头来压低声音地告诉我："商仪，我已经准备跟她结婚。"我提醒他道："白丛斌，你还是好好想一想。"白丛斌目送着那个女人走下楼后告诉我："我已经想过了，如果不跟这个女人结婚的话，我可能还会去找征丽。"他好像想起什么了，又再一次问我道，"商仪，你告诉我，我在楼下碰到征丽，她是不是来找你的？"我点点头，白丛斌摇摇头说："你是不是想为征丽做广告？"我又点点头，他还是摇摇头说："你可千万别爱上她，否则你的生活很惨淡。"白丛斌说完这话就沿着楼梯走下去了，我不知道他为什么把这件事说得这么严重，也许他与征丽的那个短暂的故事对他的伤害太大了。但是，这并不意味着他的生活是惨淡的，而且从我所看过的征丽那则日记上看，征丽并没有看上他。听着他们的脚步声远去，我重回到房间，把门掩上后我想展现我与征丽合作以后的情景。在"惨淡"二字的笼罩下，我的想象力虽然受到了阻碍，但是对一个漂亮女人的幻想却无边无际地延伸着。虽然这种想象是抽象的，就像在水晶色的玻璃上空又看到的一团雾，征丽就是那团雾。

　　傍晚，我拎着那只箱子，临出门前，文舒菌来过电话，她有好几天没给我打电话了，而我原本就很少给她打电话，她通常是不约而来，因为她手中有我房间的钥匙。自从文舒菌把钥匙还我后，就从来没有来过电话，而我似乎已经没有多少情绪给她打电话，因为我一直想与征丽合作做广告。文舒菌问我今晚有没有事，我告诉她我刚好要出门，文舒菌说今天是星期六，如果我要出门的话，她可以陪我去。我犹豫了一下想找理由拒绝她，但文舒菌很快就说："商仪，我五分钟就赶到，你可以在楼下等我。"我想带上文舒菌去也没有什么，反正我是去一个征丽无法看到我的位置上观察她的言行、举止，这种行为从某种意义上讲叫作"窥视"。也就是说，我将扮演一个窥视者的角色。再说，有文舒菌在，我的行动会方便些。我拎着箱子在楼下等待文舒菌，在转眼的时间中她就拎着箱子来了，而我却正看着楼下的两个中学生模样的男孩在院子里的水泥地上踢足球。足球撞击在生硬的水泥地上又跳起来，两个男孩很是投入。文舒菌拉拉我的手说："好了，不看了，带我去旅行吧！"直到现在，文舒菌还没有想清楚我要出门的原因，我想她不知道就让她不知道吧，反正，扮演窥视者的不是她，而是我。

　　在租车公司租到了一辆日本轿车，颜色是白色的。文舒菌很高兴，她最喜欢白色，自然很高兴了。她问我到哪里去，我说到阳宗海，文舒菌就说阳宗海发生过许多故事。我看了她一眼问她发生过的都是些什么故事，文舒菌想了想说听到的大都是与水有关系的故事，因为阳宗海水深一百米，它淹死过人。我将车驱出了G城，一小时零二十分后，我们顺利到达了G城郊外的一座有湖泊的小镇——阳宗海度假村。等到我们将车停在车库时，阳宗海湖面的凉风已经荡漾而来。文舒菌开始挽着我的手臂，当她的手很自然地伸来时，我有一刹那想到我与文舒菌直到如今都还没有确立真正的关系。我们谈不上是在恋爱，也许对于她来说是在恋爱，但对于我来说，真的还没有进入恋爱的角色。但今晚我们肯定要住在一起，就像以往一样住在一间房子里。她挽住我，手臂很柔软，这使我想到她的身体，在与文舒菌相遇之前我已经好久没有经历过女人的肉体，所以，与文舒菌在一起时，她的肉体使我平静而兴奋。所以，今天晚上我愿意与她住在同一间房子里。我们到大厅登记房间之后，文舒菌脸上洋溢着一种喜悦，我已经有很长时间没有看到她这种喜悦了，这说明文舒菌与我待在一起很愉快。我们各自拎着箱子来到了依傍阳宗海湖面的那幢客房，在整个度假村里，这幢房子的地理位置最好。我们用钥匙将门打开，文舒菌就开始拥抱我，我一边拥抱她一边反手将门关上。那天晚上我们做了最动人心弦的事情，到了后半夜，当文舒菌睡熟之后，我慢慢地感到我有些依恋这个女人了。

第二天早晨当我站在阳台上看到征丽时，我还身穿睡衣，征丽正与一个男人在下面的沙滩上散步。我猜想那个男的就是征丽告诉我的那位朋友，他们走得很缓慢，几乎是一点点地向前移动着。他们似乎是在谈论一桩重要的事，因而把脚步放慢了，他们压根儿没有在欣赏早晨的阳宗海。水面上没有潮汐，看上去连波纹都没有，其湖面只是一面镜子而已。我想，征丽与那个男的，也可以说是与她的男朋友来到宁静的湖畔，他们的关系肯定非同一般。由于距离远了一些，我无法看清楚那男的面孔，只是感觉到他身材很高，但是很瘦。文舒菌在房间里叫我，她说让我去洗漱，然后去吃早点。她见我迟迟不去就来到阳台上，虽然我已经将目光从下面的沙滩上迅速移开了，但是她还是捕捉到了我目光中的东西，她看到了沙滩、征丽和那男的身影。文舒菌推推我说："征丽也来阳宗海了，你看见了吧！她又换了男朋友。"我对文舒菌说："征丽还没嫁人，她可以选择男朋友。"

我的这句话使文舒菌显得很不高兴，她将我推进房间说："商仪，我想，你应该也是征丽的男朋友之一吧！"我不想就这个问题讨论下去，这会使我与文舒菌的关系显得生硬，因为我们之间的关系本来就十分脆弱。文舒菌走过来将我的睡衣脱下来，又将我的西装和内衣递给我说："商仪，我们不讨论这个问题了，你先去洗漱吧！"我将盥洗室的门关上，我这样做是想独自待一会儿。直到此刻我才意识到我不应该将文舒菌带到阳宗海来，因为她在我房间里面看到过征丽，而我这次来的目的也正是为了征丽。然而，文舒菌现在就在外面，有一个现实的问题就在眼前，我在阳宗海的一切行动，文舒菌都将卷入。另一个问题就是，从看见征丽与那个男的在沙滩上散步的那一刻，我想观察她言行举止的那种想法现在正蜕变为另一种追问：征丽与那个男人到底是什么关系？我面对着墙壁上的镜子，文舒菌的香水瓶散发出一种异味，我想起征丽给我留下的那种神秘，它就像镜子背后的光影，既看不到，也无法触摸。

　　吃过早餐之后，文舒菌建议去湖水里游泳，但我们都没有带泳衣、泳裤来。文舒菌让我先去海滩，她去商店里看一看有没有适合我们穿的泳衣、泳裤。因为文舒菌的离去，我就与征丽相遇了。有些事情的发生是非常偶然的，文舒菌刚走开，征丽就从另一条小径上走来了，她是向我走来的，就是说她发现我也是非常突然的。她走到我身边时，我才看清她的表情，她的脸色很困倦，仿佛是发生了什么事。我问她是不是身体不舒服，征丽说出了三个字："我害怕。"她的身体有些战栗，我急忙用手扶住了她，她用无助的双眼看着我说："商仪，如果可能的话，请你带我走，我们马上走，好吗？"我看看四周，除几个游客正在远处的沙滩之外，似乎什么事情也没有发生，但是，从征丽那双眼睛里看上去却发生了一件可怕的事，因为恐怖正在她眼里云集着。我刚想问征丽到底发生了什么事，文舒菌已经回来了，她拿着买回来的泳衣、泳裤，我下意识地放开了搀扶住征丽的手臂。而当我和征丽都很尴尬时，文舒菌将泳衣、泳裤扔在地上，拂袖而去。这样也好，我就可以问清楚征丽到底发生了什么事情。几分钟后，我看见文舒菌拎着她那只手提箱故意从我面前离去了，她搭了一辆返回 G 城的小客车。我将征丽带回我的客房，安抚她坐下来，并给她倒了一杯茶水。

　　征丽平静了一些后又急切地告诉我，她想尽快离开阳宗海。"为什么？"我问道。征丽说："如果你想帮助我的话，就不要问我为什么。"我告诉她,今天早晨我在阳台上还看见她跟那个男的在散步。她点点头说是的,不错,她与 K 在一起。K 是谁,我总算知道了那个男的叫 K。征丽就像做了一场噩梦似的,她掏出轿车钥匙交给我说:"我们马上走,好吗?"我拎着我的箱子,征丽没有东西,我让她回去取东西,她惊悸似的摇了摇头。我只好将我租的车先留在阳宗海,想等到明天或者后天再来取车,因为现在的征丽已经不可能单独驱车回去。我打开车门,让征丽先进去,她那两条美丽而修长的腿跨进了车门。轿车发动后,我想问她,K 到底是谁,但是,我没有问。

　　K 就是征丽要逃避的那位男友,除了这些,我什么都不知道。征丽在阳宗海通往 G 城的路上几乎一言不发,她两手放在膝盖上,仿佛是在寻找一种稳定的位置。我将征丽送到她的住宅时,她浑身颤抖。她望着准备离开的我说:"商仪,你现在千万别离开,你一离开,我就被危险包围着……"她竟然已经不经意地说出了"危险"这两个字,而且她的双眼仍是那样的无助。我走到她身边轻声安慰道:"征丽,有我在你身边,危险就一定不会到来。"她闭上双眼喃喃自语:"抱住我,我很害怕。"我就伸出手去拥抱着她,有好长时间我就那样拥抱着她。时间过得很快,已经到了晚上,征丽告诉我她想去洗一个澡,让我千万别离开。她到卧室中去脱了外衣,然后径直奔往浴室了,屋里的灯还没有打开,因为她似乎乐意待在黑暗中。我在拥抱她时不知不觉地被暮色淹没,接下来就是黑暗,我好多次抬起头来寻找墙壁上的开关,但征丽似乎已经知道我的意思，她好像很害怕我会走上去把灯打开。所以，我迟迟没有站起来，慢慢地，我就打消了开灯的念头。

征丽进浴室以后，我坐在客厅里不大习惯屋子里的黑暗，好像这黑暗不是我每天经历过的那些傍晚以后的黑暗，它是如此漆黑，再加上今天的一切东西，它仍是一些词：危险，K的存在，征丽的害怕。我再一次想起了K，为什么征丽会感到害怕？还有她指的危险是不是与K有联系？这些东西湮灭了几天前我对一个漂亮女人的那种幻想，当浴室中的水声响起来时，在那一刻，我就随同这种水声升起了一种现实中的幻想：征丽正赤身裸体地伫立在浴室里。就是在这一刹那，有关阳宗海的沙滩、K以及发生的一切又都被我突然升起的这种来自现实的幻想消灭了。我在黑暗中站起来，慢慢地走到浴室的门口，浴室的水声现在非常悦耳动听，几乎响了一个多小时。我想着征丽，她被香皂和沐浴液的泡沫包围着，管子里的水流在她的肩膀上和腹部上，她在那些层层的蒸汽中动也不动地站着或者躺在浴缸里。水声停下时我知道征丽快要出来了，于是，我赶快离开了，并且来到窗口。我的这些行动征丽根本就想象不到，所以当她推开浴室的门时，在黑暗中伫立着，她在寻找我，她终于看到我站在窗口。她便走过来，她的声音很低，她身上似乎还有一层水蒸气，因为我已经在空气中呼吸到了一阵潮湿的气息。

黑暗中我就这样伸过手去拥抱着征丽，奇怪的是她是那样顺从于我的拥抱。黑暗中我嗅着来自她沐浴后的身体中的香气，我对征丽的那种热烈的幻想现在已变为现实。后来我们仍然没有开灯，我们从客厅来到了卧室——对征丽的那种幻想此时此刻完全占据着我，我将身体完全地轻托在她身上，从那时开始，她变得那样恬静、安详。她确实已经离开了昨天经历的一切，她睡过去了，而且睡得那么沉。天已经亮了，我决定回一趟阳宗海，将那辆租车从阳宗海开回来。六点多我来到了公共汽车站，乘上了通往阳宗海的第一趟班车。坐在车上时我又想起了K，昨天晚上与征丽发生的亲密关系使我竭力想知道K到底是谁，所以，公共汽车到达阳宗海时我第一个念头就是去寻访K。

　　我当时完全没有想到，我这样做是在伤害自己，同时也是在伤害征丽。本来，如果我不这样做，那么，K对于征丽来说已经永远消失了，而对于我来说是一团谜，任何不解之谜随同时间的流逝，也将会自然消失。而当我在服务部询问K住的客房号时，服务员看了我一眼并对我说："你是K的什么人？K昨晚已经自杀了。"我刚想离开，服务员又告诉我："K已经被警方和医务人员带走。"我不解地问服务员："K不是自杀吗？警方和医务人员为什么要带走他？"服务员摇摇头说不知道。这就使K这个人的存在更笼罩着一层谜，我将车开出了阳宗海滩，这层谜在远处的丘陵和道路之间穿巡着。回到G市后，我本来想去打听K的下落，但觉得应该先把K已经自杀的消息告诉征丽。

　　到达征丽的住处，按了三遍门铃，征丽也没有来开门。后来我想征丽可能害怕是别人按门铃，比如是K或者是别的人，所以我就对着门轻声唤道："征丽，我是商仪。"总共唤了三遍，过了一会儿就听到了窸窸窣窣的睡衣的声音，征丽把我迎进屋后问我到哪里去了。我说我去了一趟阳宗海。征丽哦了一声，我看见她手里端着的杯子差一点掉下去。征丽说："你到阳宗海去干什么？"此时此刻的征丽披着一头黑发，身穿肉色的长睡衣，她的目光经过一夜的睡眠虽然已经没有了疲倦，但仍布满一层看不清楚的涟漪。我望着她眼里的涟漪，不知道是应该将 K 的消息告诉她，还是不应该告诉她。但是她似乎已经从我眼里探究出了一种信息，她对我说："你不告诉我，我也清楚，K 自杀了。""你怎么会知道？""我怎么会不知道，我离开 K，就知道他会自杀的，因为 K 唯一的选择只有自杀。""这是为什么？"征丽好像因为 K 的自杀变得平静了，她放下那只晃动的杯子对我说："商仪，K 的事情请你千万别再问我，好不好？"她的目光似乎在恳求，我点了点头。但是，既然 K 已经自杀了，为什么警方和医务人员要将 K 带走呢？出于责任感，我又将后一条消息告诉了她。征丽的脸色变得十分难看，她垂下目光，盯着地毯上的那个布娃娃，长久地不说话，我感到很后悔，走过去坐在她身边轻声说："征丽，K 已经死了，不管他与你有什么关系，你都得忘记，我想，警方和医务人员带走他，是想把这件事了结。所以，你应该把 K 彻底忘掉。"征丽很感动，她自言自语地说："我要把 K 忘掉。"

4

征丽果然将 K 忘记了，也将 K 自杀这件看来是不幸的事情带来的阴影渐渐地消除。事情过去后的第三天，按照我们约定的时间，征丽来到了我的工作室，我们开始了香水广告的第一次合作。征丽这一次来已经不是她第一次来取那只包的时间，通过时间我与征丽的关系变成了已经进入肉体之后的联系。而肉体把一种暧昧的牵连变得透明起来，虽然在很大程度上，当我们沉湎于神秘的暧昧关系时，我们在期待着穿透到想象的原则之中去，但是，当暧昧关系消退之后，我仍然觉得我与征丽的关系并没有因为肉体的亲近之后而变为一种已经清晰而明确的关系。这是为什么呢？我想这是因为我们都还没有仔细地考虑过我们之间的关系，这就使得我们的关系永远像隐约闪现的飞蛾，或者像飘浮的气味或幻觉。那天上午在工作室，我制作出了关于征丽与香水广告的一组照片。当照相机对准她的面庞时，我顿时感觉到这个女人就像用细腻的脂粉捏出来的，她的每一个动作都是那样冷漠，所以我抓住了她冷漠的特征，有关香水与这个漂亮女人的关系同样是那样暧昧不清。那天晚上我就将一幅广告画确定下来了，虽然已经到了电脑时代，我仍然喜欢用手制作广告。当我站在工作室里，也就是站在一个漂亮女人和她用手捧住的巴黎香水面前。

深夜十二点，我的工作室里到处是颜料和香水的味道，文舒菌就在这时出现了，她穿着高跟鞋，来到我面前，递给我一张今天的晚报说："商仪，还记得我告诉过你的关于那个艾滋病患者流亡到 G 市的消息吗？现在报上已经公布了他的最新消息，他叫 K，他几天前自杀于阳宗海沙滩上，警方和医务人员配合验证出他就是那个艾滋病患者。"我将报纸展开，一行行符号使我变得头晕目眩。文舒菌走上前来扶住我说："商仪，你不舒服。"她将我扶到沙发上坐下后给我倒了一杯水说："商仪，你不能工作得这么紧张，看上去，你的气色太坏了。"毫无疑问，文舒菌给我带来的这个消息对于我来说是多么严重，我坐在沙发上紧闭双眼，K 就是流亡到 G 市的那个艾滋病患者，由此延伸出去，它就像一部正在翻开的小说，其中的故事阴云密布。那天晚上等到文舒菌走后，我开始为征丽虚构下面这些故事。

其一，K 很可能是征丽过去的情人。K 流亡到 G 市的唯一目的很清楚，那就是为了会晤征丽，在这点上说明 K 念念不忘旧日的情人，当他获悉自己已经是一名艾滋病患者时，唯一想见到的最后一个人就是征丽。所以，K 很可能是从外省的某家医院独自逃跑出来，因为他是一名艾滋病患者，他的行动将为所有人关注，所以，K 被新闻媒体报道为艾滋病患者已经流亡到 G 市。

其二，他也许就是出现在征丽日记中的那个人。当征丽刚想从窗口将头移进屋时，她就看见了 K。至于他们为什么要去阳宗海，也许那是一片美丽的沙滩，适于他们回忆、抒情，也许 K 想在那里将自己的病情告诉征丽。所以，阳宗海对于 K 与征丽来说是十分重要的。

其三，K 果然在阳宗海将自己的病情告诉了征丽，这位艾滋病患者完全没有想到自己最后急切想会晤的女人竟然会逃之夭夭，所以，他选择自杀的时候，毫无疑问已经完全绝望了。

其四，征丽也许与 K 在到达阳宗海的当晚发生了性关系，所以，第二天她才显得那样恐惧和战栗。

想到这里，被我虚构出来的最后一条几乎像一种圆形的爬虫抓住了我的内心。我无力地否定着最后一条，告诉自己，这只是我虚构的，事实上并非如此，真正的事实是这样的：K 到阳宗海后就告诉了征丽，自己已经身患艾滋病，在自己死去之前，他只想见征丽一面。所以，他们的距离被拉远了。K 有着艾滋病患者的自尊和绝望，而且他知道自己应该保持谨慎的态度，所以，艾滋病患者 K 根本不会与征丽发生亲昵的行动，因为他除自尊和绝望之外，深知自己已经没有权利与自己曾经喜欢过的女人发生性关系。

想到这里，为了证实我以上的推断，我决定深夜去拜访征丽。我看了看墙上的钟，已经是后半夜的三点多了，时间过得如此之快，我又走进工作室，明天上午这幅巨大的香水广告牌将悬挂在市中心的街道花园的不锈钢广告台上。事实上，现在已经是新的一天了。我犹豫着，如果我现在突然出现在征丽面前，会不会使她感到疑惑不解，一种无聊又残酷的想法浮上来，我想，如果征丽在阳宗海没有与 K 发生过性关系，那么她就会坦然地面对我。反之，征丽则会陷入另外的恐怖之中去，相反的结果意味着她将像黑夜中被风吹乱的草幔一样战栗着，相反的结果明确无误地说明征丽曾经在阳宗海与 K 发生过性关系。

5

深夜三点以后我来到征丽的门口敲门时，正是征丽乘火车到外省旅行的时刻，几天后她给我打来了电话，她告诉了我她离开 G 市的时间，我算了一下，那时恰好是我站在她门口敲门的时刻。而那天晚上我是那样失意，我曾以为是征丽故意让我吃闭门羹呢。在征丽离开 G 市后的时间里，由她做香水模特的那张广告画使这座沉寂已久的城市像进入了一种从未有过的梦幻状态之中。征丽那张冷漠的面庞与法国巴黎香水形成了鲜明的对比，我曾悄然地站在远处那些梧桐树下观察着广告牌下面熙熙攘攘的人群。白丛斌也来了，身边走着他上次带来的那个女人。白丛斌还没有看到空中不锈钢广告台上的那幅巨型香水广告画，他首先看到的是我伫立在梧桐树叶的树荫中，他来到我身边告诉我的第一件事就是他已经与那个女人领了结婚证。我听了有些吃惊，像白丛斌这样的人可以结交许许多多女人，有许多次动情的恋爱史，但要结婚是一件困难的事情，可他竟然跟身边这个有些姿色的女人一块儿去领了结婚证，这种良好的心境和追求让我羡慕。从他们的眼里我感受到了一种平静，虽然谈不上是幸福，但让我看到了一个男人和一个女人的归宿是什么。

"哦，丛斌，你看那广告牌上的女人，那女人真漂亮。"和白丛斌领了结婚证的女人现在已经是他的妻子了，是她发现了广告牌上的征丽。白丛斌抬起头来后苦涩地向我点点头，问我道："这就是你与征丽来往的关系吗？"我也苦涩地点点头，不知道应该说些什么好。白丛斌的妻子看上去是一个单纯的女人，她走到我们中间问白丛斌："丛斌，你用画家的眼睛看一看，那个女人漂亮不漂亮？"白丛斌一个劲地点头说："漂亮，漂亮。"然后他们就走了。白丛斌临走时回头看了我一眼，在那一眼里除包含着苦涩之外，就是一种失落，没有得到征丽的失落。目送他们的背影离去，我告诉自己，我如果想得到征丽的话，我必须选择一种婚姻的形式。这是我第一次清楚明了地想到了我与一个女人的关系，与文舒菌在一起时，我从来没有想到过婚姻的形式。

是的，我明确地意识到我应该结婚了，我已到了结婚的年龄。结婚的好处在于我们可以将那种维系着我们的暧昧关系中的忧虑和不确定的期待化为一串稳定的符号。而对于我来说，我可以将我迷恋的一个漂亮女人留在身旁，她将因此不会再有与其他男人约会和相爱的机会，她的神秘将会像一把打开的扇子，只属于我独自一人分享、品尝。所以，想通这个道理之后，我就在征丽外出旅行的这段日子里对自己说，等到征丽回来后我要做的第一件事就是向她求婚。由于被结婚这件事困扰着，我甚至忘记了 K 与征丽那无法说清楚的故事。那些事情在此刻似乎已经显得不重要了。

征丽回来后并没有给我来电话，我每天给她住处打去好几个电话，那天晚上电话中终于传来了征丽的声音。

在我即将去向征丽求婚的时刻，文舒菌来了，她告诉了我一件我意想不到的事情：她怀孕了。

文舒菌将这个消息告诉我后，我本能地将目光集中在她的腹部上。她的腹部就像以往一样平坦，怎么会与怀孕联系在一起？她看出了我的疑惑后从包里取出一张化验单，她告诉我她的血液检查上写着阳性，那就是怀孕的意思。我的目光再次集中在她平坦的腹部上，她也低下头看了看自己的腹部说："商仪，事情已经到了这一步，你说怎么办？"我首先问道："那你说怎么办呢？"她的目光仍然停留在自己的腹部上："我想，现在我们只有结婚……""结婚……"文舒菌将结婚这件事说得如此简单，这不怪她，因为对于她来说，我一直就是她固定的男朋友。文舒菌将目光从腹部上抬起来，仿佛怀孕这件事并没有给她带来烦恼，相反，她显示出的那种平静让我感到十分惊讶。

我告诉她这件事我得好好想一想，因为太突然了。文舒菌站起来说："那么你就想一想吧，我现在要回去陪我母亲。你刚才不是要出门办事吗？"我点点头，骤然想起今天晚上要做的那件很重要的事，就是去向征丽求婚，然而，当文舒菌离开之后我刚才的那种热情已经受到了影响。我回顾着与文舒菌认识以来的事情，就像前面已经申明的那样，我对文舒菌从来就没有产生过那种热烈得想要与她结婚的念头。

现在，征丽就在家等我，无论如何我得去见见她，也许到了她面前，我又会升起向她求婚的那种热烈的念头来。总之，就现在的情况，我只有见到征丽以后再下结论。

我承认征丽对我来说有很大的诱惑力，当她开门时，我知道我已经抵达目的地。刚把门掩上，我就开始拥抱征丽。

她不像过去那样顺从，而是朝后退着，似乎想摆脱我的拥抱。她退到了墙壁前面，已经无法朝后再退去，我因而感到我的拥抱是多余的。我放下双手，显得又是一阵尴尬，在这样的情况下，求婚的事情更是不合时宜。我被动地向她摆摆手想说明我这样做是出于一种情感，但是我发现我甚至无法说出"我爱你"这样的字眼，因为我确实还没有找到把这几个字表达得热烈、真实的时机，也就是说我的力量显然还不足。就这样，我和征丽的关系此刻是那样暧昧，她看着我已经平静下来之后告诉了我 K 的事情。事实上她不告诉我，我早已经知道了，只不过她告诉我后又使我对她与艾滋病患者 K 的关系产生了质疑。我也根本没有权利询问她与 K 的具体关系，我只是向她点点头说"K 的事我已经从报纸上阅读到了"时，她惊讶地将头转向我："商仪，有一件事我得请你为我保密，我和 K 的关系除你之外没有谁知道，我想不用我说，你也不会告诉别人的。"我说："你与 K 的事我知道得并不太多，我只知道你那天上午匆匆忙忙地逃离了阳宗海，我知道的就是这些。""我现在还感到害怕……""你害怕什么呢？"征丽将头抬起来，迟疑了一下又摇摇头说："不，那绝不可能。"我不知道她说的是什么意思。但是，从那一刻起，我就感到在她的话中隐藏着什么东西，一种令她害怕的回忆。也就是从那一刻我对这个漂亮女人的肉体产生了怀疑，如果她在阳宗海与艾滋病患者K亲密地在一起，那么，K的病毒会不会传染给她呢？这个问题一旦出现就变成了一种可怕的联想，我盯着征丽神秘的双眼，我看不出或者我想象不出这个女人到底是一个什么样的女人。所以，这次见面不但使我渐渐地丧失了我对这个女人的热情，也动摇了我对她的某种期待。征丽坐在沙发上，我们那天的每一句谈话都非常苦涩，她也许已经意识到我在想什么，于是，她主动说："时候已经不早了，你回去吧！"我没有想到这次见面便成为我们在 G 市的最后一次会晤，我真的没有想到，这个漂亮女人第二天早晨就拎着箱子离开了 G 市。她废弃了她的住宅和电话，废弃了她在 G 市留下的美丽动人的形象，等到我再次见到她时，她已经是外省一名外科医生的妻子。

6

首先还得谈谈我那天晚上离开征丽后的情况，因为时间的有序或无序都会推动我们的生命纳入生活的全部顺序之中。我从征丽的楼梯上下来时感觉到极为空虚，我不知道一个人在一天中要面临多少种生活状况。对于我来说，今天第一要面对的是我那热烈的想站在征丽面前向她求婚的念头；第二就是面对文舒菌，她严肃地告诉我她已经怀孕了；第三就是面对征丽，那个神秘而美丽的女人使我的生活和想象力同时受挫。从征丽的家里来到大街上又是另一番情景，生活中的人们已经抵达夜晚，他们悠闲自在地散步，年轻的男女在大街上已经适应了灯光和橡胶轮胎的气味，他们可以毫无顾忌地亲吻拥抱，与他们相比，像我这样的人就显得有些保守和衰老了。我是不是已经老了？站在远处的一级台阶上，我来到这里是想看看征丽亮着灯的窗户。

虽然那灯光朦胧，就像征丽那双眼里升起的一种混淆着雨、雾及回忆的目光，但是看到那窗户最重要的一点就是证明征丽就在那窗户里面的围墙中，她此时此刻也许正在沐浴，或者做一个女人独处的事情。想到她也许正在沐浴时，我的心有些颤抖，她的身体直到现在对于我来说仍然是那么神秘。我唯一没有想到的就是，像征丽这样漂亮的女人，是最容易拎着一只箱子出走的。出走的原因可以是因为厌倦，如果征丽是因为厌倦的话，那么她一定是因为厌倦身边的人，包括我出走的原因有些也是因为私人秘密。对于目前的征丽来说，我想她最难言的私人秘密就是与 K 的关系，这种关系让她感到必须对生活妥协，而妥协的最有效的方式就是出走。出走的原因也可以是因为想遗忘某些东西，像征丽这样漂亮的女人，记忆就像河流一样终日流淌，她的记忆来源于自己在生活中扮演的角色，基于在雨点溅起的有关尘土的气味中自己是一个女人。出走的原因也可以是对新生活的向往，对另一个地名的期待，所以，她要扮演那个右手拎着箱子的女人，秘密地从一座城走出去。总之，当我站在台阶上看到征丽窗户中的灯光时，心里觉得仍然有些牵挂，也许我真的喜欢过她，也许我们之间不寻常的关系使我不可能把她看作一个别的女人。

7

等到我再也无法找到征丽时，我知道她一定已经离开了这座城市，而且再也不会回来了。就在这时候，我原来的女友文舒菌频繁地出现在我的住宅里，她似乎已经知道那个把危机带给她的漂亮女人已经离去，所以，她的面庞上又出现了微笑。每当看到她脸上泛起的微笑时，我就会感到一个女人对另一个女人的嫉妒，在这种微笑里，那团从前嫉妒的火焰现在转化为另一种文字，那就是胜利。当文舒菌的肚子已经像丘陵一样隆起时，我能选择的唯一办法就是迅速地与她结婚，除此之外，我没有另外的路可走。我把这个想法告诉文舒菌时，她没有像我想象中那样高兴，仿佛她早就看到了我与她最终的归宿就是婚姻。

领到结婚证之后，文舒菌就搬到了我这里，这就是婚姻的约束和形式，一个男人和一个女人住在了一起。几个月后，我与文舒菌的孩子出世了，是一个男孩。看到他在襁褓之中挥动着小手，我就在心里轻轻地告诉他：你长大以后就是一个男人了，你将饱受尴尬、性、怯懦和失败，凡是我已经尝试过的东西你都会尝试到。我与文舒菌的婚姻生活平静地进行着，既没有争吵，也没有多少激情。

在这期间我的香水广告仍然进行着，那幅悬挂在街心花园的由征丽做模特的广告转眼已经悬挂了一年，它经历了来自这座城市的树荫的气味、人的气味、沉闷的雷声的气味后，始终还是那样散发出迷惑人的光彩。迈林因此付给我一大笔薪酬，这样我就想到了征丽，因为我要从这笔薪酬之中拿出一半来付给征丽。我用我的那笔薪酬买了一辆中国国产的新式轿车，我喜欢轿车已经很多年，今后再也不用到租车公司去租车了。买到一辆黑色的轿车之后的第一件事，我就想独自一人驱车去旅行。我这样做，是另一种幻想在支撑着我，也许我在这趟旅行之中会与征丽相遇，除会晤她之外，我还可以将那笔她做模特的薪酬交给她。

文舒菌知道我要驱车去旅行，也想与我一块儿去，但我说服了她，理由是孩子太小，她应该在家里带孩子。

我承认与文舒菌结婚之后我仍在想着征丽，我甚至后悔那天晚上没有向征丽求婚，虽然还不能肯定征丽就会嫁给我，我把这归咎于我犯下的错误之一。所以，当我驱车外出时，这趟旅行就变成了寻找征丽的方式之一。我深信如果我与征丽确实有缘分的话，无论在哪里我们都会见面。驱车外出时我几乎不知道应该将车往哪个方向开，世界是如此巨大，当我们面对世界时，尤其是当我们置身在这个世界中寻找一个人时，才会发现那纷乱而又错落有致的公路网伸向每一个点都是那样缥缈。我将车开到 G 城的郊外时，仔细地回想与征丽在一起时她对城市的种种印象。后来我回忆起来征丽好像有一次对我说过她有一位女友在 A 省，是南方最远的省，她说那个女友不仅漂亮，而且是她的表姐，她叫丁桃。当时我竟然记住了这个名字，而且记住了她的表姐丁桃是一位服装设计师。这个回忆中到来的线索为我提供了寻找征丽的第一个方向，于是，我将轿车向南面的公路开去。A 省并不遥远，事实上，只需十小时的车程就可以到达。现在的目标变得清晰了，先到达 A 省，然后再寻找服装设计师丁桃，从丁桃那里寻找征丽。我将车速加快，虽然下着细雨，但是细雨里我感到就是在这种迫切的寻找之中，我第一次爱上了征丽。细雨中的道路到处布满了泥泞，我被自己的爱所感动，十小时的车程缩短为八小时，傍晚我已经将车开进了 A 省的省会 A 市。

第二天，灿烂的阳光洒满了大街小巷，我独自一人从旅馆出发，刚走了一百米远，我似乎听到一个人叫我的名字，我以为是幻觉没在意，但是接下来又清楚地听到了第二声。我回转身，身后站着的人便是我大学时代的同学张林。他仍是大学时代的打扮，上身穿一件格子衬衣束在黑色牛仔裤里面，脚穿一双大皮鞋。张林拍了拍我的肩大声说："商仪，我怎么会在 A 市碰到你？"我也问他："那你为什么会在 A 市？"他说他已经从北方来 A 市好多年了，我问他都在做一些什么事，他说开着一家广告公司。没有想到张林也跟我一样办起了广告公司。他没有问我来 A 市办什么事就邀请我先到附近的一家酒吧去坐坐。我欣然答应了，碰到张林我很高兴，那么寻找丁桃就不是一件难事了。在酒吧坐下不久，各自就聊起了现在的生活。当我告诉张林我已经结婚时，他感到有些意外。我当然知道他的意外，因为在大学时代我一直是一个申明婚姻是腐朽的形式的倡导者。我问他结婚了没有，张林摇摇头，他说他倒是想很快进入婚姻生活，但生活总是与他作对，他说他现在正追求一名服装设计师，但那个女人除漂亮之外还非常冷漠。这引起了我的注意，我告诉张林，我来 G 市的主要目的是为了寻找一个女人。而我要寻找这个女人，必须首先寻找到另一个女人，这个女人叫丁桃。

没有想到张林听到这个名字后是那样惊讶，他说道："你找丁桃干什么？"我解释道："我寻找丁桃，是因为丁桃是我要寻找的那个叫征丽的女人的表姐，而且她又是征丽的好朋友。"张林听我说这些话时显得迷惑不解，他又问我道："那个征丽又是谁呢？"我将酒杯端起来，真不知道该如何讲述这段往事，想来想去最好是什么也不要讲，因为经张林这么一问，我真的不知道征丽是谁。她也许只是我寻找过程中的一种私人回忆，也许只是那个做广告的模特。看见我沉默不语，张林将杯举起来碰了碰我的杯说："你的故事不方便讲就不要讲了，现在我就带你去找丁桃，她正好是我正在追求的那个女人。"我和张林的目光对视着，这当中充满着两个男人难以言喻的悲哀。我知道这悲哀对于我来说，就是在热切地寻找征丽时不知道征丽是我的什么人，而对于我的同学张林来说，他的悲哀也许源自对一个女人艰苦卓绝的追求。

8

在一个十字路口，我们碰到了服装设计师丁桃，她穿一身白色的裙装，她的包和鞋子也是白色的，她确实很漂亮，而且像张林所说的那样也很冷漠。张林面对她时显得很怯懦，寒暄了几句后，张林便转入正题，他向丁桃介绍了站在他身边的我，丁桃这才注意到张林身边还站着另外一个男人。她瞥了我一眼说："你找我有事？"我说："是的，我想向你打听一个人。"张林便说要不到他家里去谈，我们站在这街心谈事情不太方便。丁桃看了看手腕上的表说："我一个小时后还有事。"张林便说他就住在附近，两分钟就可以到达。于是，张林便带领我和丁桃来到了他的住宅。张林的房子很宽敞，他像我一样将工作室安置在卧室旁边。丁桃看上去是第一次到张林的住处，她同样是冷漠地坐在沙发一角，这时我们开始谈起正事。但令我感到奇怪的是，当我刚说到征丽这个名字时，丁桃的面孔突然变得一片苍白，她的嘴唇也开始颤抖起来。我的内心一阵抽搐，以为征丽出了意外，但丁桃很快就控制住了自己的情绪。她问我是征丽的什么人，我说我只是征丽过去在 G 市的一个朋友，那年她突然出走以后我就无法与她联系上。丁桃冷漠地说："她就在 A 市，她如今是一位外科医生的妻子。"说完后便站起来，在离开时丁桃说："你如果要找她，可以给她打电话，她的电话号码是 3158649。"

这个女人消失得那样快，令我和张林都感到不安。张林站起来去送丁桃，我听着他们俩下楼的脚步声，想着丁桃告诉我的消息：征丽如今已经是一位外科医生的妻子。使我感到安慰的是，我终于寻找到了征丽的下落，她并没有在这个世界上消失，像我推测的那样她果然来到了 A 市并在这里结了婚。张林很快就回来了，他一进门就对我说："你都看到了吧，我喜欢的这个女人是什么德行。"我说："漂亮的女人大都很冷漠，这是正常的事情。"张林说："你的事你准备怎么办？你可以先给她打电话，告诉她你已经来到了 A 市。"张林一边说一边将电话给我搬过来说："打吧，丁桃不是已经将电话号码告诉你了吗？"

张林将电话放在我的膝上就到工作室去了。我抱住电话，眼前出现征丽与我在一起的情景，出现那天我驱车带着惊恐不安的征丽奔逃的情景。如今照丁桃告诉我的电话号码就可以与征丽联系上，当我拨通电话，听着电话的铃声时我的心怦怦直跳。很快就将听到征丽的声音了。她的声音仍然是那样轻柔，当她听到是我的声音时她沉默了一会儿，问我现在在哪里，我告诉她我已经来到了 A 市，现在在一位朋友家里。她便问我到 A 市来干什么，是从何处知道她的电话号码的，我说我从你的朋友丁桃那里知道你的电话号码。当我说到丁桃这个名字时，她又追问道那么你为什么会认识丁桃。我觉得她的追问令我呼吸感到紧张，便说："我想约你出来见见面，不知道你愿不愿意？"她最后答应了，与我约定的时间是明天晚上八点整。

表达我的情感成为与征丽见面的重要内容，试想一下如果我在多年前能够将我们之间的那层暧昧关系上升为爱情关系，那么，征丽也许就不会离家出走，而我现在的妻子也许就是征丽，而征丽也许就不会是那位外科医生的妻子。所以，我要抓住时间表达现在的我，她坐在我身边，她一点也没有变。有一类漂亮的女人，即使时光嬗变，也不会变化。见到我征丽也很高兴，我感到她早已摆脱了 K 留下的阴影。这一切证实K只是一只飘逝的气球而已，这一切也证实了征丽在阳宗海的时候并没有与 K 发生性关系。看上去，她是那样健康，这使我心灵中那些质疑和追问愈来愈清晰地化作了对于我爱情的表达。由于咖啡馆里光线的原因，我无法看到征丽的肌肤，我不知道对一个女人的爱意味着什么，它也许就是想找到她的肌肤，找到她肌肤中四处漫延的血液，找到她的手指尖……于是，我伸过手去捉住了她的指尖。征丽看着四周，将手抽动了一下轻声说："商仪，不管怎么说，我已经是别人的妻子了。"她说得郑重其事，并且试图阻止我再滋生别的念头。我想，只要我看见这个女人，那么我永远都会对她产生幻想。一个男人对一个女人的幻想也许永远是一场难以解析的梦。

提到丁桃这个名字，没有想到征丽显得那样惊讶，仿佛我使她猝不及防地陷入了某种寒噤之中。我问她怎么了，征丽毫不掩饰地告诉我，她现在的丈夫原来就是丁桃的男友，所以，丁桃对她恨得要命。

现在是我被弄糊涂了，我说这怎么可能呢？她是你的表姐。征丽向我简单地讲述了那段经历，她拎着箱子来 A 市时，丁桃正与她现在的丈夫，外科医生胡平在谈恋爱。但是，后来胡平爱上了征丽。征丽解释说那完全是一场梦，她嫁给胡平也是一场梦，她至今也不明白这到底是怎么一回事，但是无论如何她已经是外科医生胡平的妻子了。征丽还说这显然刺伤了她的表姐丁桃，也感到丁桃将永远不会平息对自己的那种仇恨。征丽说到这里，显得有些惊悸："说实话，我真害怕面对丁桃，我希望她找到一个爱她的男人尽快结婚，只有这样，她才能结束对我这种铭心刻骨的仇恨。"我将张林对丁桃的追求告诉了征丽，征丽说丁桃是一个难以征服的女人，也许她过去对胡平爱得太深了。

　　这次咖啡馆里的谈话进行了三个多小时，在经历了一段长久的沉默之后，我们都觉得再这样坐下去会令我们各自都难以分开。在沉默中我决定告诉征丽我明天就离开 A 市，到别的地方去旅行，说到旅行，我想起来我最后应该做的事就是将征丽做香水模特的那笔薪酬交给她。她没有想到，也许她已经忘记了自己原来的职业，也许她还忘记了自己曾做过一次香水模特。不过她很高兴，她告诉我，她原来有一辆轿车，在她在离开 G 市时被卖了，但是她非常喜欢轿车，她要用这笔薪酬去重新买一辆。我说如果是这样，但愿我们驱车在别的地方相遇。征丽的眼里也升起一阵幻想，她还告诉我，她要用很多的时间去旅行。看到她眼里那种绵延的色彩，我告诉自己，这是一个永远在游动的女人。

　　离开 A 市之前我与张林进行了一次谈话，我告诉他对丁桃的追求应该加紧进行。张林后来摇摇头说："我再追求一段时间吧，如果失败了，那我就彻底放弃，并随便找一个女人结婚。"张林的这种悲观态度我虽然不赞同，但想一想，我自己不也是这样的结局。生活教会我们的就是平庸，平庸就像一池没有波浪的死水。平庸给我们带来了幻想破灭之后的麻木，平庸给我们带来了肉体的衰竭，平庸给我们带来了穿行于尘土之中的圆圈，平庸使我们发出一个苍白的笑容。所以，我相信张林的话，如果他追求丁桃失败之后，那么他走的就是我现在走的道路。我不能说我现在就平庸地生活着，但我也不能说我的生活中充满了我梦想的东西。

9

三年后的一个早晨，文舒菌刚去上班，我就在电话中听到了一个女人声音。那声音在三年中已经变得遥远了，但是她刚叫出我的名字，我便知道她是征丽，她就是我竭力想在现实的平庸生活之中忘掉的那个女人。她说她现在驱车从家里出走了，听到"出走"这个字眼我就会想起多年以前那个抛弃了住宅、电话、声音的女人的出走，听到这个字眼我就会想起她那深不可测的目光神秘而又无助，她将自己的命运移动在一种散发出悲戚气味的路上。我小心地说："征丽，告诉我，这一次你为什么又要出走？""商仪，我想尽快见到你，你可以尽快赶来吗？""当然，我会尽快……你把地址告诉我……"实际上，多少年来我在遗忘中就一直坚持不懈地等待着这种召唤。我放下电话，收拾好东西，并给文舒菌留下字条，显然我只能对文舒菌撒谎，我告诉她我将驱车去风景地拍摄一组照片，时间大概需要一周。几年前去寻找征丽时，我也同样向文舒菌编造过谎言，但在这样的时刻，我唯一可以做的就是撒谎。

10

现在我已经来到靠近北方的一座海滨城市，驱车经过了两个省，经历了三个日日夜夜，我找到了征丽下榻的海滨饭店。她住在 505 房间，我敲门时手指尖在颤抖。征丽开门后，我捕捉到一种宛如梦呓般的声音，但是，并不存在什么声音，如果说有声音存在的话，那就是我们之间的那种期待，拥抱平静了我们的战栗。我们重又回到了多年以前的那个夜晚，在那个夜晚里，她的身体和我的身体在抗拒之后相融在一起。现在，她刚刚沐浴过，看得出来她在淋浴之后就一直在等待着我，因为她计算过时间，我抵达的时间就是今晚。肉体的缠绵之后我将她的面孔捧起来，她将台灯关了，她说她想在黑暗之中给我讲述她现在的故事。故事很简单，就是她的丈夫与她自己还有丁桃的故事。三天前，征丽驱车去一座郊外的乡村花园买鲜花。征丽到 A 市后唯一的爱好就是在屋子里插大量的鲜花，她与外科医生胡平的家宽敞而明亮，这使她购来的白色瓷花瓶得到了发挥。通常，她都是从花店里买来鲜花插在花瓶里，后来她一个朋友介绍，在郊区有一座乡村的花园，劝她最好每周驱车去花园中买花，这样鲜花既鲜艳，又可以每周在乡村花园中徜徉。朋友的这个建议非常好，她马上采纳了这个建议。每到星期六的上午，她就驱车来到花园，中午与花园中的园丁共进午餐，然后她与园丁在花园中干两个小时的活，下午四点以后她就驱车回家。三天前那个星期六的上午，征丽照例驱车出发，轿车刚走到郊外就发生了故障，征丽就将车开到了附近的汽车修理部。她在修理部等了两小时，修车师傅仍没有发现故障出现在哪里，征丽只好办理了手续之后，准备次日再来取车。她乘出租车回到了家，那时候正好是下午一点来钟，她估计做外科医生的丈夫正在家休息，因为胡平这天上夜班，所以，她掏钥匙包括将钥匙伸进孔道里的动作都变得异常的小心翼翼，几乎连一点声音都没有发出来。进到屋里她正弯下腰换鞋时，发现了一双女人的橘黄色高跟鞋。征丽的心里怦地跳动了一下，但当她换上鞋子时马上滋生一个念头：也许是胡平的妹妹来了，结婚前她见过他妹妹，她在一所地区医院做药剂师。但是事情并不是如此简单，彼时彼刻，从他们的卧室里突然传来了一男一女的欢鸣声，事情确实不是这么简单，那阵欢鸣声几乎淹没了过道和客厅。当时征丽正站在客厅里，她完全被卧室中的声音，丈夫和另一个女人的声音的袭击击败了，她呆滞地朝前移动着脚步，那一刻她并不知道自己应该到哪里去。她碰倒了客厅里的暖水瓶，暖水瓶爆炸的声音使来自卧室里的声音突然停止了，也使征丽骤然清醒了。她突然奔到丈夫的卧室，她只有一个愿望：想看看那个女人到底是谁。就这样，她看到了丁桃赤裸着上身紧紧地偎依着胡平。

　　这就是征丽在黑暗中给我讲述的故事，这也是征丽出走的原因。当她看到卧室中的情景之后，她平静地告诉自己千万别发怒，一定要克制自己。她在一秒钟内将一堆衣服塞进了箱子，然后又拎着那只箱子乘上出租车来到郊外的那家汽车修理部。她在那里守候了四小时，轿车终于修好了，她就驱车出发，在那一刻她觉得自己竟然是那样迷惘。她最想去的地方仍然是有水和沙滩的地方，后来她在一家书店里买到了一张旅游地图，她的目光盯着北方的那座海滨城市中的沙滩，她决定到那里去。在异常痛苦的日子里，她想到了我并给我打了电话。征丽的故事讲完了，她疲倦地靠在我的肩上睡着了。第二天、第三天，我和征丽除沿着海岸线行走之外，就是坐在沙滩上。到第四天时，我问征丽有没有考虑过今后的生活，征丽说她不知道怎么办。

面对她的迷惘，我本能地感到征丽现在除依偎在我怀里之外，她几乎没有任何依偎的地方。我觉得面对征丽目前的情况，最好的办法就是回到胡平身边去好好地跟他谈一次话，如果胡平已经沉溺于另一个女人的情感之中，那么他们之间唯一的选择就是离婚。我把这个想法告诉了征丽，她的双眼望着远方，问我："那么离婚以后呢？"当她把这句话说出来时，另一个计划也同时在我内心产生了：在这同时我也回去与文舒菌离婚，等到征丽离婚以后，我们就可以在一起生活。征丽点点头，同意我的意见。在那以后我们又在海边待了三天，三天时间对于我们来说远远不够，然而，为了今后永远在一起，我们还是决定先分开一段日子。而我没有想到，这次竟然是我与征丽最后的见面。

我目送着征丽开着她那辆红色的小轿车离去，现在，我知道我将回去处理一件严肃的事情。回到家，轿车刚停下，文舒菌又从窗口看见了我，她抱着涛涛从楼梯下来了，她来到我身边，问我出门顺不顺利，我勉强地笑了笑说还行。回到家后，文舒菌就要看我拍摄的照片，我赶紧说照片正在照相馆里冲洗，过几天才能看到。涛涛爬到我的膝盖上，他已经是四岁的孩子了，看到涛涛，想到那个决定，我觉得有些残忍。我想过几天再跟文舒菌谈论离婚的事情，于是这件事就这么被搁下来了。于是才发生了下面这件事情。

　　菲菲来到 G 市的时候是一个细雨濛濛的傍晚，当时我没有在家，她在机场给我家打来电话时，我正在白丛斌的画室看他最近画的一幅画。文舒菌将电话打到白丛斌家里并告诉我一个名叫菲菲的女人给我来了电话。文舒菌问我菲菲是谁，我这一次没有撒谎，而是如实地告诉了她："是早年的一个朋友。"文舒菌问我要不要菲菲房间里的电话号码，我当然需要，我用白丛斌的笔记下了菲菲的电话号码。我在前面已经交代过菲菲是我早年的一个曾经恋爱过的女友，后来她声称我并不爱她便嫁给了另一个男人，结婚的速度之快很令我吃惊。后来她与她丈夫去了沿海城市就再也没有联系过，如今她来到了这座城市，并且给我打来了电话，我当然应该去看看她。白丛斌看我似乎要走了，就劝诫道："与女人交往，我现在的经验是要淡薄些。"我笑了笑说："除淡薄之外，还要有所选择。"

　　大约十年时间没有见面了，那个可爱的女孩现在已经变成一位成熟的女人。当菲菲向我转过身来的那一刻，我不禁心里一怔。女人是一面镜子，她可以让我看到时间有序地变化，菲菲最为明显的变化就是从一个少女变成了一个成熟的女人。从她脖颈的深处飘来一阵香气，但已经不是多年以前浓郁的香水味。她也凝视了我一会儿，我不知道在菲菲眼里我成了一个什么样的男人。这样，菲菲就谈到了她自己的生活，她说她的丈夫遇到一场车祸去世了，给她留下了一大笔遗产。她想在 G 市找一片废墟，然后将那片废墟买下来，盖上房子。

　　女人们大都是被幻想推到舞台上去的，在我有限的记忆中，曾有过我带领菲菲在废墟上行走时她的那些早年的幻想，而废墟上的房子是我记忆中最清晰的一种属于菲菲的幻想。如今她带着这幻想来到了这座城市，我也许是被她的这种幻想感动了，也许是不相信她这种幻想，我看着菲菲的眼睛，菲菲说："商仪，你是不是不相信我说的话？那么我们明天就去寻找废墟，哪里有废墟我们就到哪里去。"这问题是如此缥缈，我只有等到第二天，所以我答应菲菲明天与她去寻找废墟。

　　回到家后，文舒菌已经在床上等我，当我走到房内，手一接触到被子时，就意识到我自从与征丽在海滨分手之后就已经没有与文舒菌过性生活了。睡在身边的文舒菌似乎是一个多余的人，我竭力地想摆脱她，在黑暗中，我痛苦地接受着这种已经形成婚姻的事实。我想到了征丽，不知道她现在怎么样，我想明天给她打一个电话。

11

　　南屏街西边的房屋正在逐渐被推倒，五六台大型的推土机发出轰鸣声，两侧的房屋大都是二十世纪三十年代修建的房屋。我和菲菲恰好经过这里，南屏街是 G 市最热闹的一条街道，菲菲走到推土机后面去，她也许对这里的废墟感兴趣，尘土很快淹没了她的衣裙，连她的影子也被推土机卷起的灰尘很快地淹没了。

　　我发现了南屏街顶端的那家小型邮局还没有被推倒，我走到邮局准备给征丽打长途电话。拨通电话后，就像我所期待的一样是征丽接的电话："喂，是胡平医生的家，你找谁?"听到这声音，我觉得有一种对于声音的陌生感，征丽原来似乎很少用这样的语调说话，也许是因为给胡平打电话的人多，征丽不知不觉地已经习惯用这种声音讲话了。沉默了一会儿，当征丽似乎快要将电话放下时，我终于也发出了声音。"哦，是商仪呀，你怎么不讲话呢?"听语气，她近来似乎过得很愉快。我问她最近在干什么，她说在家里养养花草，每周仍然驱车到郊外的乡村花园去买花。我问她事情办得怎么样了，她沉默了一下说她回到家的第一件事就是跟胡平谈离婚，但是胡平坚决不同意。我问她："那你的想法呢?"征丽叹了一口气说："商仪，我只有等待，胡平已经对自己做的那件事做了忏悔。丁桃前两天已经与你的老同学张林结婚了。所以，离婚的事情我只有等待，等待的日子很难受，胡平上夜班后，我自己经常跑到咖啡屋去喝茶或者咖啡，我最近一直在想我应该做点什么事情，我感到很空虚，是那种失去自我的空虚，所以，我在寻找机会做我能够做的事情。商仪，给我一段时间，好吗?"电话的结果就是这样，这也许是我预料之中的，因为我自己就是这样，仍然与文舒菌陷入某种难以言喻的并不愉快的夫妻生活中。电话就这样结束了，我从邮局出来，也正是菲菲从推土机后面出来的时刻，她的淡绿色裙装跃入我的视线。她看到了我，目光充满着兴奋，她老远就说："商

仪，这就是我理想中的废墟。"我说菲菲，你到底有多少钱，
这个地段可是黄金地段呀。菲菲似乎没有听到我的话，她说：
"我现在寻找一位建筑设计师。"我马上告诉她我的父亲就是
一名建筑设计师，不过他已经好多年没有设计房子了。自从
我的母亲去世之后，他就在家里写一部有关建筑的书。菲菲
对这个信息极为感兴趣，她让我马上带她去拜访我的父亲。
我们离开邮局门口，已经停息了又再一次响起来的推土机的
声音包围着我。我眼前出现了父亲的形象，他已经五十七岁
了，但仍然是那样精神饱满，我敬重父亲又惧怕父亲，他的
生活方式极为严谨，所以，母亲已经去世近十年时间了，他
仍然躺在书斋之中。我很少去看我父亲，从某种意义上来说，
想起他，我就会看到自己生活的混乱，所以，我从不敢轻易
地看望我的父亲。

　　今天想到父亲是因为菲菲要寻找一位建筑设计师，这样
就使我想起了父亲设计的 G 市那座二十世纪六十年代修建的
五星级大饭店。我没有想到这次拜访极为成功，父亲已经答
应做这座五星级大饭店改建的总设计师。为了庆贺，父亲那
天晚上亲自下厨为我们做了几道南方菜，菲菲则拿出她给父
亲带来的洋酒。见到酒，父亲的目光显得很明亮，这说明我
的父亲已经在多年的生活中与酒结下了缘。

　　深夜十二点，我先把菲菲送到了宾馆，那时候我已经有
些醉了。菲菲告诉我的话我没有听清楚，只是感到她比我醉
得还厉害。

　　也就在这天晚上，当我带着醉意回到家时，文舒菌正坐

在客厅里等我。我刚进屋她就对我说她要与我谈话，我说我已经累了，明天再谈吧。文舒菌将我拽到沙发上坐下严肃地说："不行，我必须与你谈一次话。"我将头仰在沙发上说："好吧，你说吧！"文舒菌就开始问那个叫菲菲的女人到底是我的什么人，我说是一个女朋友，文舒菌就说我看你们不是一般的男女朋友。我就说那你说我们是什么样的男女朋友，文舒菌想了想说你与她的关系不正常。我就说不正常在哪里，文舒菌就说不正常在你陪着她喝得这么酩酊大醉。

　　我将头从沙发上仰起来看着我的妻子文舒菌那张面孔，她那张面孔涌满了嫉妒、仇恨，就在这一刻我开始对这个女人产生了厌倦。但是我确实已经酩酊大醉了，已经不想继续坐在文舒菌面前与她进行无聊至极的谈话。我去了一趟卫生间，做了一次长时间的呕吐，然后来到我的工作室，这是我与文舒菌开始婚姻生活以后第一次分居。我听到文舒菌在客厅里砸杯子的声音，后来我还听到了她的啜泣声，但对于我来说，已经产生不了什么效果，我感受到了一个男人对一个女人厌倦后的那种恶心。

　　恶心仍然继续着，并不会因为一个黑夜过去之后就随风飘散。第二天早晨文舒菌上班之后，我已经无法忍受这种恶心的滋味。我从一间房走到另一间房，唯一没有走进去的就是那间卧室，它就像一间散发出霉味的仓库堆集着被虫蚀空的口袋和问题，所以，使我不敢面对。恶心直到中午时还在继续上升着，我决定出走。

　　"出走"这个词大都与女人有关系，但今天却落到了我的头上。我想我是因为恶心而出走，因为不能面对那间卧室而出走。我想除以上原因之外是因为另一个女人，她是在我恶心时闪现在我眼前的另一种没有破灭的幻想。坐在空寂的屋里，她现在已变成生活中唯一的召唤，所以，我用脚将文舒菌砸碎的那些玻璃踢到了墙角。在这样的时刻，男人的精神世界就像那些墙角亮晶晶的碎玻璃一样；就在这时候，男人的精神世界爬满了翘首以待的蜘蛛，它们正在想入非非地进入一个可能藏住身体的地方；就在这时候，男人的精神在一个凌乱不堪的地方抬起头来，从而将那些呻吟的、下流的、猥亵不堪的念头洗濯之后再逃出去。我要逃出去的首先是那间充满性的回忆的卧室，然后才是那堆墙角的碎玻璃，然后才是一个男人在精神之坑中对猥亵的战栗的恼恨。经历了这个时刻的我接下来就是从这些房屋中逃出去，我把这种行为称为出走，因为再没有另外的词汇可以准确无误地概括这个时刻。在出走的时刻，尽管我恶心至极，但我仍然克制着没有忘记给这里的女主人文舒菌留言。我这样做纯粹是为自己考虑，减少和避免她对一切事情的可怕的追究，减少和避免她调动一切力量满世界地去寻找我。把这件事做完之后我就可以走了，我麻木地把几件衣服装进箱子里，我的那只黑色箱子。随后我带着它下楼，我的那辆轿车在院子里呼唤着我。

12

将轿车驶出郊外，我想寻找一个长途电话亭给那个为此召唤我的女人打电话，我要告诉她我已经出走了，此刻正在路上。将车停在路边，我看到了啤酒场外有一个长途电话亭，有一个没精打采的老人举着一把扇子坐在电话亭旁边，他好像是在打盹又似乎在冥想。他手中那把张开的扇子使我意识到夏天已经到来，夏天意味着什么呢？意味着女人身上的衣服会穿得愈来愈少，意味着炎热使我们变得失去想象力，而那个老人的形象会使我想到，我到他那个年龄时会不会守住一样东西，比如像他一样固守着长途电话亭。老人看见我走去就睁开双眼，他问我打什么电话，我说是长途电话，老人就放下扇子看了看手腕上那只古老的上海表说："小伙子，进去吧，现在是上午十点半。"我就这样第二次给征丽的家里打电话。接电话的不是征丽，而是征丽的外科医生丈夫胡平，他刚说话我就猜出了他的身份，他很有礼貌地问我要找谁，我说征丽在家吗？他又很有礼貌地告诉我说征丽今天不在家。我问她征丽上哪里去了，他想了想说："也许她到郊区的花园去了。你是不是导演刘歌？如果有事的话，我可以转告她。"我也像他那样很有礼貌地说："谢谢你，我会另外找时间给征丽打电话，我不是导演刘歌。"说完我就放下了电话。刘歌是谁？是导演。这是胡平透露的信息，这也说明征丽有一个朋友叫刘歌，是导演。电话证明征丽就在 A 市，不管怎么样，她在A市，我似乎将所有的赌注都押在了这个女人身上。从电话亭出来，老人又看了看表告诉我，我总共打了十五分钟的电话。我将十五分钟长途电话费交给了他，总共是二十块钱。老人问我到哪里去，我说随便到外面走走，老人就说你们年轻人就是太自由了。我点点头，老人就目送着我对我说：
"瞧，前面那个女人她已经在你车前等你一些时间了，她大概
想搭你的车。"我将头抬起来，这才看到了那个女孩。她看上
去二十多岁，她脸颊上挂着泪水，问我是不是要到乌城去，
我想了想告诉她我要经过乌城，你有事吗？她便抽泣起来说
她的男朋友骑摩托车撞到一辆大卡车上死了，她回家去奔丧，
她就在附近的师范学院音乐系上学，问我能不能让她搭车。
我马上涌起一种同情心同意了，我帮她打开车门对她说："上
车吧，五个小时后你就可以在乌城下车。"女孩很感激地坐在
我旁边，起初我们并没有说话，因为她一直在抽泣，后来她
慢慢地停止了哭声，我便开始安慰她。我说人活在世界上总
是要死，只不过一些人死得早一些，一些人死得晚一些。她
说她懂这个道理，只是觉得她男朋友太年轻了，才二十四岁。
死亡的话题展开，也就展开了我在别的时间来不及考虑的许
多问题。我们两个人都回忆着记忆中所有已经死去的事物，
包括被我们所目睹的有关一只动物的死去，就在这种时间中，
已经到了乌城。就在她快下车时我感到她有些眩晕，我便说
离城还有两公里，我可以把你送到城里去。"真是太感谢你
了。"她说。她告诉了我她的名字，她叫康红。我看了一眼这
个奔丧的女孩子，只是感觉到她除悲伤之外就是很年轻。轿
车到达乌城，我觉得，还应该多送她一程，应该把她送到她
男朋友家里去。我觉得我对这个叫康红的女孩子前来奔丧的
同情在那个时刻甚至使我忘记了我出走的目的，忘记了另外
一个女人对我的召唤。我记住了她那头浓密乌发的背影，记

住了她年轻的面庞上的泪水，还记住了她白色裙子上的皱褶。我涌起一种从未有过的对死亡这个问题的忧虑，但我很快就到达了另一座城市——A 市。

13

给征丽家里打电话没有人接，我有些失望，我以为在前方召唤我的那个女人其实并没有在召唤我。我只好在宾馆里给我的同学张林打电话，张林没在家，我猜想接电话的那个女人也许是张林的妻子丁桃，她的声音比上次我听到的声音平和多了。当我告诉她我是张林的同学商仪时，她回忆起来说上次见过我，我说是的，她便接下去问我到 A 市来是不是又来看征丽。我避开了这个问题，告诉她来出差。丁桃便说等到张林回来后她与张林一块儿来看我。放下电话后我再次给征丽家里打电话。话筒里传来了这样的声音："刘歌，我已经想好了，我决定演你导演的片子。"我大声说："征丽，我不是刘歌，我是商仪。"征丽停顿了一下支吾着说："商仪，是你吧？那件事情胡平还是坚决不同意，我决定放弃跟他再谈这件事。商仪，我最近找到了一件事，决定去演电影……哦，你怎么样，你过得好吗？好吧，我找机会再给你打电话……"我想，征丽那么快地挂断电话，也许是她丈夫胡平回来了。我觉得自己犯了一个错误就是没有告诉征丽，我已经来到了 A 市。

看上去，胡平今晚不上夜班了，他在家，我也就不便再给征丽打电话。正在这最无聊的时候，张林和丁桃来看我了。
张林一进屋就说："商仪，你又是来看征丽的吧！"我的沉默
意味着我已经将我的目的告诉了他们，丁桃说："我最近听她
丈夫胡平说征丽也许要去拍一部电影，她是坐在咖啡屋独自
饮酒时被导演刘歌发现的。我倒希望她去拍电影，她长得那
么漂亮，不去做演员太可惜了。"我看了丁桃一眼，想起她与
征丽之间的事，张林似乎感悟到我在想什么，他就对丁桃说：
"你是征丽的表姐，但我看你们似乎从来不来往。"丁桃注视
着张林第一次泄露了她压抑在内心的秘密："张林，我告诉
你，我为什么不与征丽来往，因为她来 A 市后，就抢走了我
的未婚夫胡平……"张林显然是第一次听丁桃谈论这桩往事，
他看看我又看看丁桃："原来你说过的最爱的那个男人就是胡
平，对吗？""不错，我在未嫁你之前确实只爱他一个人，但
是自从我决定结婚时胡平已经在我心灵中死亡了。""但你仍
然与他有联系……""不错，我们俩仍然有电话来往，我关心
的是征丽与他的关系……""那么你为什么要关心他们的关系
呢？""那是一个秘密，我永远也不可能告诉你。"

　　没有想到在我居住的客房里发生了上面一些纠缠不清的
问题，丁桃先告辞了，她临走时说对不起，她不该那样激动。
张林摇摇头问我女人不能言语的秘密到底是些什么，我也摇
摇头，然而，关于丁桃说的那个秘密我已经猜出几分，那就
是她与胡平医生的那次偷情。

　　张林被丁桃的秘密包围着，他认为丁桃并不爱他，虽然
已经结婚了，但他感觉到了这一点，今天晚上证实了丁桃还

在与胡平来往。我劝诫他，这时候我觉得我有些像白丛斌，在很多时候，白丛斌总是劝诫我要对生活心平气和。张林说这也没有什么，大不了就是离婚，只是他不能容忍一个女人不明不白地背叛自己。我提议我们到酒吧去坐一坐，张林说他今晚要喝醉，我说醉了又有什么用，醉了产生的效果就是恶心。我们刚出门，就看到大厅里一个男人正在送征丽。最先看到这情景的是张林，他拉拉我的袖子说："那不是征丽吗?"我就来到平台上看到了征丽，她穿着风衣，那个男的已经将她送到了大厅外的院子里，征丽钻进了她那辆红色小轿车。那个送征丽的男人也许就是导演刘歌。

　　不知道为什么，看到这个情景，我有种预感，导演刘歌将把迷惘之中的征丽带到另一种生活之中去。我还是觉得我对漂亮女人的一切了解得太少了，就像我最初的感觉一样，这个女人身上有太多的神秘。我的感觉是那样准确，第二天上午，大约九点的时候，我想这时候征丽的丈夫应该去上班了，所以我拨通了征丽家的电话。征丽的做外科医生的丈夫在电话中嘘了一口气后问我是不是征丽的朋友商仪，我想一定是丁桃向胡平透露了我与征丽的关系，同时也透露了我到 A 市寻找征丽的消息。但我没有想到我与胡平的电话竟通了两个多小时，下面是我们两人的电话问答。

14

　　胡平：征丽与刘歌今天早晨七点就已经乘飞机飞往北方。

征丽将在电影中扮演一名二十世纪三十年代隐姓埋名了三十多年的私生女。

商仪：我觉得征丽去演电影是对的。

胡平：你了解征丽吗？

商仪：既然我们俩能这样平静地对话，那我就告诉你，对于我来说，征丽一直是神秘的。但我有一种预感，她的生活充满了危险。

胡平：危险，你指的是什么？

商仪：美貌束缚着她。美貌对于她而言是一座地狱，除此之外是她的生活。征丽一直生活得不太愉快。

胡平：我知道，即使她与我在一起……

商仪：你与丁桃的事对她刺激很大。

胡平：我知道她会将这件事告诉你，不过尽管如此，我是爱征丽的。我与丁桃原来有感情，后来就变成了游戏。那场性游戏刺伤了征丽，使她对婚姻感到绝望，但是我并不想离婚。商仪，我除了是征丽的丈夫，我还是她的医生。

商仪：你的职业是外科医生，并不意味着你是征丽的医生。

胡平：我的意思你不明白……我不知道你对征丽的感情到底有多深。

商仪：到目前为止，她是我生活中最重要的女人。

胡平：你可不可以为征丽永远保密？

商仪：你指的是什么？我不明白。

胡平：那么我告诉你吧！我在征丽婚后的一次偶尔高烧

中，发现了隐藏在她身体中的病毒。

商仪：病毒？你指的是在征丽体内已经有了病毒的滋生？

胡平：你好像对这件事并不惊讶？

商仪：不，我只是不知道你指是什么病毒？

胡平：你能守信用吗？

商仪：我保证。

胡平：那么我告诉你吧，在征丽体内现在滋生着一种艾滋病病毒。

商仪：……我想起来了……

胡平：你想起什么来了。

商仪：哦，那件事已经过去很久，我回忆不起来了。

胡平：你要回忆的那件事与艾滋病病毒有关系吗？

商仪：我想……没有关系。

胡平：令我感到欣慰的是，她体内的病毒起码要在三年之后才会传染，所以，征丽可以在这三年内去做她最喜欢做的事情。我想，为了征丽，在这三年内我会研究关于让滋生的艾滋病病毒在体内死去的可能性，但这种希望是那么渺茫。不过，哪怕有最后一点希望我也要去争取。

商仪：……我理解你。你对征丽真是太好了。我现在理解你为什么不跟她离婚了。我想，我是唯一知道这个秘密的人，我希望你的研究能够成功。

15

那天下午我驱车往 G 市的方向奔驰。与胡平的对话结束之后，我觉得自己不应该再去寻找征丽了。我能够为她做什么呢？我给予她的只是束缚，以及对没完没了的生活的纠缠，我能够像胡平医生那样去帮助征丽吗？也许是我感到了一个男人情感世界的渺小，我决定放弃这种生活。一路上我一直在回忆着另一件事，那件事在我与胡平医生的谈话中被我秘密地保留了，或许是我曾在多年以前答应过征丽，不将它告诉任何人。所以，对于我来说，承诺过的事应该负责，这件事就是 K 与征丽的故事。我想，毫无疑问是 K 将艾滋病病毒传染给了征丽，具体是什么时候？我只记得那天上午文舒菌去买游泳衣裤之后，征丽就来了，她带着一种恐怖坚持要我带她离开阳宗海，后来我从文舒菌带来的报纸上获悉了一个重要的事实：K 就是那名潜逃到 G 市的艾滋病患者。

在知道自己将死之时，常有的反应就是恐惧，我们小时候觉得自己面临着危险时，本能的选择就是撒腿就跑，所以，逃跑是人穿越危险和恐怖的唯一途径。使我费解的是 K，他已经知道自己是艾滋病患者，那么他为什么要与征丽在一起？那天晚上他们来到阳宗海，我想，在当时的情况下，他们扮演的是一对昔日的朋友或者情人在阳宗海旧地重游。所以，当天晚上，征丽根本不知道K是一名艾滋病患者，最有无懈可击的可能性就是他们在一起发生了性关系。K 在第二天早晨将自己的情况告诉了征丽，但是已经太晚了。艾滋病病毒已经从 K 的血液中绵延到征丽的血液之中，这就是胡平医生在征丽的血液中发现病毒的原因。

回 G 市的路程似乎是那样孤寂，我想起了那个搭我车回乌城奔丧的女孩康红。正当我犹豫着想进城去看看那个悲伤至极的女孩时，我突然在路口看到了一个挥手搭车的女孩。她就是康红，这种缘分注定了我与她之间要有某种联系。而当时，我只是一个对一位奔丧的女孩子持有同情心的男人，我把康红送到了她上学的师范学院。当时，我似乎只想往家赶，一路上我已经忘记了与文舒菌之间的种种不悦，忘记了试图离婚的计划，征丽的事使我的心情除变得忧虑之外，就是变得慢慢地平缓起来。然而，当我回到家里，文舒菌就递给我一份离婚协议书，让我在上面签名。事情的结果就是这样，文舒菌已经将一支黑色的钢笔递到了我手中，我已经面对着那份文舒菌写好的离婚协议书和一支钢笔，签上了我的名字。离婚的事情第二天上午就顺利地解决了，儿子涛涛属于文舒菌。

文舒菌最担心的事情顺利解决了，她以为我会同她争夺儿子的抚养权，实际上在那个时刻的我还沉浸在与胡平医生的对话之中，我把太多的忧虑投掷到那个漂泊不定的女人身上，所以，当我们从街道办事处走出来时，文舒菌说了声"谢谢你"。后来我才醒悟到，她之所以谢谢我，是因为我把儿子的抚养权给予了她。有一点我很长时间都没有弄清楚，文舒菌为什么在那么短的时间内就想通了离婚的事情，并在我出门的短短时间中坦然地将离婚协议书写好，所以，我觉得我愈来愈不了解女人。

当菲菲与我的父亲恋爱时，我已经离婚半年多。我在一次散步中时，其实是去看白丛斌的路上，发现了我做建筑师的父亲与菲菲正手挽手散步。那天傍晚，事情到来得太突然了，我急忙闪到一群散步的人背后，以避免与他们正面接触。一个是我的父亲，一个是我的旧日恋人，这样的关系会令我和菲菲尴尬，父亲当然不会知道我与菲菲的那段往事。但是过了一个多月，父亲和菲菲又突然宣布结婚，我意识到父亲终于将告别他失去我母亲之后的独居生活，意识到父亲终于将被一个女人所温暖和左右着，从而走进另外的生活之中去。他们婚礼的时间选择了南屏街那座五星级饭店竣工的那一天，这个值得纪念的日子使我的父亲显得非常有魅力，也使菲菲显得异常美丽。父亲让我紧挽他的手臂站在人群中，那时候我就想，菲菲没有将我与她的故事告诉父亲，女人们的聪明使她们显得从容而幸福。

康红与我的来往同样是出于偶然，那天下午白丛斌约我一块儿去听音乐会，他说手里的两张票是音乐协会发的。白丛斌爱好音乐，是音乐协会的会员。这场音乐会是刚刚组织成立的市交响乐团的第一次演奏会。就在这次音乐会上，我坐在第三排的位置上看到了康红，她是首席大提琴演奏师，身穿白色裙装的康红今天看上去非常沉静，一头乌发披在她肩上。我对白丛斌说我认识那个女孩。白丛斌说哪个女孩，我就说坐在右排的首席大提琴演奏师。白丛斌就说那女孩有味道。演奏会散去以后，我与康红在门口相遇了，她告诉我毕业后分配在 G 市刚成立的交响乐团。这次相遇使我与康红逐渐有了来往，十月初的一个下午，康红让我与她去看电影，她说这是一部较有争议的电影，我问她是什么电影，什么人

主演的，我说我已经有好多年没到电影院看电影了。康红说
电影的名字叫《坦言》，听说主演片子的是一个模特，她好像
叫征丽。这就是我和康红坐在电影院里看电影时，康红对我
的沉默不语表示不解的时刻，她小心地靠近我说："瞧，电影
中的女主角原来是做模特的，她第一次涉足影坛……"征丽
主演的这部电影在很长一段时间里统治了电影院的上座率，
而我倒是看不出来征丽在电影中演了些什么。也许没有一个
人像我一样为这位已经出名的电影明星那样忧心忡忡，也许
还有另一个人，那就是胡平。当然，可能还有征丽所接触的
另外一些人。征丽一生都在用自己的美貌与生活发生碰撞，
在这同时，美貌给她带来了有别于其他女人的混乱，而她躯
体中的病毒正是混乱的一种延伸。

　　十二月底的一个晚上，我在家里接到了征丽的丈夫胡平
医生的电话，他高兴地告诉我他已经试验出一种杀死艾滋病
病毒的细菌。他准备出发去寻找征丽，让她回来接受他的治
疗，但他估计自己没有足够的能力说服征丽，所以，他希望
我能够陪他一块儿去。我欣然答应了，并驱车前往 A 市去接
胡平医生。这是我第一次与他见面，他拎着箱子早在我们约
定的A市郊外的公路上等我。我一眼就认出了他，因为在我所
看见过的人中，没有一个人像他一样充满了真正的同情心和
责任感，同时也没有一个人像他一样注视着来往的车辆，目
光中倾注着焦虑，比我要严重得多的巨大焦虑，同时让我充
满了希望。这位个子不高的外科医生坐在车里，第一句话就
是告诉我："我猜测征丽正在跟导演刘歌一起奔赴另一个外景

地，我从报上看到他们合作的第二部片子叫《战栗》。"

外景地在一个叫香山的小镇，我们的车行驶了四十八小时后，现在正盘旋在一座南方的山脉之上，这里离那座叫香山的小镇还有八十六公里。胡平有些紧张，他说已经有两年多没有见到征丽了，她最初还往家里打来电话，在这一年中就没有征丽的电话来，所以，他完全不知道征丽身上的病毒到底绵延到哪里去了。轿车行驶到一个拐弯口时，前面的车挡住了后面的车，再无法前进，我们只好停下来。半个小时过去了，我们仍在原地不动。我决定到前面去看看，胡平也从车上下来说与我一块儿去。

于是，就在前面两百米之外的地方，我和胡平医生一块儿目睹了征丽遇难的场景。当我们到达时已经看不到征丽，今天中午征丽驾着她那辆红色轿车从山脉最高端的公路上砸了下来。目击者是在山下的果园中清理树枝的一名园丁，他告诉我们只看见一团红色的东西在阳光下往下砸去，紧接着看见一团火焰，汽车便燃烧了起来。园丁给附近的交通警察迅速打电话，警察赶到后从一个本子里发现了征丽的驾驶执照和身份证。紧接着又来了法医，摄制组的人员也赶到了，那个四十多岁的男人我想就是刘歌，他在人群中认出了胡平医生。他握住胡平的手回忆着说："昨天晚上我还跟征丽在一起商量开拍的事，但征丽说停留几天再开拍，她说她身体不舒服。今天一早她就开车出门了，我不知道她去干什么，因为她最近经常开车出门，并且情绪变化很大。"

征丽已经在红色轿车的燃烧中化为了灰烬，法医和交警都无法找到事故的原因。我和胡平医生的想法也不一样，他认为征丽是一时疏忽而出了车祸，我没有将自己的想法告诉别人，我认为征丽驱车出门就是为了自杀。经过日日夜夜的分析、判断，经过一系列的手续后，胡平只从这次车祸中带回了一只装满征丽的骨灰的黑匣子。我将这位外科医生送回 A 市以后就连夜回到了 G 市。

又经过了一些平静的日子的我，现在可以平静地面对征丽的死亡了。我知道如果我不将这个事实说出来，那么征丽的死永远都将是难解之谜，所以，我面对着被我想象出的征丽最后的生活——她毫无疑问已经知道自己是一名艾滋病病毒携带者，所以，她选择了自杀。面对这个问题之后的又一些日子已经过去。

有一天我平静地来到 G 市医院检查我的血液，当知道我是一个健康的男人时，我知道我与征丽多年前的那些铭心刻骨的性关系并没有使我变成一个病毒携带者。于是，在一个春天的早晨，我娶了 G 市的首席大提琴演奏师康红做我的妻子，生活就这么进行着，直到我们会意外死去或者自然死去。

乙部 —— 对一个女人的叙述方式之二

1

征丽第一次意识到母亲丛梅有表演才能的时候，她已经十二岁，做演员的母亲那时候刚进入三十四岁。在十二岁之前，征丽面对的都是一个个话剧团的演员，母亲演过许多话剧。每一次演出，因为没人照管，所以，母亲总把征丽带到话剧院去看她演出。征丽习惯坐在台上的一把白色椅子上观看母亲一会儿哭一会儿笑的神态。对于小时候的征丽来说，母亲给她的形象是神秘的，她曾经问母亲："你为什么会哭，又为什么会笑呢？"母亲正在洗濯着脸上的粉妆，她清楚无误地告诉征丽："因为我是演员，所以该哭的时候我必须哭，该笑的时候呢，我必须笑。"母亲的回答使征丽有些迷惑，她告诉自己，母亲是演员，我的母亲是一位演员。

做演员的母亲也同样把戏剧化的情节带到了征丽面前。

那个晚上征丽没有睡着，母亲住在楼上，而她住在楼下，征丽知道那个叫杨叔的人又来了。征丽一点也不喜欢杨叔，尽管他给征丽送过好几只小猫小狗来，都被征丽送给了她一位喜欢小猫小狗的伙伴。征丽也不喜欢杨叔来找母亲，她见过杨叔的妻子和女儿，她看见过他们在一起散步。既然如此，征丽就不欢迎杨叔来找母亲了。原来他们见面的时间好像是白天，现在改在晚上了。十二点过后征丽刚准备将床头灯打开时，就听到了一阵脚步声，她好奇地想，原来每晚杨叔都是这么晚才离开的。她起床站在窗前，掀开了窗帘的一角，恰好看到母亲将杨叔送到门口，夜色中征丽可以看到杨叔正弯下腰，将面孔贴在母亲的面颊上。第二天一早，征丽在餐桌上问母亲杨叔昨晚是不是来过了。"没有，你杨叔已经好长时间没来了，他一来呀你就不高兴，所以母亲不让他来了。""你撒谎，我昨晚明明看见你送杨叔了。""哦，小征丽，你是做梦吧，可能你梦到杨叔了。"母亲神态自若地将调羹举起来搅动着碗里的牛奶豆浆粉，似乎什么事情也没有发生过。从那一刻开始，十二岁的征丽就觉得自己的母亲已经将表演的才能带到了自己的面前。那是她第一次意识到母亲表演的才能可能将事实颠倒，她经常看到三十多岁的母亲站在穿衣镜前一会儿照照臀部，一会儿照照全身。征丽就问自己：我长大以后是决不会做演员的，因为我肯定没有母亲的表演才能，那么，我应该做什么呢？她在用镜子照着自己的面孔时发现镜片太小，不能装下自己的面孔，脖颈以下的部位是怎么也无法照出来的。她灵机一动，想到了母亲楼上卧室中的那面大穿衣镜。她想母亲一早就到话剧团去了，这是上楼去的好机会。征丽就这样兴致勃勃地冲到楼上。母亲出门时，通常都将钥匙插进孔道里，征丽握住钥匙朝右旋转了一圈，门就打开了。那面长方形的穿衣镜就在眼前，征丽胆怯地一步步向穿衣镜走近，镜子在前面诱惑着她，她感到身上的血液从脚趾正在往上升腾。当她终于来到镜子面前时，也就是说从这个冬日午后的星期天的假期开始，征丽就有一种愿望，想拥有一面母亲卧室中的穿衣镜，这样就不用悄悄地跑到母亲卧室中去照镜子了。她不习惯伸出右手拧动那把钥匙，做贼似的，得在母亲外出时，而且得算时间，假期就要过去了，母亲与自己的时间越来越不好协调，而征丽已经离不开那面穿衣镜。它是十四岁的征丽唯一的朋友，每当她站在那面镜子前面，她就会看到自我，她告诉自己：我就是镜子中的那个人。有时候她会张开嘴巴，看到了自己两排整齐的雪白的牙齿，她开始在镜子中对自己做鬼脸，一遍又一遍地告诉自己：我现在最想要的就是得到一面大穿衣镜。这个愿望折磨着她，她很想直截了当地告诉母亲，但每当她面对母亲那张演戏的面孔，她就告诉自己：看来，我是不喜欢张口跟母亲要一面穿衣镜的。

　　转眼之间征丽已经到了十六岁，她认识了同一个年级的罗眉，罗眉带征丽到家里一块儿复习功课。罗眉的家是一个音乐之家，母亲和父亲都在音乐学院当老师。罗眉将征丽介绍给了她的父母的同时，也介绍给了她的哥哥罗开韵。罗开韵已经大学毕业，现在是一家律师事务所的年轻律师，所以，罗眉告诉征丽只有她的哥哥缺少音乐细胞，只有她的哥哥神经永远是清醒的。给征丽留下很深印象的是，罗开韵对自己的小妹罗眉很关心，他总是伸出手来摸摸罗眉的脸，拍拍罗眉的头。这使征丽很羡慕，于是她就对罗眉叹口气说："我呀缺少的就是你哥哥这样的人。"罗眉说："那很容易，就让我哥哥也做你哥哥吧。"罗眉正说着，罗开韵就进屋来了，罗眉就把这想法告诉了罗开韵，没有想到罗开韵微笑着同意了。这使征丽很高兴，她几乎都要流泪了，罗眉又认真地说："好吧，你做哥哥的既然已经认了征丽做小妹，那就应该送给小妹妹一件礼物。不，是要送两件礼物，我一件，征丽一件，好不好？"罗开韵满口答应，便让她们自报自己最喜欢的礼物，罗眉和征丽跑到阳台上去，罗眉悄声对征丽说："想想吧，想想你目前最想要的东西是什么……我哥呀慷慨得很，过去他就经常送我小礼物……"征丽想了想说："我想要一面穿衣镜，放在我自己的房间里。"罗眉顿了一下说："穿衣镜，你要穿衣镜干什么？"看见征丽不说话，罗眉又说，"好吧，我想要一只箱子，一只红皮箱子……""你为什么要箱子呀？""我也不知道为什么，我就是想要一只箱子。"

　　不管怎样，罗眉与征丽都得到了自己最喜爱的礼物。征丽用一个星期天上午等待着罗开韵将那面穿衣镜送来，因为她的礼物不像罗眉的礼物，她的礼物是易碎品，单靠十六岁的征丽是无法将镜子搬回家的。这样她的结拜哥哥罗开韵驱车送镜子来的那一天，就在门口碰到了征丽的母亲。征丽在屋里平心静气地等待时，好像听到母亲在门口问罗开韵："你

是不是找错了地方？我们家从来没有定做过穿衣镜呀。"征丽
听到这话就跑了出来对母亲说："这是我要的镜子。"母亲丛
梅看看征丽又看着罗开韵，不解地看着他们将那面长方形的
穿衣镜搬到了征丽的小屋。罗开韵没有多停留，他说下午还
要去开庭就走了。

丛梅站在楼下的院子里目送着罗开韵的背影问征丽是不
是已经交男朋友了。征丽说："罗开韵是罗眉的哥哥，他也是
我的哥哥，穿衣镜是他送我的礼物。""征丽，你说的这些话
我真不明白，这到底是怎么一回事？"正说着，杨叔就来了，
母亲的脸上突然出现了厌恶的表情，征丽回自己房间去了。
那天中午母亲没有把杨叔带到楼上去，征丽掀开窗帘的一角，
看见母亲正坐在院子里的那把藤椅上用一种同样厌恶的目光
注视着杨叔。征丽分不清也猜不透母亲要表演什么，但她意
识到母亲与杨叔的那种关系快要结束了。

征丽拿到录取通知书后的一天傍晚，她听到有钥匙的响
动声，就知道母亲已经回来了。征丽刚想把录取通知书给母
亲看，但母亲显得很疲倦，她甚至根本想不起来征丽已经参
加了高考。那天晚上，母亲上楼去休息后，征丽觉得很苦恼，
她来到罗眉家，想约罗眉去看电影。在这次高考中罗眉和征
丽考上了本市的同一所大学，征丽被中文系录取，而罗眉被
英语系录取。但罗眉并不在家。罗开韵一个人在家里，他像
哥哥一样坐在征丽身边说："你考上了大学，我从心里为你高
兴。"征丽摇摇头，她觉得自己想流泪，罗开韵看见征丽情绪
不太好，便问征丽是不是太累了，征丽说她是来找罗眉去散

步的。罗开韵就说："我陪你去散步吧！"征丽看到了罗开韵那种温暖的目光，她觉得罗开韵就像是自己的亲哥哥一样。罗开韵带着征丽向着护城河外的盘龙江边走去，征丽从来没有来过这里，当她看到黑夜中寂静的江水在汩汩流动时，她觉得自己既伤感又有些孤独。罗开韵一直走在她身边，但很少与她说话。罗开韵陪伴她走完了那段漫长的河道后问她好点了没有，征丽从那一刻就对罗开韵充满了一种信赖和感激之情。散步两个小时回去后，母亲已经精神抖擞地等待着征丽的归来。她坐在客厅里的沙发上，征丽一进屋她就对征丽说："母亲有一件事要与你商量。"丛梅告诉征丽她结婚了，征丽已经坐在母亲对面，听到"结婚"这个字眼，她抬起头来将母亲从头到脚看了一遍。丛梅穿一双红色拖鞋，她的脚指甲上已经涂上了同样的红颜色，看到母亲的红指甲和脚指甲——征丽涌起一阵难以说清楚的反感。随后又看见母亲穿着睡衣在跟自己说话，因为母亲丰腴的膀子露在外面，征丽同时看到的还有母亲睡衣里面晃动的乳房，这使征丽又是一阵反感，母亲竟然没有戴乳罩。她淡然地哦了一声告诉母亲："你该睡觉去了。"丛梅欠起身子说："征丽，母亲的话还没有说完……"征丽本来已经站起来了，现在又不得不坐下去，丛梅说，"我刚才已经告诉你了，母亲已经结婚了，过两天他就要搬进来住。"从母亲的目光中征丽知道母亲的话是真的，母亲将要把一个男人，与她毫无关系的男人带到家里来了。她平静地说："我知道了。"

征丽成了中文系的一名女大学生。令她奇怪的是，在她

进校后的那些日子里，她就发现自己的身体在往上长。后来
这件事被罗眉发现了，罗眉对征丽说我发现你已经有一米七
二了，征丽说没有吧，罗眉就站在征丽肩旁跟她比，这一比
较，罗眉和征丽都吓了一大跳。那是大学一年级的年末，罗
眉看着征丽说："你好像变了一个人，过去你并没有这么漂亮
呀！"征丽羞涩地一笑说："过去的我是不是长得很丑？"罗眉
说总之没有这么好看。罗眉说今晚哥哥罗开韵过生日，他已
经托我捎话给你，今晚你可一定得去噢。征丽眼睛一亮，她
已经好久没有见到罗开韵了，她想起他陪她在盘龙江畔散步，
她那天晚上是那么苦恼，如果没有罗开韵陪她去散步，她的
苦恼会钻进她的血液之中去。罗眉走后，征丽决定回趟家，
母亲前不久与住到家里的那个男人来看征丽时，曾给征丽带
来一套时装，母亲指指旁边那个快五十岁的男人对征丽说：
"你就叫他陈叔吧！"那个男人倒很和善，并没有像征丽想象
中的那样，但只是一个影子而已，只是一个残缺地悬在窗外
的影子。当征丽见到他以后就有了具体的形象，这使征丽想
到母亲的那次出走，母亲一定是去会见这个男人。征丽让母
亲将那套时装带回家去，把它挂在衣柜里，母亲就说："征
丽，你就穿了吧！"征丽觉得在学校里不适宜穿这么漂亮的时
装，坚持让母亲带回去。

　　征丽回到家，母亲和陈叔都没在家，她从衣柜里将那套
时装翻出来，墨绿色的呢制裙装触摸上去很柔软，这是征丽
有生以来拥有的第一套漂亮时装。她来到浴室冲了一个热水
澡，然后再回到自己的房间，她取下身上的浴巾擦着身上的

水渍，就在这时她看到了另一个自我。在已经过去的那些日子里，她从来没有赤身裸体地面对过自己，她甚至已经忘记了人脱去衣物后就是一个赤身裸体的使者。她从镜子的正前方慢慢地走到镜子面前，将肉体贴在镜面上，她这样做，是镜子在召唤着她。

她感觉到一种十分冰凉的刺激，好像她在大学的游泳池里看到那群男生身着泳裤扑进水里的那一瞬间。将赤裸的身体贴到镜面上去之后，她觉得镜子——那个送她镜子的罗开韵今晚过生日，她得尽快赶到。想到罗开韵，她来不及观看那面正在将她的形体全部融进去的镜子，她穿上了上衣，又穿上了短裙，一条肉色丝袜裹住了她的腿。

她迟到了半小时。在即将点燃生日烛光的时刻，罗开韵的家里来了一个穿墨绿色裙装的女人，她就是征丽。她虽然不施粉，但天生丽质，最惊讶的是罗开韵，他显然已经认不出征丽，他盯着征丽，罗眉走过来说："哥哥，你看征丽是不是比过去漂亮了？"罗开韵笑着说："征丽原来就漂亮，只不过没有这么高。"他这么一说，在场所有人的目光都集中在征丽的体形上，罗开韵似乎觉察了这种潜在的目光，他让罗眉替他将蜡烛点燃，二十七根蜡烛转移了人们那种带着期望和热望的目光。

征丽已经有很长时间没有见到罗开韵了，生日晚会后罗开韵送她回学校，她今天才知道罗开韵已经二十七岁了。罗开韵家离大学校园并不太远，如果步行的话只需半小时，罗开韵出了门就选择了步行的方式。在聚会中，罗开韵喝了两杯红色葡萄酒，征丽觉得他喝葡萄酒时眼睛在看着自己。罗眉坐在征丽面前，她靠近征丽提醒她说："我哥哥的眼睛在看着你，他大概是对你有意思了，你要小心些。"一路上，征丽等待着罗开韵能对自己说些什么，那些话语就像在黑夜中散发出来的盘龙江畔流水的气息，那些话语就像她站在那面穿衣镜前充满自我世界之中的一切流入人心的东西，比如树脂、透明的瓷器花纹等，但是罗开韵在半个小时的步行中什么话也没有说就将征丽送到了校门口。征丽走进校门之前，回过头，她在这短暂的一瞥中看到的只是罗开韵对她点点头，示意她进去的目光。从那天晚上征丽开始觉得自己每到周末时就不知道应该到哪里去，于是，她参加了大学校园里的模特队。

2

一年后，学校的那支业余模特队参加市里组织的业余模特队比赛，征丽没有想到这场比赛使她进入了另外的职业模特队的生活。比赛结束后，征丽就进了刚刚组织的市职业模特队，那一年她已二十多岁。

她第一个想要拜访的人是罗开韵，因为是罗开韵送给了她那面穿衣镜。她记不清楚到底有多少个日子，她独自一人站在穿衣镜前，直到她突然可以领略到自己的肉体正在支配着自己的行动，直到她穿上那些漂亮的时装感受到了身体中隐藏着无法言喻的力量，它们是在一个尘土飞扬的世界中，

用另一种超乎想象的东西去照亮阴影中的生活。所以，此时
此刻的征丽是那么迫切地想见到罗开韵。征丽早就听罗眉说
罗开韵已经离开家，他自己买了一套房子，住在近日公园的
旁边。罗眉还将门牌号都告诉了征丽。

3

　　在征丽二十多岁的心灵中，罗开韵就代表那面镜子，他
从送她那面镜子时就给予了她足够的时间站在镜子前面，他
从来不去找她，也就是说从来都不去打扰她，除给她一面镜
子之外，做律师的罗开韵给予征丽的只有等待和伴随着等待
的另一个自我。所以，她是孤独的。征丽带着这种孤独来找
罗开韵，她终于坐在了罗开韵的对面，他的住宅还是一个单
身男人的住宅，征丽从坐下来的那一刻就带着惬意的心情等
待一件事情的发生。一直到晚上，当黄昏将他们罩在一个笼
子里时，罗开韵来到征丽身边对她说："太晚了，我送你回去
吧！"征丽感受到了失望，本来她已经和他来到了一个黑暗的
笼子里，本来她可以在笼子里听他说话，但罗开韵要把她送
回原处去。

　　除所有这些之外，她已经带着失望下了楼。她不需要他
将她送回去，征丽打了一辆出租车，她回到了模特队的单身
宿舍里。第二天早晨，星期一就这样来临了，教练将她们带
到练功厅里，四面墙壁中镶嵌的镜子使征丽感受到了一种宿
命的色彩。她告诉自己，我从十四岁时就需要一面镜子，她

找到了答案：我的肉体将在那些镜面中得到体现，正面是我的肉体在面临着一种超乎想象的满足，而镜子的后面是我的肉体在寻找归宿。她在教练的帮助下开始训练，她还是第一次面对这种艰苦的训练，而教练不断地说："要把你们的腰围练到不能再训练的程度，要使你们的胸部丰满，使你们的臀部性感……"教练是一个四十多岁的女人，她将目光不断地集中在征丽的身上。她盯着征丽的腰、臀部、乳房，她用冷漠而激动的声音说道："要面对镜子，要盯住你们的臀部，盯住你们的腰，盯住你们的腿，盯住你们的胸部，盯住你们的眼睛。"一遍又一遍地训练之后，征丽成为模特队的示范，教练将她叫到正中央，对模特队员说道："瞧瞧征丽，她的身体已经达到了标准模特的体形，你们就应该像她一样，具有她臀部的丰满，具有她腰部的纤细，具有她双腿的修长、性感，具有她胸部的弹性，具有她眼睛中的那种色彩。"

征丽一边听着教练的话，一边盯着镜子中的自我，她已经在无形之中被镜子包围，她已经拒绝整个世界，在她心灵中她只需要镜子注视着自己。所以，休息的时候她就独自到练功厅去，将门锁上，大厅里静得连一丝声音也没有。她盯着自己的臀部，她扭动着它，像蛇一般扭动着，她第一次发现臀部与腰配合起来时，身体才具有一种毫无根源的力量和冲动。她注视着自己的乳房，它挺立着，带领她去一个可以让她征服的地方，所以，她一直让自己的双眼仰起来，随同脖颈一块儿仰起来。她看到了练功厅下面的城市，她来到窗口，在二十二层练功厅最上面，她感到了孤单，她想到自己在这个城市还有许多朋友，而她此刻最想见到的朋友就是罗眉。

4

　　罗眉已经大学毕业了。在罗眉家里，罗眉将她的男朋友介绍给了征丽。罗眉的男友是一名歌星，罗眉问征丽有没有听过他唱过的那首《归来》，征丽摇摇头。罗眉说她目前正在协助她男友的歌唱事业，那位叫余奴的歌手倒显得很沉静。征丽觉得好久没见罗眉，她的变化就是找到了自己的男朋友。回想一下自己，征丽觉得自己唯一有好感的男人就是罗开韵。所以，征丽问罗眉最近有没有见到她的哥哥，罗眉告诉征丽，她哥哥好像最近要结婚了。征丽觉得一阵战栗，她觉得不太可能，为了证实这个情况，她觉得应该去找罗开韵。征丽告别了罗眉，罗眉看见她神色大变，就陪她走到街上，罗眉对征丽说："你是不是要去找我哥哥？"征丽点点头，罗眉就说："征丽，我哥与答珍结婚是肯定的，他已经带过他的未婚妻来这里，我知道你喜欢我哥哥，但你们俩在一起不适合。""为什么不适合呢？"罗眉摇摇头说："我也说不清楚。"征丽不顾罗眉的劝说，仍然坚持要去找罗开韵。也就是因为她去找罗开韵，路上差一点儿被卷进一辆轿车的车轮下面去，一个穿着白色西装的男人打开车门，扶住了已经眩晕倒地的征丽。这个男人叫朱平，他将已经昏迷的征丽迅速送到医院。征丽的身体没有受伤，在医院吊了一瓶盐水之后她就醒来了。她睁开双眼看到朱平时，回忆起当时的情景，朱平对征丽说："你差点卷进我车轮下面了。"征丽觉得眩晕已经过去了，她想从床上撑起身子，朱平扶着她坐起来。事情的发展令征丽惊讶，朱平后来成了征丽的男朋友。那天出院以后，朱平将征丽送回了她的住处，第二天朱平就带着一束鲜花来看望征丽，第三天、第四天，朱平每天都给征丽带来一束鲜花。期待着某种东西的征丽半个多月后来到了朱平的住处——一座漂亮的公寓里。

　　一座男人独立生活的公寓从这个时刻开始就有了一个漂亮女人的倩影，每个周末的日子，朱平就驱车去接征丽。那是一个星期日，是朱平的生日，两人为生日道祝词，喝酒之后，朱平热切地站在征丽面前，他开始拥抱征丽。征丽手中的杯子颤抖着，酒溅湿了裙裾，当朱平的手伸过来想抚摸征丽时，她却站了起来。她害怕别人的手，因为她已经习惯独自面对镜子，已经习惯用自己的双手抚摸自己，所以，她拒绝着，她的拒绝终于使她打碎了那只杯子。征丽盯着地上的碎片，她不知道自己为什么要从朱平的公寓里跑出去。她淋着雨想找个地方大哭一场，所以，她回到了家。母亲不知道征丽会回来，显得有些惊慌。征丽敏感地意识到母亲又要开始展现她在生活中的表演才能了，但她不知道这一次母亲要表演什么。从浴室中出来的那个陌生男人，吓了征丽一跳，使她惊骇，因为那个披着浴巾的男人并不是陈叔，而是一个比陈叔年轻得多的男人。被骤雨淋得潮湿的征丽转身就跑了出去，她已经厌倦了母亲制造的这种场面。当她淋着雨重新

回到朱平的公寓里时，朱平并没在家，她来到浴室脱去一件
又一件的衣服，她现在唯一的愿望就是让朱平紧拥住自己颤
抖的身体。当朱平用钥匙打开门时，征丽正赤裸着身体，她
站在浴室里，她没有衣服，她的衣服已经湿透了。朱平听到
了她在浴室中的啜泣声，敲了敲浴室的门，听见她仍在啜泣。
朱平推开门，征丽现在正站在墙角用赤裸的脊背面对着他，
朱平缓慢地走上去，征丽感觉到自己正在一点点地接受朱平
的拥抱。朱平抱着她，并感觉到她在战栗，她已经用两只手
臂搂住了朱平。

　　抚摸对征丽这样的女人来说是第一次，除自己的双手放
在自己的肉体上外，她还没有感受到另外一双手，这种方式
叫抚摸。她静静地躺在朱平的怀抱里，抚摸使她贴近了这个
男人。他靠近她，试图将她放在一只火炉中燃烧，所以，他
抚摸她的臀部、腰和胸部。征丽紧闭着双眼，她要把包围她
的那些镜子忘记，她要在抚摸中感受到除镜子之外，世界上
还存在着一双手，不是自己的那双手，而是来自另一个人的
另一双手。这双手的降临使她的身体变成了旋转型的风筝；
这双手的降临使她的身体变成了呼吸之外的一片水塘；这双
手的降临使她的身体中那些未解之谜成为一种有限的可以看
见的钥匙。所以，这把钥匙变成了一张床，她现在正躺在这
张床上。

　　她醒来时意识到自己赤身裸体，意识到她被一个男人抱
着入睡，她觉得有些窒息，便将身体轻微转动了一下。朱平
也在她转动身体时将一只手臂抬起来，那只左臂就这样覆盖

了她面颊，她的头就在他腋下，一阵难闻的气息从朱平的腋
下传来。征丽从来没有闻过这种气味，她用另一只手轻轻地
将朱平的手臂放下去，但异味仍然存在着。征丽用被子的一
角捂住了鼻孔，异味终于没有了，但她却开始恶心，她下床
来到了卫生间，把面孔靠近马桶，但是没法呕吐。这时候征
丽想离开这座公寓，昨晚发生的一切像梦一般，她又蹑手蹑
脚地来到浴室，记忆中，她将被雨淋湿的衣服留在浴室里了。
衣服已干了一半，征丽穿上衣服，她觉得自己再无法回到朱
平的那张床上去，得尽快逃跑，原因很简单，朱平手臂下面
那股异味使征丽无法跟他在一起。但是鞋子到底在哪里，征
丽害怕朱平突然醒来，所以她在没有找到鞋子的情况下赤脚
拉开了门。她开门的声音很轻，直到自己闪到门外，她又轻
轻地将门掩上。赤着脚穿着一套被雨淋湿的半干的衣服的征
丽，现在终于嗅不到那股从腋下散发出来的异味了。她嗅着
清晨五点的街道上落叶的气味，觉得梧桐树叶的味道里有一
种人体身上没有的芬芳。街道上的几名穿黄马甲的清洁工正
在举着手里的大扫帚，而她也就在这时过了一条又一条马路，
回到自己的单身宿舍，她才发现自己的赤脚上携带着很多灰
尘。征丽迷惘地坐到窗口，花瓶中的康乃馨芳香如故，这束
花是朱平三天前给她送来的。她突然觉得自己从今以后再也
不需要朱平给她送鲜花了。所以她把花瓶里的那束康乃馨抽
出来，然后将玻璃窗敞开，她将那束在花瓶里插了三天的康
乃馨准确无误地抛到了五楼下面的那只蓝颜色的垃圾桶里。
她洗漱完毕之后，第一件事就是到花店去给自己买一束鲜花。

她刚到楼下就看到了朱平，他将他的轿车停下来，然后像以往一样先将头探出来，又将两只脚跨出来。他依然穿着白色西装，捧着一束鲜花来到了征丽面前，朱平轻声说："我醒来时你已经走了。"征丽看着朱平洁白的西装，她真不明白这个仪表堂堂的三十多岁的男人的腋下为什么会散发出一股难以忍受的异味。她一边后退着拒绝着他手里的那束鲜花，一边告诉自己：我再也不想见到他了，我真的再也不想见到他了。她已经后退到了墙下，而朱平仍然在向她移动着，她控制不住自己高声说道："你听着，我再也不想见到你了，请你不要再来见我。"她看见朱平惊愕地张开嘴想解释什么，但还没等他说话，征丽已经顺着墙角的那条小街头也不回地走了。一路上征丽唯一想到的就是离开他的视线，每每想到他身上的异味，征丽就问自己：天啊，像他那样仪表堂堂的男人身上怎么会散发出异味？她害怕再碰到朱平，所以买了一束鲜花之后就从宿舍楼的后门潜进了自己的小屋。那天白天她独自到练功厅去练了两小时的功，当她站在镜子前时，她觉得与朱平躺在一张床上让他的双手抚摸自己是一件多么荒唐的事情，她告诉自己：这种事情再也不会在我的身上发生了。她从练功厅回到小屋，再过十三天，她就要参加时装模特大赛。这次大赛是由西南地区的三个城市组织的，虽然大赛就在本市开展，但直到现在她心里还没有底，最重要的是她还没有找到适合自己穿的时装。为此，她给罗眉打去了电话，问罗眉的朋友中有没有搞时装设计的。罗眉说朋友中倒是没有搞时装设计的，不过，我们可以登报寻找。这确实是一个不能再好的好主意。罗眉说登报的事就交给她去办理，征丽随便问了问罗眉与那位歌手的关系如何，罗眉说："我与他的事复杂得很啦，倒是我哥罗开韵已经去旅行结婚了。"征丽在走廊上的电话亭刚放下电话，她就看见玻璃外面站着一个男人，看见他的白西装，征丽就想穿过走廊逃跑，但是朱平挡住了她。朱平平静地说能不能让他解释一下他那天晚上的行动，征丽知道他是想解释他的抚摸以及抚摸以后的性行为。她惧怕他在走廊上跟她谈论那天晚上发生的事，所以她只好将他带进自己的小屋。朱平仍然将走廊上的话又重复了一遍后说道："请你理解我昨晚的冲动……""哦，朱平，我不想再提那件事，而且希望你永远也不要再提那件事。"朱平说："我不明白你为什么要与我分开。"征丽站在窗口克制着自己："朱平，你就不要再来找我了，好吗？"朱平点了点头拉开门出去了，征丽听到他的皮鞋声沉重而没有节奏。

5

三天后的一个明媚的早晨，罗眉陪同征丽去见那位服装设计师。设计师叫向天喻，住在华山西路 128 号的一条小胡同深处，罗眉指着前面的那栋旧式木楼说，那准是向天喻的家。几个举着气球和风筝的男孩正从胡同里跑出来，其中一个十岁左右的男孩看到征丽时呆了一下，罗眉就开玩笑道："征丽，那男孩大概从未见过这么漂亮的人到这胡同里来。"罗眉说得不错，那座旧式木楼就是向天喻的家。按响门铃后，一个六十岁左右的男人来开门，罗眉问道："这里住着一位叫向天喻的人吗？"开门的男人便点点头："他是我儿子，请进来吧！"老人将她们迎进去后就对着楼上唤道："天喻，有客人来了。"一个三十多岁的男人便从三楼上将头探出来说："我马上下来。"

他就是向天喻，他平静地看着罗眉和征丽，他显然是在寻找一个目标，也就是寻找一个女人。罗眉向他介绍了征丽，他的目光久久地停留在征丽身上，然后点点头。他将两人带到楼上，用钥匙打开一间房子，里面挂满了他设计的几十套时装，他对征丽说："这个世界上还没有其他人走进过这间房子，就是说还没有任何人看到过这些时装，所以，请你带走它们。""为什么？""我可以告诉你，我每年中三分之二的时间几乎全待在一座精神病院里面，也就是说只有三分之一的时间我是清醒的。清醒时我就从精神病院回到家设计这些时装。"征丽置身在这些时装中，她不知道向天喻在对她说什么，她看到的只有色彩、形式，她从未想到世界上会有人想象出这样的时装来。罗眉听见了向天喻的话，她将征丽拉到一角说："征丽，你清醒一些。"征丽摆脱她的手走到一件翡翠色的长裙前面，她自言自语地说道："这就是我梦想已久的时装。"接下来她问向天喻能不能让她试穿一下这件衣服，向天喻点点头，主动退了出去并将门关上。

她在微笑，两条完美的腿裸露了出来，被翡翠色的时装紧裹住的征丽站在了一面镜子前面，这是时装设计师向天喻家里的镜子，既不是罗开韵送给她的那面镜子，也不是练功厅里四面包围住她的镜子，所以，看到自己的形象在镜子中闪现时，征丽终于看到了镜子中一个模特的自我，看到了从十四岁那年就期待着看到的形象。征丽从设计师向天喻手中高价买走了这件翡翠色的时装。向天喻那天告诉她的话她没有听见，罗眉听见了，但没有再次提醒她。临走时，征丽邀请向天喻去参加西南三市的时装模特大赛。向天喻的目光显得有些恍惚，但他答应一定会去。征丽本来已经开始转身，她突然想起了什么，转回身对向天喻说："如果你设计的时装那天下午给我带来了好运，那么我请你到锦华酒店去吃晚饭。"服装设计师走到楼下，一直将她们送到门外，征丽到门口时又一次回过头来看了向天喻一眼。

6

翡翠色的由设计师向天喻设计的时装确实给征丽带来了好运，她夺取了冠军。在那一刻征丽并不知道台下有多少目光在盯着自己，而她的目光却盯着台下的一个人，设计师向天喻。晚上八点她恪守着那个承诺，带向天喻来到了那座五星级的饭店。她这样做不仅仅是出于感激之情，而是从她内心升起的那种隐秘的东西使她想与向天喻共进晚餐。就在这次晚餐中，征丽爱上了向天喻。她又想起了不久之前，朱平抚摸她的那种情景，她望着向天喻，想象着自己躺在向天喻的怀抱中，被向天喻的双手抚摸着。但是，她并不知道向天喻已经开始发病，他生活在精神病院之外的三分之一的时间即将结束。向天喻已经无力接受征丽目光中的话语，他注视着征丽说："其实我根本不认识你，其实我根本就不认识你，我现在可以走了，是吧……"他一边说一边站起来，梦游似的从一边窗口走到另一边窗口，征丽以为他醉了，便紧随其身后，向天喻又开始一遍又一遍地重复着同样的话语："其实呀，我根本就不认识你，其实我根本就不认识你，我现在可以走了，你可别紧跟着我……"饭厅里用餐的所有人的目光全部集中在向天喻和征丽身上，他们两人的对比是那样明显。向天喻此刻的面孔中散发出来的东西就像是从一口烟囱中升起的迷雾，而刚刚获得冠军的模特征丽光彩照人，很多人都认出了她，而很多人，也许就没有一个人知道这个胡言乱语的男人到底是谁。饭店里传来了一阵混乱的声音："天啊，他看上去醉了。" "不对，我看他不正常，他好像是一个疯子……"这些话语就像冰冷的带刺的荆蔓摩擦着征丽的耳朵，但她仍然紧随着向天喻，直到向天喻已经找到了楼梯口，他大声说："你跟着我干什么？我要回去了，我从来就不认识你，求求你别再跟随我。"征丽扶着楼梯终于站住了，她目送着向天喻就像一只蝙蝠一样从楼梯上消失。在这一瞬间，她不知道世界怎么会变成这样，她惊恐地扶着楼梯的扶手，仿佛一失手，她就会从楼梯上掉下去。她望着铺着红色地毯的楼梯，似乎想看那只黑蝙蝠到底飘到哪里去了。唯一认识向天喻的一个人，这天晚上正陪同他的女友来用餐，他看到了刚发生的全部事情。看到征丽扶着楼梯的扶手，他便走过来，他告诉征丽向天喻一年中有三分之二的时间待在精神病院里，他的病大概又发作了。"精神病院?"征丽第一次面对这个恐怖的地名,她摇摇头说,"你大概弄错了,向天喻是我的服装设计师,他不可能待在精神病院里。""你不要冲动,你可能刚认识向天喻?""不错,我刚刚认识他。""而我是他的大学同学……""那么说,你是说向天喻现在又疯了?"他点点头,征丽看了他一眼,她平静地将手指伸到长发里面,她的这个动作是想掩饰自己的恐怖,他说:"需要我帮助你吗?"他这句话刚说完,他那个坐在餐桌前的女友就踏着有节奏的高跟鞋声来到他面前,挽着他的手臂说:"童,你少管闲事。"征丽仰起头来看了看他身边的那个女人,然后头也不回地从楼梯上下去了。

她没有去找向天喻,她相信那个男人的话,她相信向天喻是一个疯子,他有三分之二的时间待在精神病院里。征丽想到这里,想到自己涌现出来的那种冲动,她对自己说:我怎么会在那一刻爱上一个疯子?天啊,我竟然会爱上一个疯子。征丽麻木地从一条街走到另一条街,她想着生活中碰到的两个男人:那个叫朱平的男子穿着白色西装,而他的腋下竟然散发出一种令她难以忍受的异味;另一个男人叫向天喻,他设计出了那么多独特的服装,自己就是穿着他设计的那件翡翠色的时装夺取冠军的,而这个男人却是一个疯子,他一年中有三分之二的时间待在一座精神病院里。征丽开始笑自己,她一路笑着自己,一路上迎着风,凉爽的风使她来到了自己的住处,那间单独的小屋里。然而,就在这一刻她开始厌倦这个地方,厌倦屋子里的床、台灯和窗帘罩住的阴影,但她对自己说：等到明天再说吧，我要把一切都交给明天。
她一边穿衣服一边掀开窗帘的一角，她突然对自己说：等到
明天阳光从窗帘中射进来的那一刻，我就会醒来，就会把那
个从腋下散发出异味的仪表堂堂的男人忘掉；等到阳光照在
桌子上的那堆苹果上面时，我就会把那个一年有三分之二的
时间待在精神病院里的向天喻也忘掉。她伸直双腿，这时候
的她已经让自己变得一丝不挂，她从来就喜欢脱光衣服睡觉，
将那些潮湿的黑鞋带解开，将衬衫、裙带、乳罩和内衣全部
抛在地板上。她觉得在那一刻，自己与外界的联系没有了，
跟母亲的那个一次又一次在她面前表演的现实中断了，跟各
种各样的镜子的正面和反面的抗争也缓和了，跟那些漂亮的
时装给她带来惬意中的虚荣的联系也割断了……所以，她习
惯和着迷于在黑夜的深处，把自己的全部角色忘记，对于她
来说，忘记的最好办法就是把衣服脱得干干净净，躺在自己
的床上。而床上充满着无穷无尽的温暖的潮湿，她的身体在
潮湿中变成一条蛇，那是她睡着的时候，她蜷曲着，就像蛇
一样一动不动。

7

征丽发现自己怀孕时，她已经在郊外有了一套私人公寓，
这是她夺取冠军后，模特协会送给她的一套属于她自己的公
寓，除此之外，她还用做模特得来的全部积蓄买了一辆红色
的轿车。就在她搬到公寓里面的第二天早晨，她开始趴在马

桶上呕吐，连续三天在同一时刻的呕吐，使她意识到自己已经怀孕了。她知道孩子是朱平的，因为唯一与她发生过性关系的男人就是朱平。怀孕的信号弄得她心烦意乱，她觉得自己根本缺乏对付自己身体中那个信号的能力。首先，她每次想到朱平就会嗅到那天拂晓，她从他腋下嗅到的那股难以忍受的异味；其次，她不愿意回忆那次与朱平发生的性关系，那是她不知不觉地给自己制造的一个极为错误的陷阱；再者，她从未感到自己身体中会有一个孩子在蠕动，她没有一点准备，连一点怀孕的想象力也没有。所以，她现在必须面对身体中的那个孩子，她必须去一趟医院，但是，每每想到让医生检查自己的身体，并询问一系列的情况时，她就感到自己在扮演一只蜘蛛的角色，那是可怜的蜘蛛正在困难地穿过织了一遍又一遍的网。但是她知道，如果再不去医院，那么体内的那个孩子就会不顾一切地长大。

　　她得告诉罗眉，她得与罗眉商量，这是她唯一的可以商量她怀孕的事实的朋友。罗眉很快赶到了，她一进门就对征丽说："说不清楚，总之我们俩已经分开了，我现在什么事都不想干，我决定明天或者后天就去旅行，如果你有空的话，我们最好一块儿去。""不，我不能跟你一块儿去，我叫你来就是要告诉你，我已经怀孕了。""怀孕……天啊，这么大的事情你怎么不早告诉我……"征丽觉得罗眉的目光正盯住自己的腹部，她现在正看见那只可怜的蜘蛛，那只蜘蛛正穿过层层的蜘蛛网。"那么，谁是孩子的父亲呢？""没有父亲……""那孩子是人工授精的？""不，我不想告诉你他是谁，总之，你再也不要问他是谁就好了。"征丽说完后站起来，她清晰地看见那只可怜的蜘蛛已经穿过那些花瓶般美丽的路线，到阳光下面的水泥地上去了。她说："你现在陪我到医院去做人工流产。"罗眉说："征丽，这件事情你得跟他商量一下。"征丽大声说："我请你不要再提到他，好吗?""为什么，你这么害怕?"征丽想起了一个男人的腋下散发出来的异味，它可以是墙，是塑料网袋中一些腐烂的土豆片;它可以是记忆中人粪的颜色，是吸收着黑暗的虫卵。所以她告诉自己，绝不能把这些东西转换成一个男人的名字，它也绝对不会是一个男人的名字。

征丽看见了一张白色的床，手术室里有一股浓烈的乙醚的气味。她来到床边，她知道她将躺在那张床上，让身穿白大褂的女医生挥动着手中亮晶晶的金属器械将那个"橡皮人"带走。她知道，所有的一切记忆也将从此被彻底湮灭在明亮的碎片之中，所以，她敞开双腿，这是她降临人世之后体会到的唯一一次肉体真正的疼痛。

疼痛的好处在于让这个美丽的女人敞开双腿的那一瞬间感受到自己已经把一种有损于她记忆的东西彻底地抛弃了。她拒绝去想那个还没有成形的孩子的面孔，因为只要一想到那孩子的形状，她就会在某一刻嗅到朱平腋下的异味。她把那团东西抛弃的同时，最终是将那股异味从记忆中抛弃了。作为一个女人的征丽，她知道了抛弃一件东西意味着要体验肉体的疼痛。直到那些金属的器械声停止了响动，直到医生告诉她"你失血太多，回家后应该好好卧床休息"时，她才仰起身子。医生将她扶下手术台，她独自向外走去，另一个女孩将她扶住了。罗眉轻声问道："疼吗？"她点点头又摇摇头，疼的时刻已经过去了，过后她回忆那段过程时无法想象到底有多疼。就像在最初与朱平发生性关系时，连一点快感都没有感受到——然而，她的子宫中竟然有了一个小东西。她是多么想寻找到这些根源来自何处，到底是从哪里开始的，但是罗眉扶着她回到床上时，她的嘴唇只是苍白地张开又合上。罗眉说："想说点什么吗？"她想叙述，她想叙述很遥远的事情，从她第一次看见母亲演戏的时候开始，她想叙述那些在寂静之中发出的声音、在寂静之中发生的事情，是的，她确实想叙述那些声音。但是罗眉只陪伴了她一天，就去旅行了。她只好像妇产科动手术的医生嘱咐的那样，卧床休息。傍晚征丽就到外面去散步，她的公寓在郊外，依傍着田野，她将头伸在田野里面，慢慢地把疼痛和被自己抛弃的那个孩子忘记了。有一天下午，她正坐在阳台上编织毛衣，突然看见对面的那个阳台站着一男一女，在五十米之外，她还是觉得那个男人很熟悉。他虽然在跟阳台上的女人说话，但目光却在看着自己。征丽就站起来走到里屋去，把窗帘拉了起来，对面的那座公寓从前没有人居住，那一男一女大概是刚搬来的吧！征丽把窗帘拉上是为了不想这件事，但她总是觉得那个男人的目光是那样熟悉。她有些慌乱，她有一种预感，那个男的一定认识自己。

8

　　她将车开得很慢，她不知道为什么将车开到了华山西路，她记得那年自己就是与罗眉约定了时间去那里寻访那位服装设计师——那个叫向天喻的人。她已经在不知不觉之中将红色轿车开进了那条深长的小胡同。在她记忆中，似乎只有向天喻的名字，而没有"疯子"这个词汇。她站在那幢旧式木楼的外面开始敲门时，没有发现向天喻就在门外。他正从胡同深处走来，他看到了征丽，可他似乎并不认识她，他来到门口问征丽找谁，征丽说："向天喻，难道你不认识我？我是征丽呀！"向天喻摇摇头说："我不认识你。"征丽再次说道："我穿过你设计的那件翡翠色的时装……""哦，你是说时装，我想起来了，我家里有剪刀、尺子，我确实会设计时装……瞧，你的身材好极了，如果你愿意的话，我现在就为你去量衣服尺寸……""哦……太感谢你了，如果你愿意的话，可以到我家里去。"征丽就这样带着刚刚从精神病院里出来的向天喻来到了她的私人公寓。

　　很长时间以来，向天喻对于征丽来说一直是一个谜。很长时间以来，她一直想举行一场个人服装表演会，但一直没有她满意的时装，而对于她来说独特的时装才是她的整个世界，所以，她一直在沉默之中等待。她始终无法抹去多年前对向天喻升起的那种爱情，所以，当碰到向天喻时，她就被一种梦幻牵引着将向天喻带到了自己的住宅。而且征丽不知

道从精神病院刚出来的向天喻，在第一天进入三分之一的正
常生活之中时也毫不迟疑地爱上了她。对于向天喻来说，他
根本记不清或者说根本就对征丽没有一点记忆。他只是被这
个女人的一切所吸引，所以，当他挥动着尺子为征丽量胸围
的那一刹那，他紧闭着双眼将征丽紧紧地拥抱着说："天啊，
这是在哪里？你到底是谁？"

征丽显然就是向天喻幻想中的那个女人，所以，他才这
么动情地拥抱着征丽，而征丽的泪水就在这种拥抱中流了下
来。她告诉向天喻，她几年前就已经爱上了他，向天喻摇摇
头说："不可能，绝对不可能，几年前我还没有找到你……"
征丽告诉向天喻的事情对于他来说都是不存在的，不知道是
因为他的病情加重了，还是因为他过于亢奋，他竟然连自己
三分之二的时间待在一座精神病院的生活场景也忘记了，他
甚至忘记了华山西路的胡同深处那幢老房子。他记得的只是
此刻，现在，他让征丽躺在他的怀抱中，他伸出手去轻抚着
征丽时，征丽哭了。向天喻的抚摸使征丽感受到了一个男人
的力量，他们渐渐地生活在一种滋长着危险的幸福之中。

那年春天，向天喻又变成了一名服装设计师，危险到底
在哪里呢？看上去危险并不存在，危险是潜伏在向天喻从精
神病院出来的每年三分之一生活之中的黑暗、寒冷，是唇和
唇摩擦时的气息，是臀部挺立起来时一个空洞的地方……然
而，危险是看不到的，公寓中存在的一个模特——另一面是
女人温暖的颈和皮肤，公寓中存在的一个男人——另一面是
疾病——再另一面是他抚摸着潮湿肌肤时的喜悦，哪里有危

险呢？看不出来他们之中的任何危险，看不出来，一点也看不出来。她的全部秘密就在他为她设计的那些美丽的时装里面，她的全部秘密他都知道，所以，她把自己给他，一遍又一遍地给他，不仅仅是为了感恩，而是他每抚摸她一遍，就加深了对她的了解。他了解她肩胛的宽度，了解她隆起的乳和乳沟中的暗影，他了解她子宫中热烈的一个洞，象征着她越是脆弱的时候越是疯狂，他了解她两条修长的腿，是为了抑制住她腹部中央那个神圣的秘密，所以，他一心一意地做这个女人的服装设计师。当他看着她时，他像是突然明白了红色、灰色、黑色的另一个实体，所以，她需要他。她从第一次看见他时就不能离开他，所以她把那件翡翠色的衣服带走了。她需要他，这是她所有秘密之中的秘密。

母亲在垂危中给她打来电话时，向天喻正在让她试穿一件粉红色的时装。她赤脚站在地板上，向天喻喜欢亲手替她脱去衣服，这一特点使他像所有男人那样喜欢一个穿衣服的女人站在他面前，几分钟后就变成一个神话，所以，他与她都向往着这个温暖的时刻。电话铃响到第三遍时，她已经穿上了那件粉红色的时装。听到母亲微弱的声音时，她意识到了什么，她将那件粉红色的时装脱下来，一边穿回原来的衣服一边对向天喻说："我知道，我的母亲可能快死了。"征丽驱车来到母亲身边时，母亲已经咽了气。征丽看着这个毕生用自己的表演替代生活和舞台的女人，她的离去于征丽而言是不安替代了悲痛。

9

征丽刚把车停在车库里，就看见一个女人朝自己走来。那个女人来到征丽身边自我介绍："我叫丽丽，很想认识你，并与你做朋友。"征丽摇摇头说："我有些累，我想回家休息了。"那女人就对着征丽的身影说："我就住在你家背后的阳台对面，我丈夫朱平说他认识你，他让我跟你学学怎么穿衣服。"征丽回过头来："你刚才是说，你们就住在对面，你还说朱平是你丈夫？"这个叫丽丽的女人说："对，我看过你的时装表演，但我仍然不会穿衣服，我丈夫告诉我说他已经买了一座公寓，可以看见世界上最会穿衣服的女人。""你丈夫还对你说了些什么？""他就是让我跟你好好学学怎样穿衣服。"征丽看着这个有一对柳眉的女人，发现她的皮肤很白皙，身材也很好，她就是朱平的妻子，就是那个从腋下散发出异味的男人的妻子。她看到的就是这些，她转回身一边走一边告诉自己：她愿意做朱平的妻子，因为她根本不介意或者愿意接受那种异味，也许对于她来说，她根本就嗅不到那种异味，所以，她就成了朱平的妻子。她抬起头来，看到了那阳台，朱平就站在阳台上看着自己。征丽迅速回到家，但是在这个四月底的傍晚，向天喻突然消失了。平常向天喻是从来不出门的，他一直生活在这些房间里面，也就是生活在那些时装里面。有了时装向天喻就似乎有了全世界，他根本不愿意到外面去。征丽想，也许这两天自己忙着去处理母亲的丧事，向天喻不太习惯就到外面去走走，他用不了多长时间就会回来的。她又到向天喻的工作室去看了看，那件红色的时装已挂在衣架上，征丽已经有十二套向天喻为她设计的时装了。这样，她想举办的个人服装表演会在不久之后就能顺利进行了。

她觉得这两天的劳顿，身体除疲困之外就是流了许多汗，每一个毛孔里都向外渗透汗液，她脱掉全部衣服来到浴室，她想让身体泡在浴缸里休息一个小时。在泡沫中她好像睡了过去，在泡沫中她好像又醒了过来。

她听到了敲门声，她以为是向天喻回来了，便披上浴巾去开门，但进屋来的人不是向天喻，而是朱平。朱平也没有想到征丽披着一条浴巾来开门，他很有礼貌地说了声"对不起"。征丽回到卧室换上了晚装，回到客厅里，她对朱平说："好多年没有见面了，我刚才回家碰到你妻子丽丽，我才知道你已经搬到我对面来了。"朱平解释道："丽丽喜欢你，我就让她每天看到你。"征丽说："你妻子很漂亮……""她无法与你相比，尤其是不会穿衣服，我就让她跟你学穿衣服。""其实呀，你不用让她丢掉原来的特点……""不，我一定要让她模仿你，征丽，我不知道你为什么不爱我，我的生活无法让别的女人取替，丽丽无法替代你……""朱平，我累了，我要休息了，你回去吧！""好吧！另外我告诉你，今天我看见一个男人从你的阳台上往下跳，我当时以为是小偷就截住了他，但我发现他好像是住在你家里的那个男人，所以，我就看着他走了。不过我不明白的是，他为什么要选择从阳台上往下

跳呢？那可是很危险的呀！""你看见他从哪里走了？""好像
拐过路口，我就再没有看到他。"征丽站起来说："朱平，他
会不会出事？""我看见他跳阳台时大约是上午九点。"征丽想
了想说："好了，你回去吧！"

　　征丽太累了，便独自来到卧室，她不知道对于向天喻来
说，他的三分之一精神病院之外的生活已经结束了。从她与
向天喻相遇的那一刻，她似乎就已经忘掉了这一事实。征丽
半夜醒来时，她突然想起向天喻已经消失，她把灯打开，希
望向天喻哪儿也没有去，他就在旁边的工作室里。但是，已
经消失的向天喻带来了同样消失的结果，那就是她潜入了一
种莫名的东西，她想起了多年前向天喻消失时，旁边的一个
人告诉她的话，那意思是说向天喻是一个疯子，他一年中有
三分之二的时间都待在一座精神病院里。征丽从来没有如此
清醒过，也从来没有如此清醒地潜入那些不可抗拒的事实之
中去。但是她要将向天喻找回来，她必须用自己的力量将他
找回来。她推开窗户，郊外的田野上一片漆黑，她有些害怕，
希望身边有一个人陪同她去寻找向天喻，她把这种希望的目
光投向对面的那个阳台，因为在这里只有朱平离她最近。她
把希望投向那个阳台，是因为在她有限的记忆之中，朱平除
腋下散发出异味之外，是一个温和的男人。在这样的情况下，
征丽来到了朱平家的门口。朱平家的住宅里还有一盏灯亮着，
其余的灯光都熄灭了。征丽的敲门声轻轻响了三下，朱平就
来开门了，朱平完全没有想到是征丽，他叫出了征丽名字的
同时，已经从征丽的目光中看到了那种掩饰不住的惊恐神情，

征丽说："向天喻还没有回来，我想请你陪我去找找他。"朱平就这样跟征丽出了门，他去车库将他的轿车开出来，征丽坐在他旁边，他就安慰她说："你别着急，一个男人出门我想不会出事的。"他们将车向市内开去，现在正是他们进城的好时机，所以，他们的轿车就从大货车的缝隙之中开了进去。他们的车出入在每一条街道里，几乎连每一条巷道都找遍了，但是没有发现向天喻，征丽告诉朱平："你陪我去一趟精神病院吧！""去精神病院干什么？"

10

征丽没有回答这个问题，去精神病院的更是一条漆黑不堪的路。突然下起大雨来，朱平将车窗关紧，雨太大，雨声拍击玻璃，像是经过了瀑布的洗礼。轿车到达精神病院门口时，征丽不顾一切地钻进大雨中去敲门。守门人很久才来开门，他已经睡熟了，很不乐意地举着一把伞来开门，嘴里嚷道："你们是鬼还是人啊，这么晚才回来？"守门人是一个老头，征丽说："对不起，大爷，我来这里找一个人。"老头说："深更半夜的，到精神病院到底找谁？"征丽就说："你知道一个叫向天喻的人吗？"老头便摇摇头说："你进去问里面的值班医生吧！"征丽走在前面，朱平追上了她说："征丽，向天喻怎么会跑到精神病院来？""朱平，我的事情你别问。"朱平就没有再吭声。他们来到了可以在雨幕中看见灯光的办公室，值班医生是一位四十多岁的女人，征丽从窗口走过时，看见她正坐在桌前打盹。

　　值班女医生看看征丽又看看朱平说："有事吗?"征丽说："我想找一个叫向天喻的病人。"值班女医生想了想走到一排挂满塑料本的柜子前,伸出手去取下其中一本蓝塑料本翻开,过了一会儿她说："不错,向天喻是我院的长期病号,但他一年中的三分之二的时间在医院,三分之一的时间在院外生活,今年他出院后就没有再回来过。"征丽不断地点头,她望着女医生的面庞,仿佛想从她的眼里看到向天喻未来的生活,她问道："医生,向天喻的病能治好吗?"女医生说："他的病属于遗传。据我们所知,向天喻的母亲曾经患过精神病,所以,治他的病需要时间。"征丽给值班女医生留下了电话号码,她告诉医生,如果向天喻回来了,请医生告诉她一声。

　　从精神病院出来后,雨仿佛更大了,因为在雨里行走了一段路,征丽和朱平都被淋湿了。回到车上,朱平说："征丽,你要是冷,就把湿衣服脱了。"征丽仿佛没有听见,她盯着拍打着轿车的大雨,但是,大雨始终没有停止。当他们回到市里时,天快要亮了,车从护城河上面通过时,突然传来了喊声:"有人被淹死了,有人被淹死了!"他们顺着喊声的方向将车开过去。一位早起锻炼的妇女正在惊恐地用双手蒙住双眼,被淹死的那个人正在她脚下,他是从护城河冲到马路上来的。

　　被淹死的人不是别人,他就是向天喻。

　　向天喻的身体如今就像一只灌满了水的气球,他不再是那个设计师,而是被水淹死的一串密码而已;他不再是掌握着征丽身体奥秘的那个手抓住尺子、剪刀的人，而是一种已死的没有任何血液畅流的气球而已。征丽在朱平的协助下埋葬了向天喻。他们将他送到火化场后又把骨灰装在一只匣子里，埋在了一片山坡上。一天的时间已经过去，他们找到了被淹死的向天喻并把他的死亡问题解决了。朱平将征丽送到门口就回去了。征丽很想洗一个澡，但她连洗澡的力气都没有了，她躺在床上，对自己说：向天喻死了。如果今天没有朱平帮忙，我一个人是无论如何也不可能将向天喻的后事处理完毕的。

11

梦里的那些情节醒来后就完全中断了，征丽醒来以后的好长时间里才回想起昨天已经将向天喻掩埋在山坡上，向天喻再也不会到这屋子里来为她设计服装了。他死了，他匆匆地与她相见，又匆匆地离她而去。征丽觉得与向天喻的故事无法再去寻找，它是找不到的，因为它是一个已经发生过，但回忆起来荒诞不经的故事。它留下了那些美丽的时装，也就留下了一个毁灭的密码。征丽赤脚伫立在窗口，三层窗帘挡住了她一丝不挂的肉体，外面的世界看不到她，但她可以看到外面的阳台。阳台上的那个女人叫丽丽，她是朱平的妻子。她正在阳台上晾衣服。征丽望着自己的身体对自己说：现在我什么也没有，只剩下那些时装陪伴着我。

很长时间征丽都不敢轻易走到那间挂满时装的屋子里去，

为了将一种荒诞的世界的存在带到现实之外去，征丽决定去一个温泉度假村旅行。她穿着牛仔裤，把一切华丽的时装抛弃，把一切已经存在的东西都暂时抛弃。她正在用钥匙打开车门时，朱平的妻子丽丽来到她面前。丽丽的眼睛有些潮湿，她告诉征丽，最近一段日子里，朱平情绪变化很大，他总是看她不顺眼。丽丽问征丽："你说我应该怎么办？在家里我待得很不愉快。"征丽不知道应该说些什么好，她张了张嘴，却看见朱平已经驱车回来了。征丽钻进车，发动了车子。

她很快就将轿车开到了马路上，很快就看不到她的住宅楼以及朱平和他的妻子。她将车窗全部敞开，来自田野上的春风使她嗅到了草莓和苹果树下根茎的气息。

她独自一人，在这个时刻，她尝到了那种绝无限制的生活，尝到了她将母亲和向天喻送走之后的那种宁静。她握住方向盘的双手感觉到了一种出发，她将车开进温泉度假村时，许多男人都在看着这个身材修长的女人。他们都在猜疑同一个问题，这个女人看上去像一个模特。其实，她就是一个模特。她已经习惯于用模特的方式去行走，她已经习惯于用模特的目光看着世界。所有的男人都在想，他们都在想着同一个问题：这么漂亮的女人为什么独自出来旅行？这个问题蜿蜒而去的同时，男人们就会惊喜地发现这是一个好时机，与一个漂亮的模特说话、用餐是一种奢侈的生活方式，所以，温泉度假村的男人们看到征丽时，每个人都在跃跃欲试。

然而，也许是她太冷漠了。她的眼里似乎没有看到男人们编造的任何一种乌托邦的神话。她穿泳装到温泉里游泳时，却意外地叫出了一个男人的名字。他不是别人，他是她还是一个十六岁的小姑娘时送给她一面穿衣镜的那个男人。她一直潜在温泉水池的深处，当他从水里浮上来时，她在温泉的一缕缕蒸汽之中看到了他。她还是第一次看到他的裸体，除那条三角泳裤之外。他是那样健康、高大，他正迎着她的目光走来，他与她在温泉水中相遇了。他的到来使在场的那些带着乌托邦神话的男人垂下头去，他们的乌托邦没有了，那个漂亮的女模特面前站着一个男人。

温泉度假村为征丽带来了少女时期的羞涩和梦幻。她把罗开韵带到了自己的客房，罗开韵站在窗口，把背对着她。有人敲门，征丽以为是服务员，她便亲自去开门，她这样做是想告诉服务员她需要什么时她会自己去要。但站在门口的不是服务员，而是罗开韵的妻子——从她的神态中征丽很快就明白罗开韵不是独自一人来度假，而是携带着妻子来的。罗开韵的妻子长得小巧玲珑，她已经寻找罗开韵很长时间了。她因为身体不舒服没有去温泉游泳，家里人给她来电话，她的老同学来出差去家里找她，家里人让她尽快回去。她显然没有想到，罗开韵在一个漂亮的女人的房间里。她问罗开韵是跟她一块儿回去呢，还是她先回去，罗开韵选择了后者。他那小巧玲珑的妻子很快就从房间里退出去了。征丽是第一次看到罗开韵的妻子，从这个小巧玲珑的女人进屋的那一瞬间，她觉得自己与罗开韵的距离被拉远了。

12

距离是遥远的，征丽虽然从少女时代就对罗开韵充满着期待，但她在罗开韵的妻子闯进来的那一瞬间，发现自己不可能与罗开韵有任何期待之中的故事了。她变得理智，当罗开韵张开嘴想对她表达什么时，她就带着他到温泉泳池中去，置身在人群中的征丽同时也让罗开韵置身在人群和水浪之中；她变得冷漠，当罗开韵用眼神给予她某种暗示时，她将目光抬起来，越过树枝、鸟巢、度假村金黄色的琉璃瓦屋顶上亮晶晶的阳光。这一切使罗开韵坐立不安，他终于意识到了自己是那么需要这个女人。而在征丽此时此刻的心目中，罗开韵是代表那面早年的镜子。正当她陷入与罗开韵的矛盾之中时，征丽想起了自己的事情；正当她置身在温泉度假村的阳光、水泥和小径上时，她意识到自己不能再待在这里与罗开韵进行游戏般的生活。她想起自己的个人服装表演会，她想起自己什么也不是，她想起自己已经很久没有去镶嵌在四面墙壁的镜子面前练习自己的模特身段了。她拎着箱子从客厅里出来正趴在服务台与小姐结账时，罗开韵来了。罗开韵挡住她说："你不能现在就走。"她没有料到罗开韵会用这样的语气跟她说话，更不能容忍一个男人拉住她的胳膊，声音大得让周围的人都能听到。征丽转过身来，一字一句地说："我当然应该现在就走，罗开韵，你放开我的手臂。""如果我不放开你的手臂呢？"征丽低声说："罗开韵，如果你不放开我的手臂，我就叫警察。"罗开韵将征丽拖到走廊上，又从走廊深处拖到他的客厅里。罗开韵此刻的面孔让征丽感到恐怖，那温和的大哥哥的微笑早已消失。罗开韵紧紧拥着征丽，由于刚才大幅度地用力，他的面色呈紫红色，而嘴里喘着气，他靠近征丽低声说："你不要想走，你今天必须留下来与我在一起。"一种油然升起的隔膜使征丽对眼前的罗开韵产生了恐怖和拒绝，她一次又一次地想挣脱罗开韵的怀抱，但是罗开韵此刻已经用手在解征丽的衣服，征丽突然大声说出了一句让自己同时也让罗开韵感到惊讶的话："你不能强奸我。"罗开韵解衣服的手在颤抖着，但是他还是坚持将征丽的最后一颗扣子解开了，他不顾一切地将征丽抱到床上，征丽挣扎着大声说："你不能强奸我，你不能强奸我。"而罗开韵也同样大声地说："我爱你，征丽。我爱你，征丽。"

　　征丽站在地毯上，一边穿衣服一边对罗开韵郑重其事地说："罗开韵，你听着，你已经强奸了我，我要去控告你。"罗开韵走过来，他的身体此刻被夕阳笼罩着，他自言自语地说道："征丽，你不能那样想问题，我那样做是因为我爱你。"征丽回过头来说："可我并不爱你。罗开韵，你已经强奸了我……"罗开韵走过来用手捂住征丽的嘴说："征丽，征丽，那不叫强奸，我真的很爱你。征丽，征丽，请你理解我。"征丽拉开门，她又回过头来压低声音说："总之，你等着好了，你已经强奸了我。"说完她砰地将门关上，没有忘记拎上自己的包，她也许什么都会忘记，但她不会忘记带上自己的那只包，那里面有她的衣服、驾驶执照，有她的全部化妆用品和

钥匙。她又是独自一个人将自己的那辆红色小轿车从车库里
开了出来，到处是阳光，一位洗车的小伙子举着手里的水龙
头问她要不要洗车，她摇摇头，只想尽快离开度假村。她的
内心激荡着刚刚发生的场面，她一遍又一遍地对自己说：他
强奸了我，他已经强奸了我，我必须去控告他。征丽觉得记
忆中那个送她镜子的罗开韵已消失了，已经完全消失在车轮
下面了。她问自己：他怎么会这样做？他怎么会这样做？除
了去控告他，征丽无法再选择另外的道路，她握住方向盘，
就像紧握住一个已经变形的世界。

她将车开到了市公安局的院子里，然后她走到一幢很高
的大楼下，因为门房的老头告诉她，前面的那幢楼是办公楼。

征丽最后还是在犹豫中将车从公安局的院子里开了出去，
她最后还是没有投诉罗开韵。她回到家，竭力想将这件不愉
快的事情忘掉，竭力想把罗开韵的身影赶走。她对自己说，
等到我举办完时装表演会再去投诉罗开韵也不晚；她劝诫自
己，也许那时候我将有力量面对这件事。她来到阳台上，让
凉风吹拂着脖颈，她的目光想看得遥远一些，但看到的只是
黑夜。

征丽意识到自己应该加强训练，由于长时间缺乏训练，
她感到自己的身体开始发胖。她把自己一天又一天限制在健
身房里，健身房里的各种健身器械使征丽一遍又一遍地告诉
自己：我是一个模特，我必须训练我的腰、腹部，我必须训
练我的臀部，训练我的胸和双腿。她在健身房里碰到罗眉纯
属偶然，罗眉告诉她，她拎着箱子走遍了整个南方，她告诉

征丽一个女人拎着箱子去旅行会碰到许多故事，她还说从她哥哥罗开韵送她箱子的那天开始就意味着她要没完没了地去旅行。罗眉说："而你的命运与镜子有关系，所以，当时你才要我哥哥送你镜子。哎……你一定不知道我哥最近的生活，我一回来他就告诉我他正准备离婚，已经跟妻子谈判，但他妻子不同意。我对哥哥说离婚的好处就在于感受到自由，而我哥哥却说他离婚主要是因为他已经爱上了一个女人。我很纳闷，像我哥哥那样严谨的律师也会为了一个女人去离婚……"征丽将话题引开，她不愿意再谈论罗开韵，因为她不愿意再回想自己在度假村喊出的那几个字："你强奸了我。"多少天来，她不知道自己为什么会那样对罗开韵说话，但她无法追究为什么。事实上，那场景一直使她深怀恐惧。无疑，征丽那天的精神和肉体都遭受到了侵害和损伤，所以她才会喊出："你强奸了我。"征丽很清楚如果继续与罗眉在一起，她就会再次听到罗眉谈论她的哥哥，她不喜欢再次听到罗开韵这个名字，她不敢再次回忆当她深陷在温泉度假村的那间客房里时，她一遍又一遍地喊出的话语："你强奸了我。"然而，多少天来，征丽仍然无法逃脱罗开韵解开她衣扣的情景。她有许多次曾经把车开到了公安局门口，但她不是没有把车开进公安局的院子里去，就是拨通电话后又挂断了电话。

13

　　七月底的某一天早晨，征丽一大早就感受到一种想呕吐的痕迹，但她以为是肠胃犯病了，服了几粒药片继续躺下去睡，她必须再好好睡一觉。昨晚她与为她举办个人服装表演会的代理人再一次检查了各项准备工作后已经很晚了，而今天晚上八点她将在市体育馆举办她梦想已久的表演会。但她实在是太累了，她必须好好睡一觉，十点整，门铃响了一遍又一遍，她只好穿着睡衣去开门。第一个闪进屋来的是罗眉，她进屋后神秘地说："还有人呢，你猜猜是谁？"罗眉走到她身后用两手蒙住她双眼，让她猜，但还没等她进入猜谜的状态，征丽就看到了今天她最不愿意看到的一个男人——罗开韵抱着一束鲜花出现在她面前。

征丽微微地转过身，罗眉看到了征丽的不悦便解释说："我哥哥今天来的目的第一是向你祝贺，第二是告诉你一个好消息，从今以后我哥哥就自由了，自由的意思嘛就是他已经离婚。"征丽觉得有必要与罗眉和罗开韵敞开心扉谈一次话。她看了看墙上的时针，觉得时间还早，于是她回到卧室，将睡衣脱去，换上了外装。当她从卧室出来时，罗眉和罗开韵都没有想到征丽会告诉他们下述已经想好的话语。

征丽说：从今以后，罗眉仍然是我的好朋友，但我已经与罗开韵没有任何关系，如果罗开韵再来纠缠的话，那么，我就要去控告他。

征丽说：现在请罗开韵马上出去，罗眉可以留下来。请罗开韵出门时把他带来的那束鲜花带走，否则我就会把它扔出去。

征丽说：很早以前我曾经喜欢过罗开韵，那是很早以前的历史，但是我可以告诉你，我从来就没有爱过你。

征丽说：你快走吧，罗开韵，如果你再不走，我马上就会报警。你一定不会明白你为什么让我这样厌恶，好吧，我就当着罗眉的面告诉你，你强奸了我。

最后的话让罗眉惊呆了，她走到罗开韵面前愤怒地说："什么，这是不是真的？你是不是真的强奸了征丽……什么时候，这件事到底发生在什么时候？天啊，你怎么能这样做，你怎么能这样做……"罗眉逼近罗开韵，扬起了手狠狠地掴了罗开韵一巴掌，响声很大。罗开韵看了看罗眉，又看了看征丽，他张开嘴想解释，但是罗眉又走上前掴了他第二个巴掌。罗开韵拉开门匆匆地走了，屋子里是那样安静，她们听到了楼下的轿车远去的声音。罗眉无力地坐下来对征丽说："对不起，他总算走了，现在，你告诉我吧，到底是怎么一回事？"征丽摇摇头说："罗眉，别再逼我回忆那件事，请别再逼我去追究那件事。"罗眉安慰她道："我知道你受到了伤害……征丽，我知道你受到了伤害……好吧！我今晚陪你去体育馆，我会一直陪在你身边。"

14

化妆师站在征丽面前说："请把你的头抬起来，哦，不，再低下去一些。你的皮肤很好，完全不用上粉妆。不过，我要使你的皮肤更有光泽，看上去就像蜡制的一样，唯有这样，你的崇拜者们才会永远把你看作一个模特，而不是一个女人，这样你的危险就会少一些。一个女人的危险来源于她给那些不甘寂寞的人带去想象力……"征丽觉得很有趣便问道："那么，我会使别人产生什么样的想象力呢？"化妆师一边将征丽的头发盘成高高的发髻，一边说："他们想模仿你的姿态，模仿你的声音，模仿你的穿着，模仿你的一切东西，男人们的想象则是与性有关系。所以，这不能责怪他们，每一个男人都会对一个美丽的女人产生性幻想。"化妆师看着征丽疑惑的目光便说，"别害怕，我只是告诉你，别害怕男人们滋生的那种幻想。好了，再把头抬起来，从镜子里面看看你现在的模样。"征丽轻声说："化妆师，你已经把我改变了。""不，征丽，你还是原来的你，化妆师也同样无法改变过去的你。只不过，你的身份是一名模特，就像你母亲演话剧一样。""你认识我母亲……""我看过你母亲的话剧。""哦，那么，你知道我母亲已经死了吗？""不知道，我是第一次听到。"这位老化妆师满意地看了看征丽说，"去吧，时间快到了，你会让他们吃惊的。"

15

现在是穿上服装设计师向天喻设计的衣服的时候了。征丽走近这些时装就会情不自禁地想起那个匆匆而来又匆匆而去的男人，她有一刹那间问自己：难道向天喻真的已经被水淹死了吗？不，这些时装上分明还有他的气息。她请打字幕的小姐在字幕上打出服装设计师向天喻的名字，立即，全场

　　一阵掌声，征丽就在这些掌声中出来了，她确实给观众带来了意想不到的惊喜。掌声将体育馆全部湮没，人们叫着向天喻、征丽的名字，那个已经被水淹死的人的时装使征丽今天晚上的演出轰动了整座城市。征丽回到罗眉身边，罗眉紧紧拥抱着她说："征丽，下面的人都快疯了。"征丽就在这一刻感到了又一阵早晨产生过的无法克制的恶心，她对罗眉说："我感到我怀孕了。""征丽，你是不是又恶心了？""是的，我告诉你一个秘密，这个孩子是向天喻的孩子。""征丽……"征丽脱掉那些时装，她来到舞台，面对观众，这一次她穿上了一件大衣，她告诉大家："从今以后，我再也不是一个模特，请大家把我忘记吧！"她谢了幕回到后台，罗眉说："你这是什么意思？"征丽头也不回地离开了体育馆，她感到一阵欣喜，向天喻死了，但她有了他的孩子，她要做母亲了。她刚刚把头钻进车厢，想发动车子，罗眉走过来对她说："你无法回去，道路正在堵塞，听说一个人爬到博物馆的三十层楼顶上坠楼自杀了。他的尸体恰好在道路的中央，于是所有的道路便被堵塞了。"征丽听到后打了一个寒战，她感到那个人是那样无畏，竟然敢跑到三十层楼顶上去坠楼，她对罗眉说："在这样的夜晚敢于坠楼自杀的人一定是疯了。"罗眉说："对，一定是疯了。"征丽抚摸着自己的腹部告诉自己：我明天就要到医院去检查。那晚上道路畅通之后已经是夜里十二点了，罗眉将征丽送回家中，征丽意识到罗眉想与自己谈论罗开韵的事，她便说："罗眉，那件事情我不会告诉你的。"

　　第二天凌晨四点，电话铃响个不停，罗眉刚把电话拿起来就大叫了一声，征丽意识到出事了赶快从床上下来，罗眉颤抖地告诉征丽："我哥哥坠楼自杀了。""你说什么？罗眉，你疯了。"罗眉呜咽着说："昨晚坠楼的就是我哥哥，他死了。"罗眉说完抓起包就要走，征丽走过去轻声说："有没有弄错？也许是弄错了。"罗眉大声说："征丽，是我们俩将我哥害死了，我不该捆他两巴掌，我不应该呀。"罗眉说完就呜咽着去打开门，征丽的泪水就在这一刻流了下来。她摇摇头，她不能相信这个事实，她要驱车出去，他们一定是弄错了，他们一定是把另一个坠楼的人错认为是罗开韵。征丽穿上衣服，紧随着就来到了罗眉家里。

罗眉过来了，她瞥了征丽一眼，然后又将征丽拉到一角说："你快走吧，征丽，你当初想把我哥哥赶出来，你现在来干什么？他已经死了，他如果不去给你送花，根本就不会坠楼，你快走吧，我不想在这里见到你。"征丽扶着楼梯下楼，她觉得来自空气中的一股力量正在使她变得眩晕，她连楼梯也无法看清楚，一眨眼就滚下了楼梯。等她慢慢地挣扎着站起来时，朱平就在她身边。朱平将她扶起来，说他刚刚从机场回来，出差已经好久了，征丽说："朱平，带我走吧。""你想去哪里？""去哪里都行。"

"征丽，到底发生什么事了？我还是把你送回去吧！"

"回去，哦，对，回去……"征丽喃喃自语，朱平将她抱到车上，就在这次从楼梯滚下来的过程中，征丽的孩子流产了。朱平将征丽送到家，那天早晨，朱平的妻子站在阳台上看到了朱平抱着征丽上楼的情景。征丽一边被朱平抱着上楼一边睁开双眼，她已经看到了对面阳台上那个惊愕的女人。所以，朱平刚把她抱进屋，她就对朱平说："你回家去吧！谢谢你。"

16

血液已经将征丽的大腿全染红了，但是她仍然没有发现，她来到床上，只觉得身体是那么虚弱，她逐渐感到了下身有一种热乎乎的东西往外流动。她用手摸了摸，是血迹。

血液已经染红了征丽的大腿，染红了衣裙，脱下来的衣裙中的鲜血弥漫出来一大股血腥味，征丽知道自己已经流产了。向天喻留在她体内的那个孩子已经没有了。从这一事实中，我们看到征丽的身体此时此刻包含着一切——说到底，包含着绝望和失落。电话铃响个不停，征丽被那些铃声，来自墙外的联结世界另一边的声音干扰着，她带着还未洗濯的血迹坐到电话机旁边，她听到的第一句话就是一个女孩的声音："哦，是征丽吗？我一直在找你，你是我活着的偶像。"征丽挂断了电话。

她凝视着自己身体中的血渍，这是她自己身上的血，但是血腥味却使她难以忍耐。她回想着那个女孩的声音：偶像，谁是谁的偶像？我是那女孩的偶像，那谁又是我的偶像呢？她来到浴室，她知道倘若那个女孩现在见到她的模样，嗅到她身上的血腥味，那么这个女孩一定会掉转身向着另一个地方跑去，或者避开她，那么女孩绝不会再次对征丽说："你是我的偶像。"所以，当那个女孩说出"你是我的偶像"时，征丽是因为害怕自己，或者害怕那声音而回避……她太需要浴室了，她需要水龙头里如甘露一样的水，她需要那个古老的词汇——洗澡，征丽太需要把血渍、绝望和颤抖在洗澡水中冲刷干净了。她的肉体是美妙绝伦的，所以她做了模特，她知道这一切，同时她也知道她的肉体是危险的，可以说她的肉体存在着，就会给她带来无穷无尽的烦恼。所以，征丽不再感到肉体是一种悄无声息地正在轮转的唱片，而是一种令她迷惘的飘忽在体内的血腥味。

活下来，但仍然得活下来，征丽洗濯了那些血迹之后，最想做的一件事就是到墓地上去看望坠楼自杀的罗开韵，不能回避的是，罗开韵的死亡已经加重了征丽的思想负担。她想如果自己不一而再，再而三地告诉罗开韵"你强奸了我"，那么罗开韵绝不会自杀。九月底的一天上午，征丽来到一家鲜花店，她想给罗开韵带一束鲜花去。她站在鲜花店旁边，由于到处是花篮，她的目光恍惚着，持续一分钟后，她递给小姐一百元人民币，带走了一只盛簇着玫瑰的花篮。她对自己说：我还是要送罗开韵玫瑰，也许他是爱我的，也许他真的是爱我的。那么，为了感谢他这份情意，所以我送他一只盛满玫瑰的花篮。

她没有想到会在墓地遇到罗眉。罗眉远远地就看到征丽走来了，她的目光注视着征丽，待征丽踏着潮湿的泥土路向她走近时，她向征丽点了点头。征丽懊悔地在心里叫道："罗开韵，你为什么要死？"想来想去，她不知道到底是罗开韵伤害了她，还是她伤害了罗开韵。总之，墓地已经在身后了，罗开韵已经不会再变成那个在她十六岁时送她镜子的男人。征丽离开墓地时，她告诉自己：作为一个女人，你又作为罗开韵的朋友，他送给了我一面镜子，我却给了他一块墓地。这种难以置信的对比使征丽在这一年感受到了在积着厚厚的灰尘中间——自己无法再追究他们之间到底是谁对谁错了。所以，她决定遗忘。

　　征丽开始了她漫长而艰难的遗忘生活。她必须遗忘两件事：其一，是向天喻留给她的那个孩子。那个已经流产的孩子使征丽在长时期内身体都极度紧张。她原来想把那个孩子留下来，所以，遗忘这件事与自己的肉体有关系，因为血液是从她子宫里流出来的。她在遗忘之中，感受到了肉体似乎是一种渗入现实之中的细胞，而现实正在用一切力量扼制着这些细胞的侵蚀。其二，她必须忘记罗开韵。罗开韵是什么人？他是征丽一生中极为重要的男朋友，他是送镜子给征丽的那个人，从十六岁开始，因为有了他，征丽就有了一面属于自己的镜子，也就有了令她惬意的镜子中的另一个自我。所以，罗开韵从那时候就是征丽比较信赖的男朋友。我们分析一下罗开韵，他犯了三个错误：第一个错误就是在征丽最喜欢他时放走了征丽；第二个错误就是他的婚姻，他不该轻易与另一个女人结婚；第三个错误就是在温泉度假村，他对征丽的感情突然上升，他将多年来积聚下来的全部情感集中在他的手臂上，从服务台带走了征丽，又没有经过一番情感的表达便急于想把自己的情感耗尽，这激怒了征丽，征丽把

他的第三个错误总结为"你强奸了我"。所以，征丽要遗忘掉
罗开韵的同时，肉体也在经历着罗开韵的三个错误，她在遗
忘之中虽然已经原谅了罗开韵的三个错误，但是她却不能原
谅自己对罗开韵的伤害。征丽是一名模特，从某种意义上讲，
她的躯体就是她的世界，她用自己敞开的躯体跟世界会晤，
也同时在用自己的躯体保守着自己的秘密。她在遗忘中与世
界见面，她上街购物，到美容院、到游泳池去。她在遗忘中
会有新的朋友，她是一个活着的女人。她在遗忘中体验到的
另一种东西就是，如果你想遗忘你的痛苦、烦恼的话，那么
就到生活中去。生活对于征丽来说是时装、朋友，是荡漾在
眸子深处的新的秘密。她又开始了大量地购物、大量地挥霍
手中的金钱，除此之外，她认识了朱平的朋友孔长。

17

　　那是一个星期日。孔长来找朱平，恰好碰到了散步回来
的征丽。孔长是第一次来找朱平，所以，看得出来他根本就
不知道朱平住在哪里。他在楼下转了几圈好不容易才看到一
个人影向自己的方向走来，孔长走上前刚想开口说话，却不
知道为什么愣住了。孔长说："你是不是叫征丽？"征丽抬起
头看着这位个子高高的男子说："不错，我就是征丽。"征丽
看了他一眼，发现对方一直在盯着自己便说，"找我有事吗？"
"哦，我本来是来找朱平的，朱平是我的同学，好多年未见面
了，我刚从外省调回来……""朱平家在对面那座公寓。"征

丽用手指了指，孔长便点点头说："谢谢。"这是他们的第一次见面，征丽并不知道孔长的姓名，她也没有对孔长留下多少印象。

事情已经过去好久了，朱平有一次来找征丽，他说有些事得与征丽商量。随着时间的流逝，征丽对待朱平的态度完全改变了，也许是朱平住在很近的地方又没有来打扰征丽，使征丽对朱平产生了好感。从这个意义上来说是朱平再一次给予了征丽足够的时间去改变她以往对他的印象，实际上征丽对朱平没有什么不好的印象，只是她多年以前不能容忍朱平腋下的那股异味。现在，征丽既然已经平静了，没有再把朱平当自己情感上的朋友，那股异味也自然离她而去。朱平这次来是给征丽介绍他的同学孔长，朱平说孔长已经三十五岁了，还没有结婚。征丽没有想到朱平来是为这件事，她也根本不知道孔长是谁，便拒绝说："我不知道你的同学孔长，也不想现在就嫁人，他三十五岁了没有结婚跟我有什么关系？"朱平说："孔长说他见过你，他来找我时，他在楼下与你说过话。""哦，朱平，我真的还没有想好要跟谁结婚，你就告诉他我不同意就行了。"征丽侧过身去，"朱平，我对你的同学孔长没有什么印象，你不要对我再提这件事了。"话说到这里，孔长就来敲门了。征丽把门打开，看到孔长时她觉得全世界的男人都是一个模子造出来的，他们对一个女人感兴趣时，最伟大的想象力就是抱着鲜花出现在那个女人家门口，而全世界的女人都容易被那个男人手中的鲜花所吸引，而不是为这个男人的到来而惊喜，在这个空隙中，送鲜花的男人就走进了女人的房子里去。征丽愣住的那一刹那，孔长已经将手中那束黄色的玫瑰交到了征丽的手中，事情发生在一刹那间，征丽完全是不知不觉地就接受了孔长送给她的礼物。所以，朱平的同学孔长也就顺其自然地走进了征丽的生活中。

征丽确实没有考虑过婚姻的事情，尽管她已经二十八岁了。有时候她独自坐在屋里，也感到自己的生活太寂寞，除了大量地购物和挥霍金钱，她自己似乎被自己关在一个笼子里。这个笼子并不是社会的笼子，也不是情感的笼子，更不是婚姻的笼子，而是美貌和肉体的记忆给她带来的笼子。就在这样的情况下，孔长医生带着那束艳丽的黄玫瑰来到了征丽的屋里。这座私人公寓长时期陪伴着征丽遗忘记忆中已经发生的事情，也长时期地可以感受到模特征丽——这个美妙绝伦的女人在屋里走来走去的脚步声。所以，孔长医生来了。孔长医生大学毕业以后一直在外省，他告诉征丽，他之所以要调回这座城市，是因为母亲独自一人生活在这座城市，她已经年老体弱，自己有必要对母亲尽一份孝心。

在征丽慢慢地开始喜欢上孔长后的日子里，她觉得有必要跟孔长谈谈过去的自己，让孔长对自己有更深的了解。那是在她家里，夏天又到了，征丽坐在家里等待着孔长的同时也在翻看着一家服装公司的服装总集。前几天那家服装公司的总设计师与征丽通了电话，他想请征丽做模特，举办一次服装表演会，征丽正在犹豫之中。门铃响后，征丽去开门，她以为是孔长来了，但没有想到是罗眉。罗眉自从与她在哥哥的墓地上相遇之后再没有见过征丽。两人连电话的联系也放弃了，见到罗眉，征丽觉得那位昔日的好朋友又回来了。罗眉告诉征丽，其实她很想来，只是她害怕她们之间会被某种记忆所干扰，使会面变得不愉快。罗眉说她此次来是想告诉征丽一个秘密，她说她多年前在旅途中曾经与一个外省人发生过爱情关系，征丽问她是不是那次拎着箱子出门的旅行，罗眉说："对，我回来后没有告诉你，是因为我与他的故事已经结束了。如果他不出现在这座城市的话，那么，有可能我已经将他忘记了。但看到他时，我觉得多少年前的那份情感仍然在心中荡漾，所以，我想让你陪同我一块儿去告诉他。"

令征丽难以置信的是，罗眉告诉她的这个人竟然是孔长。当罗眉和征丽正准备出门去看那个人时，孔长却抱着一束鲜花出现在屋里，罗眉一见孔长，立即上前接过花。如此一幕，她完全被弄糊涂了。但正在回首往事、沉浸在爱情之中的罗眉叫出了孔长的名字并走过去从孔长手中接过了那束鲜花，而完全置身在记忆和梦幻之中的孔长医生在罗眉叫出他名字的同时，也叫出了罗眉的名字。征丽在片刻之间成为局外人和旁观者，看到眼前的情景时，她已经明白罗眉讲述的那个故事中的男主角就是孔长。她在他们俩重逢的时刻意识到自己应该离开这种场面。她离开时，孔长和罗眉都没有发现。征丽驱车来到一家酒吧，平常她很少到咖啡厅和酒吧露面，原因很简单，她知道一个女人在酒吧和咖啡馆独坐的形象是孤独和寂寞的象征。她不喜欢自己以这种形象出现在别人面前，所以，她从不轻易到酒吧和咖啡馆里就座。但是，她已经驱车出来了，她把自己的房子留给孔长和罗眉来邂逅，她必须出来。她想找一个人来说说话，但她忘了带电话本出来。她记得的电话号码是很有限的，她想起一个号码来，那是朱平家的号码，因为朱平和她住在同一地域，她与朱平家的号码很相似。她来到酒吧柜前的电话机旁给朱平家里拨通了电话，朱平马上听出了是征丽的声音，征丽说："朱平，我在银环酒吧，你有空出来吗？"朱平马上说："当然有空，今天是我的好日子，我已经离婚了。"

　　朱平半小时就赶到了。而搁下电话后的征丽仍然百思不解，她后来把这当作是朱平与自己开玩笑。朱平又身穿白色西装出现在征丽面前，他要了两杯酒，说今天是一个特殊的日子，一定要庆贺一下。征丽说："我是不喝酒的，朱平。"朱平说："我终于离婚了。""真的离婚了？""那当然是真的。"朱平说完拿出西装里的离婚证，把一本墨绿色的证书展现给征丽。征丽说："朱平，为什么？"朱平没有说话，他最后把这些归纳为下面几条：其一，离婚不是一件偶然事件，正像结婚也不是偶然的事件一样，离婚是严肃的，结婚也是严肃的。其二，男人和女人在一个空间里由于距离的原因，肯定要分开。距离太长了要分开，没有距离也要分开。最好的婚姻状态就是男人和女人都没有幻想的能力，也就是说他们将幻想都寄托在一个家庭的建设之中。其三，离婚是一种文明和进步，它将人们带进了新的希望之中。朱平说他现在的幻想是没有婚姻状态的情况下看一看自己是活得更好呢，还是活得一败涂地。朱平问征丽与孔长相处得怎么样，征丽举起杯来晃动了一下里面的冰块说:"我已经好久没有做模特了,我现在决定给那位设计师打电话。"她刚想站起来,但是她的身体似乎被什么绊住了,朱平扶了扶她说:"征丽,你怎么了?""我只是感到有些头晕目眩,也许是坐的时间太长了。朱平,等我打完电话,陪我到外面走走去吧!"

18

征丽的头晕目眩带来了什么?她对自己的身体状况缺少任何预感,因而她又进入了一个模特与时装生活的发展之中。她这样做是因为她从十六岁时或者更小时就喜欢面对镜子,看着自己穿着衣服的模样,虽然她在上届个人时装表演会后已经宣布她将不再以一个模特的身份出现,但她却在这个散发着郁金香香气的三月与服装公司签订了合同。她这样做的另一个目的是为了忘记生活中已经发生的一切,忘记那个给她送来黄玫瑰的医生孔长。她不知道自己除了做模特还能干什么,这一点她很清楚,因为母亲除做话剧演员之外再没有干什么。所以,她所看到的就是那些穿在自己身上的时装,她此刻所选择的永远只能是做模特——征丽站在镜子中央。她可以想象十年以后自己的模样,那时候自己已经不能做模特了,她想象着十年以后自己的身体、皮肤、头发都在变得枯萎,那时候将有什么在等自己呢?她毫不犹豫地告诉自己:活着。

身体的变化是慢慢开始的。对模特征丽来说,身体的变化是一串信号,但是她并不知道这信号的到来。她注视镜子时曾在片刻产生过这种场景:"在一个黎明的早晨醒来,我会死去,郁金香有三朵会死去。黄色、白色、黑色的三朵郁金香,恰好在我的气息消失的地方,我就在这时把我的钥匙交出来,许多生锈的东西、链条和小电筒都已经不存在。唯独我的声音比两条腿到达得更遥远,你就像那沉闷的雷声滚过去,你就像一沓照片使我无法选择你会是谁,我的意思你很清楚,你就像那些喷泉一样使我产生忧虑。"这个场景是由征丽记忆中的一些文字展现的,这些文字来源于一个女诗人的手,她叫 HL。征丽不知道是在这些文字中看到了那些喷泉,还是看到了"许多生锈的东西、链条和小电筒"。总之,她又开始在镜子前活动。

19

她进入了镜子并不意味着她已离开了一个由人的呼吸频繁地接触而建立的社会,当孔长医生抱着同样的黄玫瑰出现在她身边的镜子中时,模特征丽训练完她的臀部、腰、脖颈和大腿的系列动作。她是在镜子中看到了黄玫瑰,再就是看见了抱着黄玫瑰的孔长医生。她盯着镜中的一切,然后才缓慢地转过身,她故意将气氛协调得温和一些。孔长医生走过去将黄玫瑰送给她的那一瞬间,她没有伸出手去,因为她想到了她的女朋友罗眉。征丽不但没有伸出手去,还对孔长说:"罗眉没有来吗?我好久没见到她了。"但是孔长没有说话,他仍抱着那束玫瑰，仿佛他找不到一个位置可以放下它。征丽说："孔长，你今后别来找我了，你应该知道罗眉是我的好朋友。"孔长医生没有听征丽解释就对征丽说："我现在就向你求婚，请你嫁给我，当然，必须在你愿意的情况下……"征丽转过身来，先是盯着那束黄玫瑰，她知道黄玫瑰是爱情和婚姻的象征，但在这之前，她从未想过黄玫瑰的隐喻，她有些诧异地盯着孔长医生的面孔，最后坚决地说："不，不可能。"孔长仍然抱着那束黄玫瑰，他已经来到了征丽身边，征丽可以嗅到黄玫瑰的香气，孔长轻声说："征丽，我是真的，请你考虑一下，你不用现在就告诉我。"征丽仍然坚决地摇摇头说："不，不可能。""为什么不可能？"征丽又摇摇头，她走到窗前，她突然说："孔长，你还是跟罗眉结婚吧！"征丽说完这句话没有再听孔长医生的解释，她拎着自己的包，连健身服也来不及换，就乘电梯下了楼。

对征丽来说孔长已经是另一个人了。自从那天发生的事以后，对于征丽来说，孔长已经与她没有关系，而且她当时也只是开始喜欢上孔长，而并没有爱上他。也许对于征丽来说，此生还从未有过对一个男人热烈的爱的感觉，所以，她可以将一个人理智地推开。对征丽来说，孔长是属于罗眉的，是罗眉在旅行中的一个故事。如今，他们重逢了，那么，他们将把这个故事继续讲下去。所以当她下完电梯时，她尽管已经感觉到身体的眩晕，但她仍然横穿过对面的大街，当她晕倒在街对面时，孔长已经赶到。被征丽抛在后面的孔医生仍然抱着那束黄玫瑰紧随着她下了楼，他目送着征丽，直到她晕倒在地。

孔长医生现在已经把玫瑰放在马路上，他已经顾不得那束送给征丽的玫瑰花，因而玫瑰花使一条街道变得灿烂。他将征丽抱了起来，显然有些惊讶，他不知道征丽为什么会晕倒。作为医生的孔长最后打了一辆出租车将征丽送到了他所就职的医院。当征丽醒过来时发现自己已经躺在一间病室中，隔了一会儿，她就看到了孔长医生身穿白大褂走了进来。孔长医生说："征丽，你需要休息，你的身体非常虚弱，等休息两三天，我决定将你的身体检查一遍。"征丽挺立身子说："孔长，我只是感觉到头晕，除此之外并没有什么。我今天必须出院，我已经跟那家服装公司签了合同，过两天我必须举办服装表演会。""哦，我不知道有这件事，那么，我就同意你的意见。但是，你得注意身体，你应该知道，你的身体是十分虚弱的。"孔长医生将"虚弱"这两个字说得很重。

孔长医生将征丽搀扶着来到住院部的门外时，恰好是罗眉来找孔长的时刻，她远远地就看到了这个情景，所以她迎着他们走来。罗眉并不知道孔长医生与征丽的那段刚刚开始还没有发展下去的故事，她更不知道孔长医生已经向征丽求了婚，这一切表现在她迎着他们走上去时面颊上呈现出的那种关心："征丽，你怎么来医院了？"孔长说征丽晕倒了，征丽就急忙说："哦，我自己回去吧……"她刚说到这里，就看见了朱平，朱平也是来找孔长的，征丽大声叫道："朱平！"朱平就看见了他们。征丽对朱平说："朱平，如果你没事，你把我送回去吧！""哦，可以，当然没事，我送你回去。"几个人的目光交织在一起，随后就分散了，随着出现了朱平搀扶着征丽下台阶的背影。

　　朱平将征丽扶到车里后惊讶地说："征丽，你怎么会在医院?"征丽简单讲了一下情况，她突然对朱平说："朱平，如果你现在还喜欢我，那就娶我吧!"朱平听到这话，差点儿将车撞到前面的车屁股上去，他握住方向盘，仿佛没有听清楚征丽在说些什么话，他侧过身看了看征丽说："对不起，你刚才的话我没有听清楚，请你再说一遍。"征丽又平静地将刚才说的话重复了一遍，然后说道："朱平，你现在就告诉我，你愿不愿意娶我。""当然愿意，征丽，不过我不明白，你不是跟孔长医生在一起了吗?""我与孔长医生什么也没有发生，这件事请你别再问了。我只是问你，你愿不愿意娶我?"

　　"我愿意。征丽，我愿意娶你，只是我感到你从来就没有爱过我。""朱平，请给我一些时间……"朱平也说："征丽，我也需要你给我一些时间。""朱平，你的意思是?""我不想告诉你我最近的生活方式，所以，请给我一些时间将有些事情处理完毕，然后我再郑重地向你求婚。"征丽听到这些话以后觉得浑身无力，她看着远处的车轮在转动，一刻不停止地转动，她想起自己学习驾驶技术时是在一个训练基地上，那段生活似乎已被她忘记得干干净净了。她站在训练基地荒凉的草坪上，身体离那些车轮是那么近，直到她转动着方向盘使车轮旋转着，使荒凉的野草被车轮缠卷在同样是力竭的状态之中。

20

征丽远远地就看到了一个年轻的女孩披着一头秀发站在他们的住宅楼前，看到朱平的车开进来，她向朱平挥了挥手。那个女孩非常年轻，二十岁左右，征丽想起自己曾经像这个女孩一样年轻过，朱平第一次认识征丽时，征丽就像她一样年轻。

在这个时刻征丽体会到了做一个模特的寂寞，由于她的冷漠和美丽使她在无形之间与外面的距离拉远了，她的美丽使许多人都不敢轻易地与她接触。人们一看到她那美妙绝伦的身体，许多梦幻的东西都化成了对她的拒绝。人们拒绝她的美丽，就像拒绝着在一天最纯洁的清新空气中那一只只飘动着的飞来飞去的美丽的蝴蝶，所以，征丽此时此刻就像待在一只没有呼吸的鼻孔里面。

她碰倒了热水瓶又碰倒了放在地板上的一只白瓷花瓶，花瓶里的鲜花已经彻底枯萎了。她任那只瓶里的水以及热水瓶里的水融为一体，流向房间里的边缘地带——墙壁。

21

破晓时分，征丽醒来便掀开窗帘的一角，她只想看看今天的天气情况，但她却看到了一个女孩，那个女孩正从朱平的公寓里走出来。从窗玻璃上看出去她就像粉红色，但很快就消失了。征丽对这个女孩感到好奇，她便走到另一扇窗前，紧接着她又看到朱平去了车库，他要将这个女孩送回去。征丽很清楚，这个粉红色的女孩昨夜没有回去，她在朱平家里过的夜，然后第二天朱平便将这个女孩送回去。征丽放开窗帘，她闭上双眼，重新回到床上。有一段时间，她似乎又睡过去了，但她看见的却是那个女孩，从朱平公寓里出来的女孩。这个女孩使模特征丽第一次意识到男人们并不是仅仅为了一个女人而活着，每一个男人的世界都在尽情地接受着世界对他的敞开。朱平的生活就是活生生的一切，他刚离婚，生活中就有了另外的女人的嘴、头发、舌头，就有了女人站在住宅楼下等待着他。所以，征丽翻转了一下身体，感觉到身体的孤独，经过时间的过渡，她似乎已经忘记了朱平腋下的那种难以接受的异味，而在这同时，朱平也忘记了他对征丽的那种感情。征丽明白了上述这些事情也就是朱平告诉她的需要处理完毕的事情。征丽没有时间再去考虑这些到处是漏洞的生活，她得去工作，所以她拿起电话，联系了今天的工作，而就在这时朱平来敲门了。他花了四十分钟把那个女孩送回去，他并不知道征丽已窥视到了他的行踪，也不知道征丽在窗帘后面的那双眼睛看到了他处理问题时的现实性。

朱平说："征丽，请你再给我一些时间。"

他刚说完这句话，征丽已经背上了包，她打开门很有礼貌地告诉朱平："请你马上出去，你就把我昨天对你说的话忘了吧！"

朱平走过来抓住征丽的手臂说："征丽，你听我解释。"

征丽说："我已经告诉你了，请你把我昨天对你说的话忘了吧！"

朱平来到征丽身后抱住了她的腰，征丽克制着自己的颤抖，她觉得这个男人正在亵渎她的感情，他就像罗开韵一样贴近了她，而她需要他的那个时刻已经过去了，所以她从朱平的怀抱里挣脱出来大声说："朱平，从今以后，请你别再敲门，现在请你从这里出去。"她用手指着那道门大声说，"你现在就出去，你现在就出去。"

朱平在走出去时告诉征丽："你是在嫉妒那个女孩，你知道吗？你是在嫉妒！"他说完，头也不回地就转身走了。

嫉妒，他说得对极了，征丽此时此刻紧紧地抱住自己的手臂，她那经历过模特生涯的身体正在挣扎着，不错，这就是她嫉妒的过程。她从昨天看见那个女孩在楼下的时候就开始嫉妒了。她不能接受那个女孩的存在是因为她此前在车上对朱平说过那番话，看到那个女孩的一刹那她觉得自己的身体可以迅速变为燃烧物中的一些灰烬。他说得一点也没有错，她是在嫉妒，她在某些时刻从空寂中向往的一种生活正在散发出一种悲悯的力量。她对自己说：我是在嫉妒那女孩，那么我嫉妒她的什么呢？是嫉妒她的年轻；还是嫉妒她身上洋溢的那种热情，站在住宅楼下等待朱平；还是嫉妒她留在朱平家里过夜；还是嫉妒她身上的那团粉红色……征丽的双肩此刻就像栖息着一些鸟类，鸟笼和羽毛一起燃烧，所以她要寻找另一个栖息地。她是孤独的，她必须张开双翼扑进灰烬中去，或者扑进人的怀抱中去。

22

所以，她又一次拉开门，当她经过一夜疲惫的休息，她已经在昨天晚上成功地又举行了她的服装演出，她孤独地把一件又一件时装穿上又脱下，她的脸上没有一丝表情，她冰冷的身体中美丽颤抖的线条使她的观众爆发出雷鸣般的掌声。在这些观众中有朱平和孔长医生，征丽并不知道，两个男人都在这一时刻爱上了征丽。所以，今天早晨按响门铃的人就是孔长，他来得正是时候，我们已经在上面说过：她是孤独的，她必须张开双翼扑进灰烬中去，或者扑进人的怀抱中去。

孔长医生又给征丽带来了鲜花，征丽接受了孔长医生送给她的鲜花。她是寂寞的，就像她赤裸着脚将那束鲜花插放在花瓶里。当孔长医生第二次向她求婚时，她犹豫了一下，但是答应了。孔长医生就像一个孩子一样微笑着，但是他不敢去亲近征丽的肉体，他连触摸她指尖的勇气也没有。他太兴奋了，甚至来不及去拥抱征丽，他告诉征丽他已经在首饰店订好了一只订婚戒指，所以，他要马上去取戒指。他走后不久朱平就来了，当时，征丽还站在那只花瓶前面面对着那束玫瑰，她知道孔长去取戒指了，她很高兴，所以她连门也忘记了关上。

朱平是第二个求婚者。

尽管他一进屋，征丽就对他很冷漠，但是征丽不知道自己愈是冷漠，就显得愈加美丽。朱平庄重地开始向征丽求婚，征丽转过身说："那么，你把那个女孩放到哪里去了？"

朱平说："征丽，那个女孩有她自己的生活，所以我们分开了，而你才是我多年来最爱的女人……"

征丽说："你来晚了，我已经决定嫁给孔长。"

朱平说："你还没有嫁给他，所以，我还有权利向你求婚。"

朱平一边说一边走过来，征丽知道朱平想干什么，她将桌上那只花瓶举起来大声说："你如果再走近我……"征丽意思很清楚，朱平如果再走近她，她就要把那只花瓶当作武器，而那只花瓶恰好对准了朱平的前额。朱平似乎没有听见征丽的话，他已经听不见征丽的声音，他热切地向往着多年以前在浴室中的情景，他想拥抱住征丽，这种念头是那样强烈。当征丽手中的那只花瓶准确无误地击打在朱平的前额上时，也正是孔长医生取回戒指的时刻。

从朱平前额上喷涌而出的鲜血染红了朱平的面庞，他倒在地上昏厥过去的样子使征丽恐惧地用手蒙住了自己的双眼。屋子里到处是撒落的玫瑰花瓣和花瓶的碎片。

23

上帝之手让征丽的手将那只盛满玫瑰花的花瓶毫不犹豫地掷向了朱平的前额，虽然这只花瓶让朱平流了许多鲜血，但在他同学孔长医生的治疗下很快便康复了。在朱平住院的这段日子里，征丽一直不敢去医院看望朱平，有关朱平的情况都是孔长医生在电话里告诉她的。她曾经问过孔长朱平会不会死去，孔长安慰她道，一只花瓶是不可能轻易将一个人击死的。这样，征丽便意识到自己应该走了。在发生过这件事情以后，她一直害怕两件事：第一件就是害怕朱平的死去，第二件就是害怕有一天孔长医生将那只结婚戒指亲自戴到自己的手上。所以，第一件事情可以结束了，因为朱平已在康复之中，他是不会被自己掷出的一只花瓶击死的。而第二件事情呢，正在某个时刻等待着她。她已经想清楚了，她害怕那只戒指是因为自己的内心并不接受孔长医生的感情，也就是说她还没有爱上孔长医生。

　　征丽选择了一个午夜带上箱子离开了她的公寓，她没有目标，也不知道自己应该到哪里去，她只想暂时出门一段时间，避开朱平和孔长医生将要戴到她手上的那只戒指。她知道世界上没有一个男人会为了一个女人而活着，世界上也没有一个男人会为了一个女人而忠贞不渝地保存着一只戒指。一个男人与一个女人错过之后会有另一个女人在等待着他，而那只孔长医生的戒指也会戴到另一个女人的手上。

24

　　征丽驱车来到了海边，她在沙滩上碰到了一个雕塑家。她向雕塑家打听附近有没有旅馆，因为她不想住在城里的宾馆里。征丽有一种预感，尽管她在摆脱朱平和孔长，但也许他们会来寻找她，所以她想离城市越远越好。雕塑家打量了一下征丽，说附近都没有旅馆，如果她愿意的话，可以住在他的房间里。征丽环顾一下眼前这座朴素的民房，雕塑家解释说他每年都有一段时间住在这里，因为在海边不远的地方他就可以挖到世界上最好的泥巴做雕塑。征丽觉得雕塑家的那双眼睛是仁慈的，也就同意了。

　　征丽就这样住了下来，雕塑家做自己的事，而她就在附近的沙滩上行走。这片沙滩似乎除她和雕塑家以外，无法看见别的人。征丽有一天偶尔走进了雕塑家的工作室，雕塑家满手都是泥巴，正在塑造一个女人的雕像。征丽觉得那个女人并不可爱，身上缺少女人特有的东西，她将她的意见告诉了埋头工作的雕塑家。雕塑家叹了口气说在这荒僻的地方最主要的就是缺乏模特，他原来的模特都在城市里待惯了，都不愿意到这个地方来。征丽考虑了三天，决定去做雕塑家的模特，她对雕塑家说："我原来是做时装模特的，只要你告诉我怎么做，我就会与你配合好。"雕塑家迟疑了一下，走到外面的水边洗干净了两只手，他对征丽说："我是搞人体雕塑的，你愿意脱去你的衣服吗？""哦，你是说我必须是一个裸体模特面对着你。"征丽摇摇头说，"不，让我考虑一下。"她离开了雕塑家的工作室，她驱车来到一座小镇上，她想跟一个人聊一聊天。她出来已经很长时间了，并且主要是因为她面对着一个雕塑家，而她不知道自己到底可不可以脱光衣服坐在雕塑家面前为他做人体模特。

　　她坐在小镇的一家茶室里喝茶，而她的眼前却出现了自己赤身裸体的模样——镜子，如果现在有一面镜子就太好了。

想到这里她决定去小镇买一面镜子回雕塑家的房子里去，另外她还要买一些吃的东西，自从住在雕塑家的房子里以后，她就开始负责做饭，然而他们已经有好多天没有吃到蔬菜了。征丽从茶室出来到了一家小型百货商店，在里面她买到了一面自己需要的镜子。镜子的质量看上去很粗糙，甚至有些变形，把征丽的脸拉得瘦长瘦长的。在服务员的帮助下，她将镜子放到了车里，然后她又到农贸市场买到了土豆、牛肉、大白菜及调味品。从小镇到雕塑家的那幢房子总共需要一个多小时。征丽总算有了一面镜子，第一件事情就是面对镜子。她先到水里游了一会儿泳，因为这里没有洗澡的设备，只好用游泳来替代洗澡。她从水里上岸时看见雕塑家已经挖泥回来了，他推动着一辆小三轮车，褐红色的泥巴堆满了三轮车的小车厢。雕塑家的注意力全放在推车上，他没有看到从水里上岸的征丽。

　　在这荒僻无人的地方，征丽来到房间里，镜子不能镶嵌在墙上，只好放在墙下面。征丽脱去了游泳衣，她在假设着另外的场景。首先她必须让自己去充分地、全面地理解刚才那位用三轮车推动着褐红色泥巴的雕塑家，她必须在假设之前理解雕塑家的工作。他为什么要离开热闹的城市来到这里，原因很简单，离房屋不远的地方，他找到了最好的泥巴。他唯一的存在方式就是做人体雕塑，他的那间工作室有二十多平方米，里面堆满了泥巴，潮湿的泥巴散发出一种泥土的香味。雕塑家的工作刚刚开始，在他平和的、仁慈的形象里，潜伏着一种大大的躁动。征丽除已经看到了一切之外，还看到雕塑家正在用泥塑造一座抽象的人体雕塑。对于征丽来说，那座人体雕塑缺乏某种东西，原因很清楚，雕塑家的模特不愿意跟随他到这荒僻的地方来。在回顾了上述东西之后，征丽现在正站在镜子前面，简陋的屋子里除一张床外没有任何东西。从一层薄薄的窗帘中射进来的阳光照在征丽的身躯上，她对自己说：假如我坐在雕塑家面前，假如我脱光了衣服，我在他眼里是不是赤裸着的？她开始假设，在她的假设中自己的肉体显然是赤裸的，但是它会给雕塑家带去什么呢？征丽从做模特的那天开始，她似乎被一种无形的语言推动着，这些语言散发出的韵律笼罩着她的身心，她与自己的肉体独处时经常被置入这样的境地。她想说，不错，这是我的身体，我的身体中有一切证明我因此活着的东西。除本能之外，我的身体中还有一种无法看清楚的像羽毛一样可以飘动起来的，又可以缓缓地落下来的东西，那会是什么呢？似乎有声音告诉她，那就是你的灵魂，但是仿佛也有人这么告诉她，那是水、是泥，因为我们都是泥通过水的溶解而形成肉体的。现在，征丽触摸到了自己的乳房，通过无数年的肉体与肉体之间的搏斗，她现在清楚了，自己的身体是泥做的。所以，她理解雕塑家的工作室里成堆的褐红色泥土。征丽穿上外衣，她已经找到了一个答案：在雕塑家眼里，自己并不是赤裸的，自己只是一堆散发出大地气息的泥巴而已。征丽将窗帘拉开，让阳光射在自己的身体上，但是，她感到了眩晕，然而，她此刻没有问自己最近为什么经常莫名其妙地眩晕。她将门拉开了，并将一件外套穿上，然后赤着脚来到了雕塑家的工作室里。

25

雕塑家的手上到处是泥巴，他虽然穿着一件青色的工作服，但是鞋子上和里层的衣服上都已经沾上了褐红色的泥巴。雕塑家正背对着征丽站在那座人体雕塑前工作着。征丽在他身后站了很久，他发现后转过身来对征丽说："哦，你上哪里去了？刚才有两个人来过这里，他们在寻找一个人，问我有没有看见一个人，他们说的那个人看上去有点像你。""哦，是两个什么样的人？""两个男人，个子都很高，年龄也很相似。"征丽想，这两个人也许是朱平和孔长医生。"你告诉他们情况了没有？""我说我看见过一个女人，然而不知道她去哪里了，他们就说过几天再到这里来。"雕塑家的话刚说完，征丽已经脱去了外套。雕塑家迟疑了一下，对征丽点点头，他是惊喜的，他用目光将征丽的形象审视了一会儿，然后什么话也没有说。他让征丽坐在一把木椅子上，征丽就这样开始做了这位在荒僻之壤工作的雕塑家的模特。她安静地坐在椅子上，雕塑家让她的目光面对着工作室里的一扇窗，于是，她就将目光盯在那道窗帘上。那扇窗低矮而又宽大，几乎占据了一面墙壁。多少天来，征丽就一直看着窗外的蓝天以及从窗外延伸下去的平缓的海面。有时候，雕塑家让她休息一会儿，她休息的方式就是扭动一下脖颈，因为脖颈长久地面对一个地方便有些酸痛。有时候她还会看那座雕塑，由她做模特的人体雕塑正在制作中，雕塑家不慌不忙地又开始工作了。征丽就回到椅子上坐下来。

26

她的眩晕已经在干扰她的身体，眩晕是这样到来的，那天上午十点多她刚坐在椅子上，因为那时到下午四点多是雕塑家工作的最佳时间，阳光将雕塑家的工作室照得很明亮，光线洒在征丽的身体上，既柔和又使线条呈现出令雕塑家向往的那种优美。征丽在椅子上坐了不到十分钟，眩晕就到来了，她先是用手扶住椅子背，后来她的头在晃动着，雕塑家感觉到了便问她是不是身体不舒服，征丽又摇摇头。她想，这种眩晕已经来临了好久，坚持一会儿就会好的，但坚持了半小时，眩晕又再次来临了，她再也无法坚持就将头靠在椅背上。雕塑家走过来，征丽看到了雕塑家的那双手，多少天来雕塑家的那双手吸引着她，也可以说是诱惑着她，那双沾满褐红色的泥土的双手现在就在眼前。征丽伸出手去握住了雕塑家的那双手，她有一种愿望就是想让雕塑家的那双手抚摸自己，因为自己的身体就是那些褐红色的泥土，但是雕塑家抽出双手轻声说："征丽，我扶你休息去。""怎么，你知道我的名字？"雕塑家一边扶着征丽行走，一边告诉她，他很多年前就看过征丽的时装表演，为了工作，他还收集过大量征丽的摄影作品。雕塑家将征丽扶到了床上，这天下午征丽开始发高烧，她不顾自己滚烫的身体坚持着来到了雕塑家的工作室。雕塑家没在工作室，门口的三轮车也不在，雕塑家到外面挖泥去了。征丽又回到工作室，这座由她做模特的人体雕塑已经快完成了，征丽看到了一个用泥巴捏出来的女人。她觉得今天下午无论如何都要坚持坐在椅子上，也许再有两小时，这座人体雕塑就要完成了。

雕塑家推动三轮车的声音已经在微风中传来，征丽的内心期待着雕塑家带着双手上那些褐红色的泥巴站在她面前。她坐在椅子上，刚想脱去外衣，就听到外面有一阵汽车的声音，紧接着传来了一个女人的声音，征丽本能地站起来。她从窗口看到了这样的场面，她看到雕塑家正在走向那个女人，那个女人穿着黑色的裙子，看上去显得优雅而美丽。征丽想，她不会是雕塑家的模特，那么，她会是雕塑家的什么人呢？也许是雕塑家的妻子，征丽告诉自己。

很快，雕塑家已经带着那个女人来到了工作室。雕塑家将征丽介绍给了那个女人，同时他也把那个女人介绍给了征丽。征丽判断错了，那个女人并不是雕塑家的妻子，他只是说她叫安雯，是雕塑家的女朋友。

由于安雯的到来，雕塑家便停止了工作，征丽也就回到了自己的房间里；由于发烧，征丽又躺到了床上。下午三点左右，雕塑家和安雯来看征丽，安雯用手摸摸征丽的前额对雕塑家说："她烧得这么厉害，应该马上送她到医院去。"征丽说不必到医院去，她箱子里有一些药，明天也许就会好些的。由于征丽坚持不到医院去，雕塑家和安雯也就同意了征丽的意见。晚上，征丽还是到雕塑家的厨房里与雕塑家和安雯共进晚餐。安雯的到来使雕塑家很愉快，他已经将那双沾满褐红色泥巴的手洗得干干净净，安雯给他带来了葡萄酒和精致的酒杯，现在，雕塑家的手已经举起了玻璃酒杯。征丽似乎觉得雕塑家的那双手已经被改变了，她不知道这种变化是从哪里开始的。她离开了厨房回到自己的房间，只是觉得身体很虚弱，需要休息，然后她又躺到了床上。半夜后征丽醒来了，她觉得口干舌燥，身体的温度没有降低，反而上升了。她从床上爬起来，想到外面去散散步，她拉开门，月光铺盖在沙滩上，到处是一片又一片的银白色。她刚出门，就听到了从雕塑家住的那间屋里传来的一阵尖叫声。征丽不想分辨这声音是什么，总之那就是一个女人的声音，一个女人的声音也就是安雯的声音。她希望走到更遥远的沙滩上去，离她听得到的声音更遥远一些。她不愿意听到这声音，因为这声音是从雕塑家的屋里传来的。她不愿意听到这声音是因为在这声音下面潜伏着雕塑家那双曾经沾满了褐红色泥土的双手。

27

当安雯和雕塑家发现征丽的时候已经是第二天上午的十点多了。征丽躺在一片沙丘中央，已经昏迷过去，她的身体就像火一样滚烫。雕塑家将征丽背到肩上，将她背回了她住的那间屋子里。这时候征丽仍然处于昏迷状态。雕塑家和安雯准备把征丽送到镇上的医院去，他们刚想出发就碰到了前来寻找征丽的朱平和孔长，这样就使模特征丽又回到了她生活的城市。所以，当征丽醒来时她发现自己已经躺在一间病室中，身边守候着朱平和孔长。她回忆了半天，只是记得自己待在一座荒僻的房子里，那里有一位双手沾着褐红色泥巴的雕塑家。她在雕塑家的工作室为他做模特，她曾经被雕塑家的那双沾满泥巴的双手所诱惑，她渴望那双手抚摸自己，因为她意识到自己也是泥做的，但雕塑家没有抚摸她。在她眩晕和发烧时，沙滩上来了一个女人，她叫安雯，是雕塑家的女朋友，记忆中，安雯和雕塑家那天晚上住在了一起。征丽能够回忆起来的就是上述情景。输液瓶里的盐水一刻不停地滴进针管里面，从那天开始，朱平和孔长开始轮流守候她。

　　征丽终于抵御了高烧一次又一次的侵袭。朱平搀扶着征丽去散步，在路上，朱平又表示了他对征丽的爱情。他们来到公园，公园就在医院的斜对面，在那里，朱平认真地回顾了一遍他对征丽的爱情，从他看见征丽的第一天开始，到他们的分开。他没有再提起征丽离开他的事情，也没有解释他与征丽分手之后他经历过的生活。征丽听他讲的时候把头靠在他的肩膀上，她高烧虽然已经退了，但仍然感到身体很虚弱。朱平说话时，她的目光一直在看着某个地方。她看见一些人从她身旁走过去，然后另一些人又来了，她的力量在慢慢地减弱。

28

　　征丽并不知道她已经患了血癌，连朱平也不知道。那天上午孔长医生到处在寻找他们，最后来到了公园，征丽躺在朱平的怀里睡着了。孔长医生将检查的结果告诉了朱平，朱平的面孔与孔长医生的面孔同样黯淡，仿佛被灰蒙住一样，他们都沉默着不再说话。征丽醒来时发现他们俩一声不吭，她说："你们到底怎么了？为什么都不说话？"他们便搀扶着征丽回到了病室。孔长医生与朱平商量以后决定还是应该把征丽的病情告诉她，但是由谁来说呢？最后当然是由孔长医生来做这件事。孔长医生每一次看见征丽都犹豫着，他实在不忍心让征丽知道自己患了血癌。朱平有一天突然当着孔长与征丽的面宣布，他要马上与征丽结婚，他一边说一边将结婚戒指戴到征丽的手指上。征丽看了看孔长医生，又看了看朱平，最后将目光投向孔长医生，她说："孔长，你说我是应该嫁给朱平呢，还是不应该嫁给他？"孔长医生摇摇头又点了点头，便拉开门出去了。朱平贴近征丽说："他已经点头了。"征丽就在住院期间的某个星期天与朱平举行了婚礼，孔长医生给他们送了一个大花篮，里面盛满了玫瑰花。这个芬芳美丽而又奇特的大花篮同时也盛满了他对征丽的全部爱情。婚礼过后，征丽的病情加剧，她已经不能再到外面去散步了。有一天，她的病室中出现了雕塑家和安雯，雕塑家送给征丽一个已烧制好的模型，人体雕塑模型上呈现出这样的字迹：模特征丽的美好年代。雕塑家告诉征丽，由他雕塑的那座人体雕塑已经安置在街心花园中心的喷泉下面。雕塑家伸出手去握住征丽的右手，征丽隐隐约约地感觉到那些沾满雕塑家双手的褐红色泥土的气息正扑面而来。她抱着那个人体模型，征丽在雕塑家离开之后恳求朱平陪她去一趟街心花园。朱平与孔长医生商量以后同意了她的要求。

29

街心花园的喷泉下面矗立着一座裸体雕塑，这座由征丽做模特而完成的雕塑记述着模特征丽最后一次模特生涯的生活。从喷泉里喷溅而出的泉水正洒落在那个裸体雕塑上，征丽微眯着双眼，许多生活场景都在这时扑面而来。她回忆着向天喻、罗开韵，这两个男人的死在不同的意义上都体现了生命的战栗。而此刻的征丽浑身开始战栗起来，她再一次恳求搀扶她的朱平送她回趟家。朱平看着十分虚弱的征丽说："你是不是想在镜子中看看自己？"朱平没有想到他的话刚说完，征丽用纤弱的手臂拥抱了他一下说："我告诉你一个秘密，我就是在这时爱上你的。"

征丽又来到了自己的镜子前面，她要朱平帮助她解开衣服，朱平走过去慢慢地将她的扣子一个又一个地解开。征丽看到了自己的裸体，但是她不相信镜子中的那个人是自己。那具骨瘦如柴的身体难道是自己吗？她又换了另一面镜子，她不相信，所以她只好用双手抚摸着自己。她的身体战栗着，朱平来到她身边，她低声问朱平："朱平，告诉我实话，镜子中的人是我吗？"朱平拥抱着她轻声说："征丽，征丽，镜中的人是你，但是你在生病……"征丽从那以后再也不敢面对镜子，也可以说她在昏迷中再也没有看见过镜子。

　　孔长医生竭尽全力治疗征丽的病，但他的努力只让征丽的生命延续了半年。征丽离开人世以后，街心花园的喷泉下面的人体雕塑旁经常坐着两个男人，他们就是朱平和孔长医生。他们在那里谈心、散步，每当他们产生兴奋、迷惑而又持久的那种幻觉时，他们就将目光抬起来，看着那座裸体雕塑。

　　久而久之，那座喷泉下的裸体雕塑影响着他们的生活，使他们的生活与这座裸体雕塑紧密相连。而那座由雕塑家以模特征丽为原型制作的裸体雕塑，到底是说明征丽已经死去了呢，还是证明她活着？不管怎样，这座城市再也没有举办过征丽的服装表演会，而且人们也没有看见征丽出现在任何地方。作者认为，美丽的模特征丽已经死了。

丙部 —— 对一个女人的叙述方式之三

1

　　我就是那个因为暗恋一个男人而悄悄跟踪他的女人。被我暗恋的这个男人叫焦明华,而他身边的那个女人叫雷鸽。焦明华是一年前搬到我对面的那套公寓里来的,一年前的那个异常闷热的中午。假若你不相信身体中的湿雾飘上来的话,那就看看现在的我。

　　我挥动着刚刚脱下来的长丝袜连抛了三次,才抛到那个纸篓里面去,就在我抬起头来的那一瞬间,我看到了对面的阳台上站着一个身穿黑西服的男人,这就是说被我经常眺望的那幢空房子已经有人住了。我没有想到这个住进来的男人后来成了我暗恋的对象。第一次见面我就记住了他的形象,虽然他看也没有看我一眼。很快我就发现的阳台上站着一个女人,这个女人就是雷鸽。

　　母亲正在叫唤我："征丽，你下来呀，阿鲁来找你了。"我似乎没有听到母亲的声音，我为什么会听不到母亲的声音呢？哦，对面的阳台挡住了一切，阳台上晾着雷鸽的裙子，蓝色的裙子被秋风吹拂着，看到这种颜色任何人都会为之兴奋，而另一种想象也在诞生：阳台上为什么会晾着雷鸽的裙子？我当时的分析简述如下：雷鸽来找焦明华时恰好碰到下雨，想到下雨我将脖子探出去，因为我认不清最近有没有下过雨，我将脖颈探出头去是为了看一看楼下的那块凹地里有没有积储的雨水。哦，好像有潮湿的水迹，这说明前几天下过一场秋雨，很有可能是秋雨将那条蓝色裙子打湿了。但另一种想象也不是没有可能：雷鸽与焦明华的关系很密切，雷鸽的衣服有一部分放在男友家里，这样也就有了雷鸽在焦明华家里换洗衣服的机会。而另一种想象使我的精神开始混乱起来，雷鸽住在焦明华的家里，她经常留下来与焦明华过夜，也就是说他们的关系已进入一种同居的状态。我最后一种想法产生后，二十米之外的那团飘拂在风中的蓝颜色便开始变得失去了让人兴奋的东西，失去了那种惬意的感觉。

　　母亲已经来到门外，她贴近门板尽量把话说得清楚明了："征丽，阿鲁说要带你去找工作，他已经与别人约好了时间，你得快出来呀！"听到母亲的这番话，我便在屋子里打扮自己。我已经二十一岁了，大学毕业以后不服从分配，就闲在了家里。不服从分配的原因是我被分配到一家针织厂去当文秘，而针织厂又远在十公里之外的郊区，于是我就拒绝分配，没有去针织厂报到。想来这样的日子已经有半年多了，百无聊赖的闲逛使我犹如被一只煤气罐子紧罩着，所以，我期待着找到一份我喜欢的工作。

阿鲁是我的邻居，我们从小就一块儿长大，后来阿鲁没有考上大学，便在一家公司里上班，几年以后阿鲁有了一些钱便同几个朋友办起了时装商场。我现在穿着的这套水红色的裙子就是阿鲁送我的，他说这套裙子是今年的流行装，尤其是秋季的流行色。然而，"流行"这两个字并不是我喜欢的词汇，我不喜欢流行的东西，尤其是时装的流行。但我除这套水红色的裙子之外，其余的衣裙都是大学时代的旧东西，而今天阿鲁要带我去找工作，找工作嘛就意味着我要站在别人面前让别人挑剔我。

阿鲁和母亲都夸我今天很漂亮，是我出生以来最漂亮的一天。其实我也不知道自己到底长得怎么样，只是我的个头很高，高到什么程度我也无法说清楚。总之呀，与别的女友站在一块儿，我总是比她们要高出很多很多，所以，我从来就没有穿过高跟鞋。看着橱窗柜里那些细长细长的跟我也曾想试一试，但我的女友聪聪说："征丽，你别吓唬我了，你要再穿上高跟鞋，我可不敢跟你出门了。"于是，那种细长细长的跟对我也就慢慢地失去了诱惑。

2

阿鲁带着我刚出门，也就是焦明华携带着雷鸽下楼来的时刻，我本能地放慢了步子，眼睛却盯着前面的一男一女。

阿鲁也顺着我的视线看去，他神秘地对我说："你不知道前面的那个女人吗？"我摇摇头，阿鲁便更加神秘地说："她可是著名的时装模特雷鸽。""著名，什么叫著名呢？""著名都不知道呀，著名就是人人都知道的意思。""那我怎么不知道呀？""你呀，从前是大学生，现在呢又与外界不联系，也就不知道喽。"我的目光一直没有离开雷鸽，她手挽着焦明华的手臂，由于她个子很高，再加上又穿上高跟鞋，所以看上去，她就与焦明华的个子差不多一样高了。她今天穿了一套黑裙，黑裙几乎裹住了她的全身，使她的线条很优雅。我被她身上的黑颜色所吸引，不错，街上确实流行着水红色，到处都飘动着阿鲁送给我的这种裙装的颜色，只有雷鸽一个人把黑颜色占据了。哦，刚才阿鲁已经告诉我了，她是著名的时装模特雷鸽。我知道什么人才能够做模特，看看雷鸽就知道了。街上所有的人都在看她，吸引别人看她的最为重要的原因就是她漂亮的身材，她模特的走路姿势，她上身的黑颜色。雷鸽挽着焦明华从前面一条街道中拐进去了，现在，我明白了我暗恋的那个男人身边的女人是一个著名的模特。

一阵风吹来，卷起我身上的水红色裙摆，我急忙用手拉了拉，这样我便停住了脚步，仿佛有钉子将我从此钉在了那块水泥地板上。阿鲁说："走吧，征丽，我们得快一点，我们得在十点到达他的办公室。"我的双眼一直在盯着雷鸽和焦明华消失的那条小巷，此时此刻，去找工作的事变得这样无关紧要，我头一次迷惘地对自己说：天啊，雷鸽是一个著名的模特。阿鲁拉拉我的袖子说："征丽，你今天怎么了？"我突然问阿鲁："什么样的人才能够做模特呢？"阿鲁说："你胡乱想些什么呀？尽问这些无聊的问题，你刚才没看见雷鸽吗？像她那样的人就可以做模特。"

阿鲁突然退到远处打量着我说："这倒提醒了我，征丽，你的个子很高，看上去跟雷鸽差不多，你是不是也想去试一试呀？""试什么呀？""试一试你能不能做模特。"我摇摇头说："不行，这不能开玩笑，你还是带我去会见那个人吧！我怎么能做模特呢？"阿鲁已经兴奋起来，他说今天就不去会见那个人了，他郑重其事地说："其实，你根本不适合去做公关小姐。哎，我去电话亭给他打一个电话，告诉他我们不去了，然后呢，我们再想别的办法。"阿鲁说完就发现了街角处有一个电话亭，他就像一只兔子一样直奔电话亭去了。我来到电话亭旁边的一棵树下面对着墙壁，墙上贴着一张招工启事，是一家影视公司招收服务员。墙上的字迹已经被雨水淋过，所以看上去就有些斑驳。"小姐，你是不是对这则启事很感兴趣？"我抬起头来侧过身，站在我面前的人正是焦明华。他递给我一张名片并告诉我他正在负责招收工作，如果我愿意的话可以跟他联系。他递给我那张暗灰色的名片时，我的双手在战栗着，这就是我暗恋的那个男人，他身穿黑色西服，里面的衬衣领子干净又洁白，暗灰色的领带使他看上去很严肃，而他的眼睛却是温和的。这就是我与焦明华的第一次相遇，为了能够与焦明华经常见面，我没有听从阿鲁的建议去报考模特队，而是给焦明华打去了电话。我第二天去会见焦明华，然后被录取了，第三天我就变成了焦明华影视公司的一名服务员，也就是说我变成了焦明华公司酒吧的一名酒吧小姐。尽管如此，我却非常高兴，原因很简单，我今后就可以经常见到焦明华了。

3

但是我从未在酒吧里见过焦明华，由于每天上班，我每晚回到家时已经很晚了，这时候我回到房间的第一件事就是敞开窗看着焦明华的阳台。阳台里面就是他的房间，每当房间里还散发着灯光时我就格外兴奋，那一刻，身体中的那种湿雾就会飘上来。虽然隔着二十多米的距离，但我可以想象焦明华在房间里的一切活动。如果房间里没有灯光时，我就会感受到我与焦明华之间相隔有无法丈量的距离。这距离就是一层雾，从我身体中上升的那层湿雾使我无法看到我暗恋的那个男人。

阿鲁给我打电话来，告诉我他已经与模特队的头儿联系上了，他要我定一个时间去见模特队的头儿。我拒绝了，我为什么拒绝，因为我从酒吧里的玻璃中看到了一个男人，他正在玻璃窗外与一个人说话，看样子他马上就要进来了。他进屋时，我压低声音对阿鲁说："你说的那件事我丝毫没兴趣，好了，我要放电话了。"我放下电话的一刹那，焦明华正在向我走来，他对我温和地点点头问我喜不喜欢这里的工作，我点点头。后来进屋来的那个女人使我陷入了沮丧之中，那个女人就是雷鸽。她今天没有把身体裹在黑色的裙子里做他的女人,而是把身体藏在另一套白色裙子之中,由于裙子很透明,我几乎可以看到她那美丽修长的腿在裙子中移动。她一进屋,焦明华就向她走去并且拉着她的右手来到了一个窗口坐下来。这是我第一次看见他们幽会,他们的脸上都洋溢着幸福、沉醉。从他们举杯时的微笑和亲热的举止中,我仿佛面对着一道悬崖,我就要从那道悬崖中掉下去了。他们的幸福和亲热使我第二天就辞去了酒吧的工作。我给阿鲁打去了电话,让他快带我去会见模特队的头儿,阿鲁在电话那边幽默地说:"征丽呀,征丽,你是不是突然梦到你已经做上模特了?"只有我自己清楚,在酒吧的那天晚上,我突然意识到了我与焦明华的距离,如果我永远是一个酒吧间的服务员,那么我永远也不可能像雷鸽那样坐在他对面,跟他亲热地举杯。所以,为了这个暗恋的男人,我决定去报考模特队。假如你不相信身体中的湿雾会飘上来的话,那就看看现在的我。我站在窗口,又在窗口发现了雷鸽晾在阳台上的一件睡衣,看到那件睡衣,证实了雷鸽与焦明华已经过着一种同居生活。丝绸睡衣已经晾了三天了,但还没有被收进去,所以,白颜色的丝绸睡衣就被微风吹过来、吹过去,也许他们外出了。

4

被模特队录取的那个傍晚,我又站在窗口,我想告诉那个被我暗恋的男人——我现在已经是一名模特了,在经过严格的考试之后,我已经被模特队录取。焦明华和雷鸽手里都拎着一只箱子出现在楼下的院子里，他们是从外面回来的，焦明华一边拎着箱子一边偎依着雷鸽。潮湿的雾从我的身体中开始上升，我砰地将窗户关上，并拉上了厚重的窗帘。雷鸽挡住了一切视线，她被黑色裹住的身体使我不知道自己要去哪儿，她成为我要伸手抓住的那团雾，在湿雾中飘动着她的身体，她就是我期望的那个目标，我要使自己变成雷鸽，变成被我暗恋的那个男人所爱的那个女人。这层从我身体中上升的湿雾淹没了一切，淹没了外面朦胧的阳台，淹没了我的二十一岁。

5

黑色就是一切的开始，我要让身体紧紧贴住黑色，我要让身体在黑色中变得力竭、喜悦。黑色就像一种密布着暗礁的禁区诱惑着我，转眼之间我已经逐渐地将我的私人世界变成黑色的世界了。黑色最初给我留下了铭心刻骨的记忆，在我过去的日子里，我根本不认识黑色是一种颜色，是可以转换为一条黑裙将一个女人紧紧裹起来的颜色。是雷鸽让我从黑色开始冒险，所以当我还没有变成那个被黑裙紧紧裹住的女人时，我克制着对那个男人的暗恋，我拉上窗帘，再也不想看见焦明华的阳台。从黑色开始，我的模特生涯也就开始了。现在，让我回到我自己的位置上来，让我回到模特队中那些寂寞的训练中。为了把我的身体训练得更加优美，我放弃了自己的暗恋，放弃了与朋友、家人聚会，一年以后我参加了国内的一场大型模特表演赛，获取了第二名，虽然没有拿到冠军，但我已经进入了模特的行列。这是黑色给予我的，是雷鸽身上的黑颜色启示了我禁锢在暗恋中的肉体。比赛回来以后的第一件事就是拉开家里那道厚重的窗帘，敞开我的窗户，我想重新进入对那个二十米之外的阳台的眺望之中。一年时间已经过去了，我仍然保持着对焦明华的暗恋，但我对他的情况一点也不知道，更不知道雷鸽与他的关系怎样了。

阳台已经封闭了，而且阳台已经拉上了窗帘，这就意味着被我暗恋的那个男人的生活已经从阳台开始发生变化。雷鸽虽然是著名模特，但她早已隐居起来，在我做模特之前就已经成名并且隐居，所以，我也无法获取她更多的消息。我现在关心的是被我暗恋的那个男人；他到底怎样了？我翻出他的那张名片，上面有他的电话，公司和家里的电话都有。我刚拿起电话，阿鲁正站在我的门外敲门，他带着他的女朋友小迪，举着一束鲜花，说是来给我祝贺，后来又说我获奖了要让我请客，我答应了。阿鲁和小迪在楼下等我，我在楼上换装。我换上了那件能够将我身体紧裹起来的裙装，从镜子里看上去我的发型、个子与雷鸽一模一样。所以，我刚下楼，阿鲁就凝视了一会儿，我问他在想什么，他说他想起一个女人来。我问这个女人是谁，他说是雷鸽，他还说不知道为什么已经好长时间没有看到雷鸽了。

我很高兴，我终于变成了雷鸽，我虽然不是雷鸽，但是看到我时，人们就会想起她来。所以，我感谢那团黑色，是雷鸽身上的黑色使我发生了变化。人的一生是由变化开始的，而我最重要的变化是由黑色开始的，如果我是作家，我要为自己写一部黑色启示录。但是，尽管如此，在此之前黑色仅仅启示了我身体中的秘密，而秘密便穿行在逝去的时间中，现在，是我第一次穿上黑裙的时刻，我将出门去接触世界。世界又是由空气和物质组成的，空气使万物生长，物质使大地变得温暖和丰裕，在空气和物质中行走着人。门外就是人的世界、人的海洋，我当初就是在人群中看到了雷鸽，那个紧挽着我暗恋的男人的手臂的女人，如果我没有看见她，我就不是现在的我，也许我永远是酒吧中那个女招待。所以，是雷鸽的黑色启示了我。

阿鲁、小迪和我三人来到了街上，这是下午六点左右，阿鲁走了几步就靠近我说："征丽，回头率太高了，街上突然闪现出一个漂亮女人……"我想起雷鸽来，我看见她时，街上许多人都在回头看她，因为她美丽，因为她裹在黑裙里使人们望而生畏。我们来到了饭店，刚坐下不久，阿鲁就告诉我对面的一个男人一直在盯着我。对面是哪里，我抬起头来，没有想到对面的那个男人就是焦明华。他也许刚下飞机，也许要出门，他的身旁放着一只箱子。阿鲁说得一点也不错，焦明华正在看着我。阿鲁、小迪为我祝贺，频频举杯，而我的心并没有在那些热烈的酒杯里面，我的心在对面，在那只箱子和那个男人的身上。阿鲁、小迪趁我神思恍惚时让我喝酒，我平常本来不会喝酒，但等我意识到事情的严重性时我已经喝醉了。在醉意中我感到那个男人已经走了，他的那只箱子已跟随他离去了。我很清楚他一定是出差了，他拎着那

只箱子已经走了。我没有想到我与我暗恋的男人的见面从此
以后越过了漫长的时间,而那天晚上我如果没有醉,我完全
可以走到他身边去。阿鲁、小迪将我送回了家,母亲说你怎
么能醉成这样,你怎么能醉成这样。我回到楼上,那天晚上
我连脱衣服的力气也没有,就裹着那条黑裙子睡了,一直睡
到第二天中午,我才拉开窗户。为了让空气流进来,我拉开
了窗帘,奇迹竟然发生了,对面的封闭阳台拉开了,窗帘也
拉开了。一个男人正趴在阳台上,他看见了我,他并不是焦
明华,但他跟焦明华长得很相似,也许他是焦明华的朋友,
从他那里可以知道焦明华的消息。

　　我最先采取的方式是拨电话,但电话是空号,最后的线
索丧失了,我只好亲自登上对面的楼梯。上楼梯时我的脚很
虚弱,一想到雷鸽从前在这里上上下下我的内心就变得非常
寂寞。但我还是走到了门口,他打开门,问我有什么事,我
说我想问一些关于焦明华的情况,他就请我进去。他从我进
屋后始终在盯住我,最后他问我是不是雷鸽,我摇摇头,他
便说对不起,他解释说我跟照片上的雷鸽长得很相似。其实
在他看着我时我也在看着他,他的目光和脸型与焦明华也很
相似,但进屋后我就知道他并不是焦明华。焦明华比他的年
龄稍大一些,显得比他成熟。后来他告诉我,他是焦明华的
弟弟焦建华,他没有仔细讲他哥哥的情况,也许关于他哥哥
的情况很复杂,他难以告诉我。这一次见面就这样简单地结
束了。我离开时他突然说你既然是我哥哥的朋友,如果需要
我做什么事,我可以帮助你。我摇摇头,我是在否认我是他

哥哥的朋友，我是在说我与他哥哥并没有联系，我来寻找他哥哥，只是因为他哥哥是我单恋的那个男人。找不到焦明华，我的心情就像黑色一样阴郁。我经常穿着那套黑裙到楼下的那条小径上去散步，黑色给予我希望，只要我不脱去那套黑裙，我深信焦明华看见我时他就会像爱上雷鸽一样爱上我。

6

散步中我并没有碰到焦明华，我却碰到了他的弟弟焦建华。在他与我擦肩而过之前，我已经有好多次看到过他，他经常在小径的另一边，在一堵老墙下面走来走去。他碰到我时的第一句话就是："哦，我哥哥还没回来。"仿佛除他哥哥之外就没有另外的话题了。看见我不吭声，他就主动邀请我："能不能与你一块儿散散步？"我当然同意了，他的目光变得很温和，这让我不由得再一次想起他的哥哥焦明华来。我们沿着他散步的那条小径走到那堵墙下面，他突然问我："你知不知道我哥哥到哪里去了？"我愕然地摇摇头，他便说："你知道雷鸽吗？"我点点头，焦建华就说雷鸽不知道为什么要消失，她几乎是一夜之间消失的，他哥哥就是去寻找她。焦建华说："我没有见过雷鸽，在我到这座城市之前雷鸽已经消失了。我哥哥的相册中全是雷鸽的照片，我哥哥告诉我雷鸽认识了一位摄影师，她就跟着摄影师跑了，她将她所有的照片全留给了我哥哥，但她却消失了。"他讲了上述事情之后突然转过身来，"你也会消失吗？"我摇摇头，我告诉他，我既没有碰到他哥哥这样的男人，也没有碰到一位摄影师，所以，我不会消失。他问道："这就是说你与我哥哥是没有关系的，对吗？"我现在才发现男人的计谋，这种计谋使他变得可爱，他讲述他哥的故事原来是为了试探我与他哥哥的关系，但是他却没有使他的计谋真正成功，因为他并没有试探出我对他哥哥那种暗恋的心情。不过，通过他的计谋，我与他的关系变得轻松了，我们从那堵老墙边散步回来时，他邀请我到他屋里去坐坐，顺便可以欣赏雷鸽留给他哥哥的那些相册。这主意对我而言是一种诱饵，关于雷鸽的生活对我来说一直是一个谜，所以她留下来的那些相册现在是我唯一接近她的方式之一。最为重要的是，我想看看雷鸽到底用什么东西征服了那位摄影师，同时也征服了焦明华的心。

　　焦建华走在我身边，他似乎也意识到了，他停下来看着我说："征丽，说句实话，你是不是爱上了我的哥哥焦明华？"我没有告诉他实话，在这个时刻我不会告诉他实话，因为那毕竟是我的暗恋，而且那些过程已经和我隔绝了许久。我用力摇摇头，焦建华走过来，在夜色中他在我肩膀上捉到了一只小虫，他将那只小虫放在我的手心，然后又放到鼻子下嗅了嗅，最后把那只小虫放在他的手心然后让它跑了。我抬起头来，已经快到他的楼上了，焦建华说："走吧，不是说好了吗，到我那里去坐一坐。"

7

　　他将雷鸽的三本相册从里面的那间房里抱出来对我说：

"你看吧，这就是雷鸽。"我坐在沙发上，说实话，我很害怕翻开这些相册，在某种意义上来说，这个女人是我的情敌。焦建华走过来，他刚从盥洗室出来，他在马桶里撒尿时，我听到了声音，后来还听到他在洗手，所以他出来时手上有一股香皂的气味。他说："你在想什么呢？征丽，说实话，我来这座城市就是认识了你，但是你与雷鸽长得太相似了。"他一边说一边将那些相册中的一本抱过去翻开了第一页，雷鸽穿着那套黑裙站在一块红色的木板上面，焦建华说："喏，你还是自己翻吧，我要给我的女朋友小丁打一个电话，小丁说过两天也要到这里来，我问她是哪一趟班机。"

我一边翻相册一边听焦建华打电话，他说小丁这两天我太忙了，没有给你打电话，你不会生气吧。最后看见他不住地点头，一直到他放下电话时都在点头。他告诉我，小丁不能来了，她家里有事，她母亲的糖尿病又复发了。我说那就让她过段时间再来吧！我刚说完这句话，电话铃响了，焦建华嘀咕道："电话机刚换上，除了我哥哥知道这号码，不会再有人知道，对，也许是我哥哥打来的电话。"焦建华很敏捷地嘀咕完毕之后便将电话机抓起来，"喂，是谁呀？""是哥哥呀！你在哪里呢？""怎么，你要回来了，雷鸽找到没有？"焦建华放下电话后告诉我，明晚八点，八点整他就乘飞机回来，其他的事情他没有告诉我。雷鸽的照片我没有翻下去，这是因为焦明华要回来的消息使我显得兴奋而又不安，也许他已经找到了雷鸽，也许他已经将雷鸽带回来了。在那一刹那，雷鸽的一张张照片既是他留恋雷鸽的有力证据，又是雷鸽依

恋他的证据。我对自己下了一个赌注，如果明晚八点焦明华
带雷鸽回来了，那么我就要将我的暗恋撕碎，要真正像撕纸
片一样一点点用力撕，然后呢，就将那些碎纸屑用力扔，扔
到窗外去。相反，如果焦明华没有将雷鸽带回来的话，那就
意味着他与雷鸽没戏唱了，然后说明什么呢？我的暗恋的大
门向我敞开着，我将可以走进去。

<h1 style="text-align:center">8</h1>

回到家，阿鲁和小迪正在帮助母亲收拾房间。母亲见我
这么晚才回来便告诉了我两件事。第一件事是我们明天搬迁，
钥匙已经拿到手里了，搬迁委员会的人今天已经来说，明天
一定要搬完家，我们这片住宅楼要马上盖园艺博物馆。第二
件事是市模特队已经解散，队员们已经纷纷到外省参加新的
模特队去了。模特队的头儿今晚来过我家，说是 A 省的模特
队要我去参加一场时装表演，要我在后天，也就是星期三前
去报到。两件事情都迫在眉睫，第一件事情当然要参加，第
二件事情同样也要参加，我虽然获过大赛的第二名，但是我
的羽毛还没有丰满起来。阿鲁说他家的东西早收拾好了，明
天一块儿搬，母亲看见我愣着便催促道："征丽，快回你自己
的房间收拾东西吧！把衣柜里面你那些时装全装到箱子
里去。"

我自己房间里的东西基本上是时装，我拉开衣柜，里面
的大部分衣服我都还没有穿过，尽管粉色洋溢着暖流、愉快，

红色洋溢着激动、兴奋，蓝色洋溢着梦幻、欢笑，黄色洋溢着嘹亮、飞翔，白色洋溢着翅膀、欲望……只有黑色中洋溢的东西我无法看到。因为这是雷鸽的黑颜色，是她最早选择的颜色，我是谁呢？我只是模仿黑色的人，然而，自从被黑色裹住以后，我企图寻找到焦明华，但是他正拍动着翅膀，他要用翅膀把第一个用黑色裹住身体的人找回来。我仿佛看见了焦明华的那一双飞翔的翅膀，它正拍动着两翼飞到雷鸽的栖居地———一双同样是带着翅膀飞翔的柔软的翅膀的对面。

　　如果明天搬家，那就意味着我将再也看不到对面的那个大阳台。那个被暗恋的男人明天晚上带着翅膀上的那个叫雷鸽的女人回来时，我已经住在城市的西郊，一座散发出西郊池塘气味的房间里面，我将不再看见对面晾着的衣服，不再看见那个身着黑西装的表情温和而暧昧的男人。想到这里，我真想把裹紧我身体的黑颜色全部剪碎，用剪刀剪碎———连同我的大便从马桶里冲下去。然而，除了这种紧紧裹住我的黑色，我到底还有什么梦想呢？还有什么颜色能够像这团黑颜色一样使我有一种焦躁的冲动，一种洋溢着荒唐可笑、莫名其妙的期待呢？我走过去将衣柜里的那些时装取下来，遵照母亲的嘱咐将它们一一地存放在已敞开的箱子里面。四只大箱子里全装着我的衣物，母亲上楼来不可思议地摇摇头说："征丽，我一生穿的衣服也没有你一只箱子里的衣服这么多。"阿鲁和小迪也上来了，阿鲁在旁边说："征丽不同嘛，模特就是穿衣服的嘛。"

　　第二天一早，搬家公司的人就来了，一小时后我就站在西郊的那座房子里面。母亲将最明亮宽敞的那间房子给我住，她告诉我："这间房子对于你来说真是太小了。征丽，今后你还会有许许多多时装，这间房子是无法装下你那些时装的。"我将箱子拎到屋子里，房子已经装修过，有一个大衣柜，显然比我过去的要宽敞，对于我来说这已经很满足了。唯一缺少的就是二十米之外的阳台，因为那个阳台，我开始了长期的暗恋生活，因为那个阳台上飘来飘去的衣服使我置身于挑衅之中，在严酷的挑衅里我睁开双眼，看到了那个女人，尔后我就做了模特。因为那个女人是一个模特，所以我必须做一个模特。

　　二十米之外的阳台从敞开到封闭，最后从我眼前消失。早晨搬家时，那个阳台的窗户关闭着，连一点儿缝隙也没有，什么也无法看到，它变得那样零乱，仿佛搬家公司那些工人零乱的脚步声。在零乱中我没将头抬起来，我尽力睁开双眼，想搜寻到阳台、丝绸睡衣，还有焦明华，还有焦明华暧昧的双眼。最后我将目光转回来，我对自己说还有一个赌局将在今晚发生，今晚我将到飞机场去，我将站在他们看不到我的地方睁开双眼。假如焦明华将雷鸽带回来了，那么明天一早我将到 A 省去参加服装表演；假如焦明华还没有将雷鸽带回来，那么，我将放弃世界上任何重要或不重要的东西。

　　什么叫放弃呢？

　　哦，我一边往新衣柜里挂衣服，对我而言，放弃就是放弃衣柜中那么多颜色，而唯独贴近一种颜色——黑色，尽管有那么多颜色在我的柜子里面，尽管有那么多颜色说明："按照人类的尺度，按照我们的尺度，我们的肉体的尺度……"
我可以与那些颜色构成的衣服相互协助，形成我的肉体方式，
形成我肉体中的生活内容，然而我却没有采用红色、粉色、
橙色、紫色、白色……我把它们放弃了，闲置在我的衣柜里，
束之高阁，因为一种挑衅的颜色使我的生活构成了黑色。

9

黑色已经在我眼前展开，噢，雷鸽身着一身黑裙依偎在
焦明华的肩膀上。够了，看到那个情景已经足够了，虽然我
没有看清她的面庞，虽然我在恍惚之中看到了那团黑色，但
我知道那就是雷鸽，因为除了她再不会有一位穿黑裙的女人
依偎在焦明华的肩上。我已经开始转身。"征丽！"呼唤我的
男人是焦建华，尽管我将自己隐蔽得很深，但他还是发现了
我。他说："明天晚上我请你吃饭。""吃饭，为什么要突然请
我吃饭呢？"焦建华注视着他哥哥和那女人远去的身影说：
"你答应了，那好吧，那么就在露天餐厅，八点整我在那里等
你。"他说完就转身走了。我答应了他什么，他把我的沉默当
作我已经同意与他共进晚餐，他的自信心怎么会如此好？明
天早晨我已经登上班机了，我怎么可能与他一块儿共进晚餐
呢？他们从未意识到他们在自作多情地按照他们愚蠢的方式
开始与一个女人接触，我开始感到他们的愚蠢了，只有用
"愚蠢"这个词才能概括他们。他们是谁呢？他们是世界某一
部分，用他们的愚蠢方式构成了世界某一部分的脆弱。这种

脆弱可以说明一个问题，至少对于焦建华来说可以说明他的
邀请是错误的，因为我根本不会与他到那座豪华的露天餐厅
去度过我明晚的时光。当从售票厅买到一张通往 A 省的机票
时，我知道我已经将我的暗恋构成的那个世界撕碎了。

　　必须一点点地撕碎，我本来已经拿起了剪刀刚把它对准
那条黑裙子，但我的母亲突然进屋来了。母亲将我的剪刀拿
过去说："征丽，这么漂亮的裙子为什么要用剪刀剪？""漂
亮"，母亲用这个习以为常的词形容这裙子。我仰起头问母亲
我穿这条裙子到底合适不合适，母亲说："你皮肤白皙，当然
适合穿黑色，如果你穿腻了，可以先挂到衣柜里，换一种别
的颜色穿，比如，白色，你如果穿上白色肯定会很漂亮。"母
亲再一次使用"漂亮"这个普通而达到极限的词，但她的话
却使我意外地看到了另一种颜色世界给我带来的东西。我就
像陷入了一种虚构的可能性的场景里，就这样，我没有用剪
刀将那条与雷鸽的黑裙一模一样的时装剪碎。那条记录着我
暗恋故事的裙子就像一个玩具一样被保留了下来。我将那条
黑裙挂到衣柜里，又将另一套白裙取了出来，白色会给我带
来什么呢？我对白色的命名是：纯洁。我用双手在衣服上摸
来摸去，颜色只是衣服的一部分，但是从这个时刻开始，我
深信自己已经用剪刀将我那场暗恋彻底剪碎了。

　　彻底到什么程度呢？是不是已经彻底到再也不去寻找那
个阳台了？而那个叫雷鸽的女人也不再是挑衅我的对象了？
我将那张飞机票从钱包里取出来，飞机票带来的好处就是可
以飞，也就是说可以变成翅膀。焦明华用翅膀带回来了那个

女人，而我却用翅膀把我自己带到A省去。在无形之间，我已经脱下了那套黑裙，这种模仿雷鸽的时代已经不再抒情，也不再沉浸在一种美丽而又悲哀的兴奋之中。用白色朝着另一个方向转动吧，用白色中的纯洁、理智这种自我的命名方式向另一个地名出发。我只能彻底到这样的程度。而在这个时刻，天知道呢！天知道焦明华和那个用翅膀带回来的女人在干什么，他们是我今晚进入睡眠之前用想象接触的一些残留在记忆中的东西。而上帝在问我：什么，你为什么把他们称作东西？我对上帝说：你就问那些骚乱中跳动的跳蚤去吧！

10

结果我碰到的是什么？我碰到的是一个女人。在黄昏的余晖中，我是说那些从高大的建筑物顶上洒下来的一天中最后的阳光中走着一个女人。她的右手牵着一条链子，链子由一个又一个圆形的扣子镶嵌着，颜色是银灰色的，链子系住一只深灰色与金黄色互为相融的狗，一只来到人世间不过一年多时间的狗。这个女人的右手牵着链子，而链子又牵着蹦跳中的小狗。

我真不敢相信我会在A省碰到雷鸽，她那性感的臀部被一天中最后的阳光照耀着，她那性感的臀部远离着城市和人群中的他们，毫不理会那些在建筑物下面穿行的、匍匐着的小东西。她径直穿过马路，那些穿行之中永不安眠的生命以及在附近的下水道中流窜的老鼠似乎也干扰不了她的脚步。

这怎么会是雷鸽？她难道没有被焦明华的翅膀带回去？她难道不是那个依倚在焦明华肩膀上的穿黑裙子的女人？她怎么会在 A 省呢？从看见她的那一刹那，我就一直跟随着她，依赖于一种本能在跟随着她。她今天没有穿黑裙，她穿的是一件鲜艳的衣服。黄昏中她的颜色无法分辨，但我看到的是一个鲜艳的女人，牵着她的银灰色链子，银灰色链子再牵着小狗，不知道她是从哪里闪现出来的，不知道她要去哪里。这个女人的出现总是激励着我的幻想和挑衅着我的目光。她似乎并不来自现实，她高踞云端之上，从开始的时候就身穿着黑裙子，既沉重又轻飘。而今天她却置身在黄昏斑驳的阳光之下，手拉着轻巧的链子，仿佛在链条中，在一种属于金属的结构中，成为一只再也不想飞翔起来的鸟。她那飘拂在黄昏中的秀发，时而被风扬起来，这是一束松散未梳的头发，随意地随同她前进。

　　雷鸽的出现束缚着我的存在，每当她的链条响动一声，那条蹦跳的小狗就会扑上前试图与她亲热，但她连头也没有回。她是傲慢而又松弛的，至少在这个黄昏，她走得轻快，与喧闹的城市市景相比较，她属于梦魇之翼之外的女人。她带着她的小狗从一条小径里走进去了，里面是一片住宅林立的小区，她可能住在里面，但雷鸽怎么会居住在 A 省呢？难道焦明华并没有寻找到她？她走到住宅区的另一条小径上停住了，因为那条小狗正对着前面走来的那个男人摇动着可亲可爱的尾巴。哦，尾巴，小狗金黄色的小尾巴在黄昏中摇动着。我知道，小狗摇动尾巴就表示对那个男人的喜爱。那个男人已经来到了她们身旁，他蹲下去将那条小狗抱起来并垂下头来用面颊亲了一下小狗，他用面颊亲的好像是小狗的耳朵。然后他们便朝前走，到了一个单元上楼去了。我想那个男人也许就是那个摄影师，由于我窥视的地方太远，无法看清楚那个摄影师的面庞，但他是高大的，在雷鸽与小狗之间，他看上去是她们两者之间的支柱和平衡器。支柱的大意是他是她们两者的另一只眼睛，或者说是她们两者之间的一个拳头，而平衡器的意思呢是说他是她们两者之间的一条河流，也可以说是一个交叉点，比如说是渡口、小溪、码头、公园和钢笔画之间的一个汇合点。我感到我是一个窥视者，来到A省的第一天就扮演了一个窥视者的角色，说得更充分一些，我好像是在嫉妒雷鸽的生活。从开始看见她的那一天开始，这种嫉妒便使我对她的生活产生了好奇心，但她此时此刻已经从那个单元的楼梯上去了，她也许住在三楼或者五楼，那个男的肯定是她的摄影师。所以，看起来，从目前的局面来分析，焦明华是暂时无法找到她了。

我看了看手表，已经到焦明华的弟弟焦建华约我去餐厅共进晚餐的时候了，我似乎看见他站在露天餐厅门口，满脸的焦灼和等待使他看上去显得疲惫而失意。现在，我已经完成了一个窥视者的角色的扮演，我要去给焦明华打一个电话，要听听他现在的声音，因为我从未在电话中听过他的声音。哦，我也许听过他的声音，但已经没有记忆了，因为我的暗恋故事一直是我一个人，独自一人来承担并且讲述。

11

电话中听到焦明华的声音，我屏住呼吸，不然的话他肯定会在声音中感受到我此时此刻的心脏跳动。我心脏跳动的速度和暗恋的节奏向焦明华表明我是一个多么无聊的人，但我不能将这种无聊向他表达出来。我说："你是焦明华吗？""对，我是。"我就说："我刚才看到雷鸽了。""你说什么？""我是说我刚才看到雷鸽了！""你再说一遍，我没听清楚你在说什么！""我再说一遍，你听好了，我是说我刚才看到雷鸽了！"

说完我就把电话挂了，我没有想到焦明华显得如此哆嗦和不安，我已经从声音中感受到了，同时我同样感受到了雷鸽对于他的重要，然而，他为什么要将一个不是雷鸽的女人带回去呢？对于他的这个举动，我似乎看到雷鸽正与那位摄影师和那条可亲可爱的小狗生活在美好的时光中，而焦明华和那个已经替代了雷鸽的女人在一起同样也是面对着一切美好的时光。而我自己呢？我是谁？我是以一个窥视者的角色站在浴池中的另一个女人。每当我想控制自己的情绪或者开始想协调自己的身体中那些梦魇时，我就喜欢坐在浴池的水中。水淹没脖颈、鼻子、下颌、颧骨、额头，全部淹没后，我回想我自己到底会是谁，但令我迷惘的是，我直到现在还没有明白我到底是来干什么的。也就是说直到现在我还没有明白我是要做一个模特呢，还是为了详细地说明我是一个模仿者，是一个窥视者，是一个嫉妒者，是一个挑衅者。当我被水淹没时，我对我这种角色感到厌倦了，而每当第二天旭日升起在东方时，我又充满了活力。

12

新的一天又来到了，旭日已经从东方升起来。我来到了 A 省模特队集中的地方 A 市的文化大厅，和一群年轻的模特队员站在大厅里时，我又看到她来了。今天上午，她没有把那只可爱可亲的小狗带来，她的右手没有牵着那根银灰色的链子，她来到了我们中间。模特队的头儿告诉我们，雷鸽要参加这次时装表演，她已经隐居好多年了，让我们欢迎她。于是，我们开始鼓掌。我盯着雷鸽，她今天又穿着她的黑裙来了，和这些更年轻的模特相比，她身上有一种沉静的韵味。她进大厅后一直看着我，我心里有些发怵，难道她已经发现了我的秘密，还是已经发现我是她的窥视者，是她的嫉妒者，是她的模仿者，还是她的挑衅者？

到分队表演时，她来到了我身旁，她说你穿白裙很漂亮，没有比你更适合穿白色的人了。她说她有一个想法，她与我一起合作。我看着她，不知道她的意思，她解释说我们俩成立一个小组，在时装表演中由她穿黑色的时装，由我穿白色的时装出场。我说这怎么行呢？时装师可能并没有设计出这么多的黑白时装，她说这件事她早已经安排好了，她带领我来到一间挂满黑白时装的房间里对我说："黑白的时装是一种

永久性的时装,但两者必须相融,黑白必须形成一个独立的
世界。你是我看到的最好的模特,所以,我们可以在一起创
立一个黑白的服装世界。"雷鸽的话恰好是我作为一个挑衅者
最喜欢听到的声音。多少日子以来,我的目光一直在盯着她,
盯着她穿过的衣服,盯着她身上的黑颜色;多少日子以来,
我一直想模仿她,直到我出发时将那条黑色裙子挂在了衣柜
里,直到我带着我自己的白色时装出现在她面前。

我决定与她合作,在那段日子里,我们训练的范围是一
面镜子和一块天地。使我奇怪的是,在那段日子里,我没有
看到她的小狗和她那名高大的摄影师。作为一个模特,雷鸽
对自己很严格也很残酷,从我们训练的日子里,看不出来她
还有另外的世界,也无法想象这个女人的右手还会牵一只可
亲可爱的小狗,更无法想象她会有一个摄影师。训练时,我
看到她面颊上的汗水,当然,我知道她要以一个震惊观众的
形象出现在时装舞台上。我经常悄悄地凝视着她,有时候我
想她为什么要离开焦明华,而投身于摄影师的怀抱呢!我看
着她赤裸着脚踝,为了令自己的肌肉饱满并富有力量,她一
直赤裸着脚踝在旋转。她开始在我眼里变得陌生,我觉得我
对这个女人的了解是那么少。我原来只知道她是与焦明华同
居的那个女人,是那个身穿黑裙挑衅我的女人,是那个给焦
明华留下几本相册而又与摄影师私奔了的女人,我根本没有
想到这个女人还是一个赤裸着脚踝旋转的女人。

她的脸也在旋转,对于一个像雷鸽这样吸引我的女人,
我想如果她仅仅只具备一个模特的身段,而缺少一张让人震

惊的脸，那么她只是一具充满了器官的身体而已。我要说的是雷鸽的那张面孔，从我看见她到与她接触，直到现在，我一直弄不清楚雷鸽属于哪一类女性。她的面庞是裸露的，不需要穿衣服，但在每根裸露的线条中，雷鸽脸上除汗水和旋转时的亢奋之外，我无法在她这张脸的屏幕上再看到具体的东西。

　　当她休息时，我走近她，把湿毛巾递给她，对她说："你有些累了，你不应该练得这么苦。"她看了我一眼，接过我手里的湿毛巾擦了擦脸上的汗水说："这是我最后一次做模特了。"我问道："这是什么意思？"她将腿伸出去，压平又站起来："我想结婚了。""哦，结婚，为什么要结婚？"她笑了，她笑起来时我也没有看到她的牙齿，她笑起来时我只是觉得她把自己的身体放松弛了，她轻声说："明天就要开幕了，我们俩是第一组，你准备好了吗？"我点点头，她说："那好吧，我们今晚好好休息一下。"她的话刚说完，我看见那位摄影师抱着她的那只小狗从走廊那边过来了，我走过去告诉了她，她的脸上荡漾着一种我从未看到过的幸福。哦，不对，我曾经看到过，她最初与焦明华在一起时也是这么幸福。摄影师将那只狗放在地上，小狗就跑上前对她愉快地摇着尾巴。最后，摄影师将链子递给她，她右手牵着那根银灰色的链子，跟着摄影师走了。她是不是要与这位摄影师结婚呢？我总觉得她假若要在这个时候结婚的话，是不是太早了一些。假若她与摄影师结婚，那么焦明华跟谁结婚呢？

　　当天晚上，我再一次拨通了焦明华的电话，第一次拨通后，接电话的人不是焦明华，而是焦建华。听到他的声音我赶快把电话挂断了，过了一个多小时后我才再次拨通了电话，谢天谢地，焦明华的声音传来了："喂，谁呀？""我只想告诉你一个信息，明天晚上在 A 市要举办一场服装表演会，雷鸽要出场……""你说什么？你再说一遍。"我发现焦明华每次听到雷鸽的名字就会眩晕，甚至连我说什么也听不清楚，这是一种眩晕的爱情力学反应。我加重语气说道："明天晚上八点在 A 市要举办一场服装表演会，雷鸽要出场……"我又挂断了电话，我想我已经说得非常清楚了，他要是再无法听清楚我在说些什么，那就是他被对雷鸽的爱情力学推到了一座悬崖边。雷鸽到底是一个什么样的女人呀？身边有摄影师，而在另一座城市又有焦明华对她的已经陷入了眩晕之中的爱情力学，所以，她确实是一个幸福的女人。

13

幸福的含义是多方面的，他们都来了，我给焦明华的那个电话使焦明华又拍击着翅膀飞到了雷鸽的身边。不过，雷鸽是不知道的，她也丝毫想象不到在舞台左侧就坐着焦明华。我倒是看见他了，我在化妆时就从通往体育场的一个小窗口中发现焦明华来了。而另一个男人，雷鸽的那位摄影师却坐在右侧，他们就像两只大翅膀要把雷鸽湮没。

我与雷鸽出场了，我们将把黑白世界带给观众。从我们出场的那一刻，掌声就像潮水一样淹没了我的耳朵，人们还将鲜花瓣扔到台上来，很显然我们的黑白世界使观众们感受到了时装的另一个世界。我是兴奋的，我被白色时装笼罩着，一套又一套白色时装，喏，我现在正穿着一件将我严密地裹起来的时装出发，为了让舞台上听不到任何声音，我们从一开始就赤裸着双脚，掌声似乎是从我们脚底开始升起的。掌声中，我想起我是从看到雷鸽的那一天开始模特生涯的，有人了解我的这个秘密吗？我屏住呼吸，与雷鸽赤裸着脚从舞台上走了回去。

　　我们回去以后，掌声起伏到另一组模特出场才平息下来。雷鸽向我伸出手来，我抬起头，她身后站着一个男人，他就是焦明华。焦明华向我点点头，但他并不知道我就是给他打电话的那个女人。雷鸽见到焦明华时非常吃惊，但是焦明华已经来到了她身边。雷鸽有些冷漠，和焦明华向走廊外面走去，他们走后不久，雷鸽的那位摄影师来了。我正在卸妆，他急忙走上前来说："我能不能问一问……"我以为他是找雷鸽的，就告诉他雷鸽刚出去一会儿，他要去追还来得及。"我不是这个意思，我能不能请你去酒吧坐坐？"摄影师站在我面前，"你的白色服装系列太漂亮了，我只是想与你聊一聊。我是一名摄影师，看到你穿白色时装我很激动。"他就站在我面前，这是雷鸽的那位高级摄影师，可他现在要邀请我到一个酒吧去聊一聊。上帝有没有搞错关系呀，我看着他的双眼，他的眼睛期待地看着我。我抬起头来，再问上帝，这到底是怎么一回事，有没有搞错关系呀？但是我告诉你们，我拒绝不了他，也许有许多原因，我说不清楚，我就是拒绝不了这位摄影师的邀请。

　　我那天晚上与摄影师来到了一个酒吧，这是一个蝙蝠似的小酒吧，屋子里还挂着三四只人工制造的红色蝙蝠。坐下不久，他就问怎么过去从来没有见过我，我告诉他："你与雷鸽在一起时我见过你。"他点点头，他说雷鸽是一个极有天赋的模特。我就说："你今晚应该去祝贺雷鸽。"他平静地说："我还见得着雷鸽，我们快要结婚了，所以，我想与你谈谈，而且如果你同意的话，我想为你拍摄一组艺术照片。"他在说话中肯定了我的判断，雷鸽要结婚的对象是摄影师，不是焦明华，也不是别的男人，雷鸽真要结婚了。他提到了要为我拍摄一组艺术照片，我拒绝了，我不知道为什么要拒绝，也许是因为他说到要拍摄白色系列照片时我又想到了雷鸽，想到了他为雷鸽拍摄的那些黑色系列照片。但是他说如果我今晚不太疲倦的话，今晚就可以到他的摄影棚里去，我说太晚了，他说只需两个小时，然后明天就会看到照片。他带我走出了那个蝙蝠似的酒吧，在街上打了一辆出租车，他告诉司机去西郊路，然后我知道了西郊路正是那天我窥视到雷鸽牵着小狗步行去的那条路线。当时我离开时还仔细地看了看蓝色的路牌，上面写着：西郊路。

　　但是那天晚上我在中途突然又改变了决定，我想到了焦明华，他到底将雷鸽带到哪里去了？我对他们的关心远远甚于摄影师为我拍摄艺术照片的诱惑，因为焦明华始终是我暗恋的第一个男人，而且他与雷鸽的关系就像掷骰子一样充满一种游戏的危险。这种危险已经使我的手触到了一种掷骰子时的快感。从某种程度上，我关心他们的关系甚于关心我自己与焦明华的那种看不见的关系；从某种程度上可以这样说，我已经变成一个局外人，我想看一看焦明华到底能不能像摄影师一样看到了他与雷鸽的归宿，一种婚姻的归宿。我在中途一座天桥的下面下了车。我的突然离去令摄影师始料不及，他也下了车跟着我来到天桥上面。他说："你要是不想照相的话，我陪你走走也好！"我不好解释下车的目的，只好让摄影师站在我身边。

我趴在天桥的栏杆上竭力想寻找一个理由，让摄影师从我身边离开的理由，但是就在我枉费心机寻找理由时，我看到了天桥下面走着的雷鸽和焦明华。摄影师也看到了他们，看样子，摄影师知道焦明华是谁。我在路灯下看着他的表情，他摇摇头，似乎是在说：雷鸽怎么又跟焦明华在一起？但是他很快又摇摇头，仿佛肯定他们俩在一起没有关系。我认为摄影师看到雷鸽与焦明华在一起时肯定会冲到天桥下面去，像电影中的情景一样面对他的情敌焦明华，但他最具体的表现就是摇摇头。然后他转过身来说："我们还是去拍摄照片吧！"他的建议来得很突然，来得正是时候，我突然觉得在我站在天桥上看到雷鸽与焦明华的那一刹那，一种无聊的情绪已经取代了我对焦明华的暗恋。我跟着摄影师走了，这就证明我已经放弃了对他们的关心。

摄影师带着我离开了天桥，摄影师这时在想什么我不知道，不过，我可以判断他在天桥上看到的情景对他的情绪影响很大。他的皮鞋声很重，每走一步都会发出声音，在脚下的声音里潜伏着摄影师的迷惑、失落，潜伏着他觉得无所谓的心情，但这种无所谓其实是很脆弱的，从他皮鞋下的声音里我便感受到了这种脆弱。我也是脆弱的，因而我才感受到了摄影师的脆弱。我的脆弱在于我看到了那场暗恋的没有指望的前景，因为焦明华永远追踪和寻找的是雷鸽，而不是别的女人。也就是说我永远替代不了雷鸽，我陷入黑色时期的时候不能替代，陷入白色时期的时候更无法替代。

白色是什么呢？摄影师将我带到他的工作室里，这是一个新环境，是一个用摄影机器和灯光组成的世界。白色是我的什么呢？我想起来，在我做模特前，我从来就没有与颜色融为一体，尽管我是一个女孩，后来慢慢地成为一个女人，而且我跟别的女人一样带着钱包、零钱包、皮夹、钥匙链、梳子、手帕、香水和粉盒，还有口红。口红有五六支，可以配不同的衣服，但我从来就没有考虑什么颜色最适合我。白色使我今晚获得了掌声，对于一个模特来说，掌声是她的天空中闪烁的群星，掌声就是围绕着玫瑰红光环的花篮。摄影师将灯光调好时，他说："征丽，我没有叫错你的名字吧！把头抬起来，你现在完全在白色里，所以，稍稍扬起你的下巴，你知道吗？征丽，你很漂亮。"这就是摄影师在我面对白色时给予我的信心和温暖。我将下巴扬起来，摄影师说："征丽，你是除雷鸽之外第二个让我震惊的女人，而雷鸽适宜在黑色中生活，你适合被白色环绕着。"摄影师的话像是解开我迷惘的钥匙，我一直保持着那样的姿势，将下巴扬起来。

拍摄完照片已经是下半夜五点了，我站在摄影师的工作室里，想着离开的事情，摄影师看我准备离开，他就说送我到宾馆去。五点钟，到处被夜色淹没，我似乎听到一阵脚步声，然后是用钥匙开门的声音，我和摄影师已经站在门后，雷鸽开门进来了，她看见我后有些吃惊，然后向我点点头说："哦，征丽。"雷鸽的目光久久地停留在摄影师的面庞上，我看得出来雷鸽看摄影师的目光是需要摄影师解释这种现象。我就在他们的目光交织在一起时拉开门，离开了摄影师和雷鸽。我听到了摄影师在叫唤我，但我迅速下了楼从一条巷子里钻进去了。

　　我的心情很不平静，我想摄影师现在一定面临着雷鸽的追问，她要问摄影师为什么将我带到他的工作室来。其实回答起来很简单，但是就在我离开他们以后，摄影师与雷鸽的关系发生了巨大的变化。后来我才知道雷鸽回来是来向摄影师告别的，但是她看到我以后意识到她被抛弃了，其实用"抛弃"这个词太严重了一些，但雷鸽就是这样认为的。她什么话也没有说，也没有说告别的语言就要走。摄影师那天晚上显得出奇平静，他后来告诉我，他之所以能够那样平静地目送着雷鸽消失，是因为他知道一定有一个人，也就是焦明华在等待着雷鸽，既然如此，那就让她走吧，另一个原因就是我的到来。

14

　　后来我离开了 A 省，A 省的模特队本来想留住我，但我考虑到有雷鸽和摄影师的存在，就离开了这座城市。我想回到家里去休息一段日子。

回到家的当天上午也就是我母亲出事的日子，我在飞机上时就有一种很不祥的预感，心里非常慌乱，下飞机后我就迅速往家赶。刚到院子里，阿鲁的母亲就告诉我说："你母亲出事了。"母亲到底出什么事了，阿鲁的母亲说："你快到医院去吧，你母亲已经被阿鲁他们送往医院去了。"医院，在这出事与医院之间，我意识到了事情的严重性，便将箱子交给阿鲁的母亲就打了一辆出租车直奔医院而去。

母亲遇到了车祸，她骑自行车上班时与一辆大货车相遇，我到医院时，医生们正在急诊室里抢救母亲。阿鲁和小迪都焦灼不安地守在门口，看见我后他们扑上来，从他们的神情中，我隐约地感到母亲伤得很重。事情的结果就是这样，当医生们将急诊室的门打开后，一个医生摘下口罩告诉我们："她出血太多……"他的后一句话是说母亲因出血太多已经死了。母亲死了，这是一种什么样的宣判啊！我感觉到一种前所未有的恐怖，我和母亲从小就相依为命，自从她十年前与父亲离婚之后，就没有再嫁人，母亲怎么会死，我们两人的世界怎么会被破坏……我的心怦怦直跳，阿鲁叫小迪来扶住我，但是我还是明白母亲是不会站在我面前再跟我说话了。与这样的事实相比较，任何东西都变得那样苍白。

阿鲁和小迪帮助我处理了母亲的安葬仪式之后，我的身体已经完全垮了。也就是在这样的情况下，焦建华第一次来到了我的住宅，我已经将他遗忘了。他的出现带来了他哥哥与雷鸽的消息，雷鸽已经随同焦明华又重新回到了这座城市。焦建华形容雷鸽是一个牵着银灰色链子的女人。我问他为什么这样说，他说银灰色链子下面还系着一只小狗。我也就知道雷鸽已经将那只小狗带来了。焦建华还透露了另一个消息：雷鸽与他哥哥已经定好了结婚的日子。他说话时我坐在沙发上，他说了很多话都是他哥哥与雷鸽的消息。最后他狡黠地看着我说："现在，你已经对我哥哥不感兴趣了吧？"我问他这是什么意思，焦建华微笑着没有告诉我，他坐下来，坐在我旁边对我说："其实，我一直很喜欢你，从看见你的那天我就很喜欢你。"他说这些话时极其认真，但是我感到他就像是在背诵歌词。

从那以后，焦建华就经常打来电话并邀请我到外面吃饭，我都一概拒绝了。母亲的死亡使我在很长时间内都感到恐怖，我很羡慕雷鸽，她找到了婚姻的方式试图将自己放进去，那是一种怎样的方式呢？我在前面已经说过，从看见雷鸽的那一天，我就是她的模仿者，所以，她走在前面，在她走进婚姻生活中时，我意识到我也应该到婚姻之中。然而，我应该嫁给谁呢？本来我可以追随我暗恋的那个男人并且进入他的生活之中，但是，那个男人已经有了雷鸽，他只能成为我暗恋的对象了。然而，除了那个男人，我应该跟谁进入婚姻生活？

雷鸽的婚姻生活就像树上的叶片一样使她的生活盛开出另一种芬芳来，焦建华告诉我，焦明华已经带着雷鸽旅行结婚去了。也就是在这段时间里，我的好友阿鲁与小迪结婚了，

在他们的婚礼上，我第一次见到了小迪的哥哥胡克。可以说
这是除那个被我暗恋的焦明华之外，第二次引起我注意的又
一个男人。当小迪将她哥哥介绍给我时，我注视着他那双蒙
眬幽深的眼睛，这双眼睛似乎有许多秘密，似乎又有许多我
不知道的事情。在阿鲁和小迪的婚礼中，我一直站在他身旁，
我觉得因为他的在场，生活充满了另外的内容。小迪后来走
到她哥哥面前说："哥，征丽是不是比我跟你说的还要漂亮?"
她哥哥又看了我一眼，小迪将我拉到一个角落，贴近我的耳
朵告诉我："征丽，我早已经将你的情况告诉我哥哥，他可是
做丈夫的材料哟，你要抓紧了呀，追我哥的女孩子多着啦。"
哦，原来这是小迪早已布置好的圈套，这是一个让我感到兴
奋的圈套。我眼前出现了雷鸽的形象，那个著名的模特现在
正在旅行的途中，同我曾经暗恋过的男人开始了他们的婚姻
生活。我说过我是雷鸽的模仿者，而在当时我不认为这是模
仿，而且我完全是在不知不觉中陷入了雷鸽的生活模式中。

　　一个由小迪早已布置好的美好的圈套就在眼前，我已经
钻了进去。圈套是由各种各样的彩色玻璃制作而成的，里面
有一根彩色的绳子，系着一个好看的扣子，我将走进彩色玻
璃的屏风之中，然后再走进那些绳子的圆圈之中。我与小迪
的哥哥的约会确实就是在一道玻璃屏风中展开的，胡克按照
这个圈套早就在玻璃屏风的圆形酒吧桌前等我。我来到时，
他正在抽烟，他吸烟的姿势很优雅，在我看到他手指中的烟
雾时，他正盯着酒吧桌前的一本杂志。直到现在我还不知道
他的职业到底是什么，他到底是做什么的，所以当我坐下时

我看了一眼他阅读的杂志，他阅读的是一本文学刊物。这本文学刊物并不能说明他是干什么的，我慢慢地嗅到一股乙醚的气味，对极了，难道他是医生？他似乎已经看出我的疑惑来，他告诉我他是一名医生。医生——这是一种让我感到陌生的职业，不过，在我心目中医生都有责任感，再就是很干净。

胡克是一位麻醉师，在我陷入这个圈套时，麻醉师带领我穿过雷鸽和焦明华已经留下的迹象，他带领我斜穿过沼泽地和可怕的知觉。他是一位麻醉师，他的技术可以麻醉一个病人的身体，自然也可以麻醉我的身体。麻醉师在屏风中等我的那一刻，我就深知我一定会嫁给这个男人。雷鸽在前面召唤着我，她的生活和召唤正确定我在其中作为一个模仿者的清晰位置。每当我将双眼抬起来时，有时候会看见焦明华，有时候会看见雷鸽，而更多的时间我看见的是这位充满乙醚气息和生活气息的麻醉师。

胡克说他喜欢读文学作品，在小说家的虚构作品里，每个人都扮演着喜剧或悲剧的角色。他谈论到角色这种概念时，我正在看着他，他确实是女人们喜欢的那种男人，他英俊，看起来还很宽容。我与他坐在屏风中间，此刻我一方面在羡慕雷鸽的婚姻，一方面也在问自己：他是我要嫁的那类男人吗？白天已经过去，在屏风的围绕下，我对自己说，也许这就是我要嫁的那个男人。认识到这点以后我便经常与胡克在一起，在迷惘而空虚的日子里，跟一个男人待在一个很大的空间里会感到温暖，如果待在一个小小的空间里的话则会感到这个男人正在慢慢地占据着你。占据你的第一步是你的视线，他会将你那涣散而游移不定的视线逐渐地、很有耐心地敛集在他的眼睛里，他要你注视着他，就像注视你的上帝；占据你的第二步则是你的时间，他要将你那些分散的时间全部集中在他的身上，所以，他会请你吃饭，请你到咖啡厅跳舞，请你到热闹的街景之中去；占据你的第三步则是亲近你的身体，这是最关键的一步，他要把你作为他的私有财产那样掌握在手中，在你不做抵抗的条件之下，他就开始用温暖的手和目光抚摸你的身体。

胡克就是这样占据着我的目光和视线，占据着我的所有时间，最后同时占据着我身体的自由。他已经作为我的未婚夫携带我出入任何场所了。胡克的妹妹小迪看到这种情景高兴地说："征丽，你跟胡克走在一起太匹配了。"我不知道她指的匹配是什么意思。胡克带着我出入他的亲戚家、他的单位和同事家里，同时也带领我出入他的工作室，身穿白大褂的麻醉师胡克比他穿西装时更像一名麻醉师。

胡克已经向我求婚了，每当他求婚时，我就会想起雷鸽来。我想，如果没有焦明华的求婚，雷鸽是不会嫁给焦明华的。

一个男人向你求婚是不是幸福，我并没有感受到幸福的滋味，胡克那天郑重地对我说："征丽，嫁给我吧，我会让你幸福的。"当时我们正坐在一家露天酒吧，他刚说完这些话，我就看见雷鸽牵着她的链子和小狗也来到了这里。她并没有看到我，因为我们来得早，坐在最里面。雷鸽将她手中的链子拴在了一把椅子上，她坐下不久，我看到了谁，你们一定不会相信我看到了谁，他就像从屏幕中走出来的一个男人，他就是摄影师。我惊讶地面对着这个场面，我刚才以为雷鸽是和焦明华一块儿来露天酒吧，所以，我一直把视线抛在那条通往露天酒吧的小径上，而现在这个人不是别人，而是摄影师。

麻醉师将手伸过来抓住我的手说："征丽，我说的话，你听见了没有？"

"你刚才说什么了？"

"我想让你嫁给我，可以吗？"

"当然，你原来就是我的未婚夫，我应该嫁给你。"我说完这句话后仍然盯着雷鸽和摄影师。摄影师又像从前那样将那只小狗抱了起来。他一边用手抚摸着小狗身上的毛，一边侧过身对雷鸽说着什么。

麻醉师看了看表，看起来他好像有事，在平常的情况下，麻醉师是不会当着我看表的。他说今晚有一场大手术，他是这场手术的麻醉师，我就说那你先走吧，我想多待一会儿。麻醉师就走了，也许由于时间的关系，他没有考虑到我一个人留在露天酒吧的问题。麻醉师走后我觉得空气中少了一股乙醚的气味，久而久之，我已经习惯了这股乙醚的气味，现在突然没有了，我感到少了点儿什么。

一会儿，雷鸽与摄影师就走了，但是摄影师将雷鸽送到那条小径上时向她招了招手又回来了。摄影师重又回到了原来的那张酒吧桌前，我无法看到摄影师的面庞，但我却很想跟他谈谈。现在的情况已经不同了，雷鸽已经嫁给了焦明华，所以，我可以走过去，坐在他身边，问问他是什么时候来到这座城市的。摄影师将两只手臂放在酒吧桌上，他抬起头来时正好看到我已经绕过了几张圆桌来到他对面。

摄影师看到我时的惊讶是我完全没有想到的。他迅速站起来拉住我的手，刚才他似乎喝了一些酒，所以显得有些微醉。他将我拉到露天酒吧的外面，在一些垂直下来的藤蔓的下面，他告诉我说他来这座城市主要是来寻找我。我说不对，你是来寻找雷鸽的，我看到雷鸽来了。他说他与雷鸽见面主要是为了找到我，但是雷鸽并不知道我的住处。我问他那你找我干什么呢，摄影师说除送上次拍摄好的照片给我之外，就是想见到我。"为什么想见到我呢？"我追问他，我这样清醒地追问他是因为我站在绿色的藤蔓下面感受到了摄影师在微醉中的一种使我兴奋的东西，但是他突然再也无法说话，似乎已经从微醉进入酩酊大醉了。现在是我搀扶着他，我们沿着绿色的藤蔓下的小径向前走去，绿色的藤蔓里面似乎有杂交的水果味，像橘子那样香。我用身体支撑着他高大的身体。走完了那条小径，我不知道摄影师住在何处，我问了问他，但是他除摇头之外什么也无法说清楚。看样子要把他带到他住的地方是很难了，我只好将他扶上一辆出租车，将他带到家里去。

我将他扶到床上，帮他脱去鞋子，他的那双大皮鞋厚重而结实。将他安置好以后已经是深夜一点了。摄影师的到来使我想到雷鸽，但奇怪的是摄影师并不是来找雷鸽，而是来找我的。我看着门后面那双大皮鞋，除看见过麻醉师那双简洁的皮鞋之外，我从未在屋里放过另外的男人的皮鞋。摄影师的大皮鞋似乎带来了什么变化的端倪，我一直坐在沙发上，后来我和衣睡去了。快到天亮时，我觉得一张面孔似乎正贴近我的耳朵，我以为是做梦并没有搭理，但是我感到了一阵急促的呼吸声，我睁开眼睛时看见了摄影师的那张面孔。

15

摄影师的面孔正贴在我的面颊上，我本能地转动着面颊，但是摄影师用右手握住了我伸出去抵挡他的双手。他的双手并没有用太大的力，却使我感到一种力量的冲击，我正在慢慢地接受他并且变得驯服。他将我抱起来，我轻声说："你不能这样，我已经是麻醉师的未婚妻了。"他对我说的话感到惊奇，他说："谁是你的麻醉师？你在编造什么故事？"他一边说一边已经退到墙角去，显然我说的话对他是一个很大的刺激，"征丽，你是谁的未婚妻，是麻醉师的未婚妻吗？"

我坐起来决定与摄影师好好谈谈，主要是谈我的婚姻，我说我要嫁给麻醉师的计划不能更改，我已经决定了的事情是不能更改的。摄影师仍然站在墙角："可你是一个模特……""模特为什么不能嫁人呢？雷鸽不是已经嫁人了吗？"摄影师一动不动地对我说："好吧！我不阻挡你，你可以嫁给麻醉师，你可以这样做，但我告诉你，你的决定是错误的，当然，包括雷鸽的决定也是错误的。"摄影师说完后开始把他带来的那个包拿过来，他拉开了拉链，递给我一本影集。摄影师再也没有说话，他走向了自己放在门后的那双大皮鞋，然后穿上。他弯下腰系鞋带时，我看见他那头浓密的黑发，我想走过去伸手抚摸那头黑发，但我没有这样做。

摄影师走了，他说的话回荡在房间里："……你可以嫁给麻醉师，你可以这样做，但我告诉你，你的决定是错误的，当然，包括雷鸽的决定也是错误的。"他的声音是如此清晰，当他从一场微醉进入酩酊大醉，而后又进入清醒的理智状态时，他留给我的声音就像开始吸收这房间里空气中一股潮湿的气流。我趴在阳台上，想最后看看摄影师，但他已经走了。

摄影师帮我拍摄的那组照片在一本同样是白色绸面的影集上，里面的照片像是我梦幻中的一种延伸。翻开影集时，阳光已经照到房间里来，在此之前白色绸面的影集一直放在桌子上，摄影师的离去使我不敢轻易翻开这本影集。它暗示着那个夜晚摄影师为我拍摄照片时的一间工作室的出现，巨大的木地板残留着我的足迹，我坐在高台，微微扬起下巴；它暗示着我的白色时期，暗示着那些散发着香味的衣柜里我的时装中的世界，它从前是那样巨大无边，宽大得可以裹住我身体的全部，裹住我裸露的冰凉而带着咸味，更多时候是带着香味的身体。

所以，当阳光洒在白色绸面的影集上时，我翻开了摄影师留下的影集，里面的我就是那天晚上滞留在摄影师工作室的那个女人，里面的我就是那个满怀着希望的女人。这些希望被摄影师的灯光照亮，我的嘴在那时似乎衔住了一切空洞，又似乎衔住了一切的未来。

有敲门声传来，是麻醉师的手指声。我已经熟悉了他的手指声，他用一根手指敲门时就像将他身上携带来的乙醚气味从门的一个孔道里弥散进来。我将影集藏进衣柜里，我完全是在潜意识中将这本影集藏起来了，根本没有想过为什么不能让麻醉师看到它。麻醉师进来时，我的神色显得有些古怪，他好像是不认识我似的，端详了我半天才说："征丽，出了什么事了？"看来我的神情不单是古怪而是变得有些严肃了。我说："出什么事了，没有呀！"他说昨晚后半夜做了另一场大手术，一个女人遇到了车祸，严重得很。麻醉师突然来到我身边说："你应该认识那个女人，她好像是一名著名模特。""什么，你说什么？模特，她叫什么名字？""我不太清楚，她伤得很严重，可能会瘫痪。"

麻醉师带来的这个消息使我的心情变得很灰暗，我对麻醉师说能不能带上我到医院去看看这个受伤女人到底是谁，麻醉师说他已经使她的身体全身麻醉，而且她现在仍处于昏迷之中，我去看她不太适合。麻醉师说得很对，我也就把这件事搁下来了。麻醉师从皮夹里取出他的户口簿说："征丽，我们今天就上街道办事处将结婚证领了吧！"我感到有些突然，但麻醉师说今天是他的生日，如果在今天领结婚证会很有纪念价值。他这样一说我就跟着他来到了街道办事处，用了半小时我们就领到了一本耀眼夺目的结婚证。

麻醉师很高兴，在所有记忆中，他今天是最高兴的。为了庆贺他的生日，也为了庆贺我们已经领了结婚证，他给阿鲁、小迪都打了电话，紧接着阿鲁、小迪都来了。我们来到一家漂亮的饭店，小迪给我们送来一个大花篮，花篮上飘动着彩绸，上面写着："祝生日快乐，祝白头到老。"器皿的碰撞声除带来了一阵阵美酒的芬芳之外，或许也带来了我们对婚姻生活的期待。麻醉师看着小迪、看着阿鲁，而他手中的杯子晃荡着，酒精洒下来，淋湿了他的西服。小迪在旁边轻声提醒他："哥哥，你可醉了，少喝一些。"但麻醉师仍然将手中满满的一杯白兰地喝了下去。等到我搀扶着麻醉师回到我的卧室时，他的位置已经改换，他今天开始不再是我的未婚夫，而是我的丈夫了。他躺在我的卧室里，我来到他身边，嗅到了酒味和衣领、袖口之间散发出来的乙醚味。我想呕吐，其实我只是微微喝了一杯酒，我并没有醉，我想我不习惯嗅到两种味道：酒精和乙醚味。

16

雷鸽躺在 315 病室里。我来找麻醉师，今天我上街忘了带钥匙，来到医院后麻醉师正待在手术室里，我站在门外的走廊上时突然想起了麻醉师告诉我那个遇上车祸的女人。我来到外科住院部，在住院人员的登记簿上看到了两个熟悉的字眼：315 病室，雷鸽。我不相信自己的眼睛，但是我想这个世界上可能只有一个女人叫雷鸽。

315 病室在浓烈而潮湿的乙醚气味中延伸在走廊的尽头，我缓慢地移动着脚步，仿佛前面等待着我的是堡垒、塔楼、灰石垒就的巨墙。对于我来说，这种打击太强烈，但是我想证明一下这个世界上除雷鸽之外，有没有另外一个女人也叫雷鸽。当我站在 315 病室的玻璃门外时，我看到了她。她大概睡着了，也许是闭着双眼，但是，我看到的结果是那样残酷，雷鸽就是病床上的女人，所以，这个世界上只有一个女人叫雷鸽。

　　我的出现使她睁开了双眼，她眨了一下眼睛，叫出了我的名字。雷鸽转动着身子，想把她的身体转向我。我走过去坐在她身边，她想告诉我点什么，她大约是想告诉我她为什么会出事。我示意雷鸽不要说话，但是她还是开始说话了，她说医生还没有告诉她身体的结果，她说如果她不能站起来的话她会死。她把"死"这个字说得很肯定，我安慰她，没有那样严重，她说肯定是很严重，已经半个多月了，她的下身都是麻木的。她将目光转向窗上，她说她活到三十岁了，这是头一次躺在医院的病床上，我说会好起来的，一切都会好起来的。她说她心情糟透了，我说雷鸽，别那样，真的一切都会好起来。

　　那是我头一次面对一个悲伤的人，我安慰着她，听着她沮丧的话语不停地安慰着她。这时我才发现当你是一个安慰者时，你实际上已经置身于被安慰者的境地，你一边说着安慰的话语，一边看着那些布满了僵硬的、再也无法流畅起来的线条。我感到即将来临的窗外的雨将涌向雷鸽，那些细雨中的黑暗和彤云将与她紧密地联系在一起。我不断地重复着安慰她的话语，而眼前升起的是雷鸽未来生活的场景，她将因此不会站起来，也许她的生命将从此在轮椅上度过。

现在，雷鸽的眼里仍然充满希望，看上去她并不知道自己身体的情况，她很快平静下来了。我们谈了许多事情，包括我从不知道的一些事情。雷鸽告诉我她从小并不想做模特，只想做一名中学教师，她从小生活在一座小镇上，父母都是小镇上的手工艺人。讲到小镇，那是被丘陵包围起来的一个布满烟囱、充满紫藤树气味的地方时，她的眼神开始明亮起来。

她告诉我她做模特完全是出于一种偶然，十七岁那年她在一所女子师范学校念书，有一天她上街买东西，碰到了一个男人，那是一个四十岁的男人，他问她多大年龄了，又问她愿不愿意去当模特，当时她对"模特"这个词陌生极了，就摇摇头。第二天那个人带着另一些人来到了女子师范学校，他们就那样将她带到了一座大城市。雷鸽说到这里又移动了一下身体，我看见她盯着被子里的双腿正在发愣，她从回忆中跳出来对我说："如果我不能站起来，我真的会去死。"

死，我的视线开始模糊，死亡难道是一种极限？人们在无可奈何中会想到死，在走投无路中会想到死，在绝望中会想到死，在平静中也会想到死。死带给我们的好处是什么呢？死带给我们的好处就是让自己的身体从世界上消失。

我对雷鸽说："你不会死的，你真的不会死。"她闭上双眼，我想她一定深信我刚才说的话，她是不会死的，她在抗拒着死亡，也在抗拒着她自己的肉身。玻璃门被推开了，焦明华走了进来，焦明华向我点点头，认出了我是雷鸽的同伴，但是他永远也不会认出我是那个酒吧间的女招待员。焦明华进屋后，雷鸽急切地问他医生有没有告诉他手术后的情况，焦明华坐下来告诉她："医生说了，你的身体需要在床上躺一些时间。"雷鸽马上问："医生有没有告诉你到底要躺多少时间？"焦明华说："需要些时间，但不会太长。"

雷鸽的精神状态是迷惘的，那个被我认为是幸福的女人现在虚弱地将头侧向一旁。我决定离开这里，看到雷鸽的模样会引起我对她未来生活的种种联想。

我走出去，焦明华便跟着我一同走了出来，我刚才几乎忘记了他的存在，荡漾在多年前的那种暗恋此时此刻已经随风飘散了。他随同我来到电梯下面，焦明华对我说如果今后有时间的话，让我抽空来陪陪雷鸽，我告诉他我会经常来的。他就说雷鸽的病情很严重，我没有让他再说下去，因为我看到了他那张面孔显得十分苍白。

现在我才想起来我是来取钥匙的，我又回到电梯上，来到了手术室，刚才进行的那场手术早已结束了。麻醉师已经走了。我站在住院部的下面抬起头来，雷鸽就躺在这堵白色墙壁的最里面，她现在还不知道自己的情况，倘若她知道了，那会是怎样的情景呢？她对我说过，如果她不能从床上站起来，那么她就去死。我将头垂下，想着雷鸽的话，想着这个女人到底要到哪里去。

17

所有的生活都像一行行词语般穿梭着，麻醉师与我的第一次分歧发生在我将衣柜打开，穿上那套白色裙装的时候。那天我想到医院去陪雷鸽，所以我从衣架上取下这套白色裙装，我这样做是为了用时装唤醒雷鸽生活下去的希望，让她沉入回忆的海洋中，重温自己做模特的那些美丽的时光。当我穿上白色裙装面对着镜子时，麻醉师下班回来了，他无法理解地看着我并对我说："征丽，这套时装是你衣柜中最难看的一套，你为什么喜欢穿白色呢？"我用手整理着时装上的扣子对麻醉师说："你不明白的，你不明白我为什么喜欢白色。"麻醉师来到我身后对我说："征丽，不许你身穿时装表演的服装再到外面去。"我不解地望着他："为什么？"

麻醉师没有解释，走过来就要脱下我的时装，我挣脱开他的双手大声说："你别动，这是我最喜欢的时装。"麻醉师又走过来拉住了我的一只袖子，只听见一声响声，我的袖子被撕开了。那只白色的袖子垂了下去，所有的解释现在变成了一只被撕开的白色袖子。我走到麻醉师身边扬起手来，但看到他那张面孔我又将手放下去了。可以说麻醉师在一刹那撕开了我的白色世界，这就像撕开了某些词语，比如：召唤、失望、内核、距离、错误。但是麻醉师并没有意识到事情的严重性，他以为那只是一只普通的袖子，最多只是损失了一件我喜欢的时装而已，所以他走上来对我说："征丽，对不起，我会去给你重新买一套新的时装回来。"麻醉师说完就出门去买时装了。

麻醉师撕开了我的白色世界，他走后，我倾听着从那只被撕开的袖子里发出来的声音，那声音没有重量，也没有语言，它只是一阵微风而已。我不知道麻醉师为什么要这样做，他为什么害怕我穿那套白色时装。但是他不知道我衣柜里还有另外一套白色时装，我感伤地注视着衣柜，并回顾着过去，决定走向衣柜，把另一套衣服取下来。于是，我穿着它，穿着我的时装来到了医院。在这座医院里没有童话和梦幻，只有飘荡在风中的乙醚，大量的乙醚扑面而来。雷鸽，她现在仍然躺在床上，从被子上、窗台前飘来的乙醚使她的面色更加苍白。她看到我时，眼睛一亮，仿佛在我的白色时装中正回荡着一支变奏曲，那支变奏曲从远方而来，停留在这间房子里。她微笑着对我点头说："征丽，如果我病好以后……"她没有说下去，目光凝视着墙脚的那张轮椅，我将她扶到轮椅上，她的身体很沉，我用了半小时才把她扶到轮椅上坐下来。

　　我推着轮椅向电梯走去，电梯门开了，我又将她推到电梯里。电梯里就我们两人，她对我说："征丽，进来以后我这是第一次下楼梯，焦明华今天刚把轮椅送来，可惜他有事不能陪我，你来了，我真高兴。"她确实是高兴的，也许是她到医院以后最高兴的时刻。出了电梯后，我缓慢地推动着轮椅，我知道医院后面有一座小花园，我曾与麻醉师在小花园中约会，里面有一个小池塘，偶尔会有蝴蝶飞到池塘上空。雷鸽就像一个与外界隔离了很长时间的人，她仰起头来看见春天已经到来，春天是她看见的一个世界、一个主题、一个全新的场景。

　　我们来到了那个池塘边，我坐在旁边的一把椅子上。我们都眺望着池塘，终于有一只小蝴蝶飞来了，我就让雷鸽看那只蝴蝶。雷鸽说在她小时候生活的那座小镇外面的山坡上，蝴蝶很多，她同小伙伴经常去捉蝴蝶，然后又将蝴蝶放了。她们不忍心将那样美丽的蝴蝶带到房子里去。从那天开始，去医院陪雷鸽已经成为我的一种习惯，这个女人将我引向一个主题，使我回忆着我模仿她的那些时光。我很想把这些隐秘的故事告诉她，但每当我看到她抬起头来时，我觉得那是我自己的秘密，不应该告诉任何人。秘密与雷鸽联系在一起，有谁会想到在那些日子里，她的发型、走路的姿态、服饰中的黑色充满了我的内心深处，而我一直就等待着像雷鸽一样。如今她躺在病室，有时坐在轮椅上，当她抵抗着自己的恐怖时，她就不停地用死来减少自己的疲劳和忧虑。有时候，我看见她两眼盯着天花板，她的忧虑一定无边无际地漫游，可以想象一个模特——用两条修长的腿走路的女人置身于轮椅上的种种无法确定的痛苦。

　　死是一种可以想象的东西，因为我们都目睹过死亡，然而，我就像雷鸽看见死亡时那样战栗的同时，也减轻了自己对于死亡的最后想象。我害怕与雷鸽谈到死亡，因而当她说出"死"这个字眼时我就说："你还这么年轻，不会死的。"她就解释说医院里有许多年轻人死了，有些甚至是孩子，我就用双手按住她的肩膀说："雷鸽，那些人是因为疾病。"说到这里，焦明华来了，他将雷鸽送到顶楼，然后将雷鸽抱到床上，他对雷鸽说："我们可以回家去了。"雷鸽伸出手去触摸着自己的下肢："焦明华，回家干什么？可我还没有站起来呀!"焦明华坐到她床头,抚摸着她的头发说:"雷鸽,医生说站起来还需要些日子,医生还说我们可到家里去休养。"

敏感的雷鸽看看我又看看焦明华,我向她点点头说:"雷鸽,你要相信医生的话。"她就像孩子一样点点头。雷鸽还不知道她永远也不可能从轮椅上站起来了。我随同焦明华将雷鸽送回了那座小楼。坐了一会儿我准备走了,我从她楼上下来时,焦明华送我下楼,我在楼下对焦明华说:"今后一定要对雷鸽保密,不能让她知道她下肢瘫痪的情况。"焦明华说:"能保密就暂时先不告诉她吧!不过,我想总有一天她会知道的。"

18

雷鸽知道自己下肢瘫痪的消息时已经是半年以后了。半年多来我与麻醉师的分歧越来越大,不知道为什么,我已经不习惯再嗅到他身上带回来的那股乙醚气味。从这种变化开始,我便经常出门。我去的地方是一家广告公司,广告制作人杨民与我早就认识,几年前我开始做模特时,杨民就与我有过一面之交,在不久之前我与他邂逅在街头。杨民原来是一个画家,我曾经看过他的油画展览,后来听说他与一个舞蹈演员结婚了。总之,他生活的情况我知道得并不多,他只是与我有过一面之交的生活在同一个城市的人而已。在街头邂逅杨民后,他邀请我到他办的广告公司去看看,他说有好多年没有见到我了,问我到底去哪里了,我说我结婚后很少出门。他很惊讶地说："原来你结婚了。"我后来才知道杨民这么惊讶是因为他刚刚与那个舞蹈演员离婚了。我问杨民离婚是不是很麻烦，杨民说这要看你离婚的对象，假如对方是一个明白人，离婚同样是很简单的事。我要说的是在杨民的广告公司，我碰到了一个人，他就是摄影师。杨民的广告公司缺少专门的摄影师，而他们又是同学，他就将摄影师从A市拉了过来。摄影师来的那天，我像往常一样正从家里潜逃出来，目的是想逃离麻醉师身上留下的那股乙醚味。我没有其他地方可去，就来到了杨民的广告公司。那天，杨民告诉我，他的朋友今天要从 A 市来，他是一个很有才华的摄影师。我和杨民就一边谈话一边等待摄影师的到来。楼梯上传来脚步声时，我的心怦地跳了一下，我觉得那声音是那么熟悉，使我想起一双大皮鞋来，哦，只有一个男人穿过那种大皮鞋。他来了，杨民请来的摄影师就是我所认识的那位摄影师。摄影师没有想到会在这里见到我，而杨民还向摄影师介绍了我的情况。摄影师不住地对我点头，他的眼睛仍然是那样蒙眬而又潮湿。

摄影师到来以后，我与麻醉师的关系已经紧张到了极点。这紧张主要是来自我的厌倦，我已经不能再像从前那样躺在他散发出乙醚气味的身体旁边。所以，这种变化促使我与麻醉师分居了。麻醉师根本不理解我为什么要这样做，他以为我是生气，所以每到睡觉时就劝我回到卧室里面去，我摇摇头，麻醉师显得很痛苦。他要我说清楚这到底是为什么，我又摇摇头回到卧室旁边的小屋中把门关上了。麻醉师没有办法，便将我们面临的情况告诉了阿鲁和小迪。这时小迪已经有了身孕。那天小迪挺着有了身孕的身体和阿鲁来到我们家，小迪挺立的肚子启示了麻醉师，他觉得应该让我怀孕，怀孕的女人就会与他好好守住这个家。麻醉师原来曾想要孩子，但我阻碍着他的计划，原因是我是一个模特，再等几年生孩子也同样来得及。麻醉师为了达成我怀孕的计划，在一次我身体不适时，为我注射了早已调制好的麻醉剂，在我的身体失去知觉的情况下与我发生了关系。两个多月后我才知道自己已经怀孕了。而在这个过程中，我与摄影师的关系发生了很大的变化，杨民私下对我说摄影师很喜欢我，让我与麻醉师离婚。我不是没有考虑过这个问题，而是因为在那段日子里我曾带摄影师去看过雷鸽。那天我才知道，雷鸽出事的那天恰好就是她与摄影师分手后的那天晚上。摄影师告诉我，他很懊恼，那天晚上他不应该说一些话去刺激雷鸽。我也不知道他们之间到底说了一些什么话。雷鸽看见我带着摄影师去看她，显得很激动，她说她已经在轮椅上坐了很长时间了，她要让我和摄影师带她去见医生。她还说焦明华最近到乡下去找民间医生，快回来了。我和摄影师都坚持让她等待一段时间，谈到时间，雷鸽便笑了起来。

　　我知道时间是用来损伤她肉体和精神的武器，时间是展开事实的一双翅膀，因为时间已经过去了很多，所以她害怕在时间中固守着坐轮椅的生活。我看着她那受伤的下肢，摄影师蹲下去抓住雷鸽的手说："雷鸽，你要坚强一些，假若不能站起来，你也应该好好活下去。"雷鸽推开了摄影师焦灼地说："谁说我不能站起来？假若我不能站起来，我就去死。"

就在这样的情况下我发现我有了身孕，我去问麻醉师我为什么会怀上孩子，麻醉师正站在工作室里摘下他的手套，他冷漠而又僵硬地说："怀上孩子是一件好事，你为什么生这样大的气呀，征丽？"我责问他："这孩子是什么情况下受孕的？请你告诉我。"麻醉师举起一支针管轻声说："我让你达到一种饱和的睡眠状态……"我眼前出现了一种可怕的情景，我现在不仅仅是厌倦麻醉师，而且我觉得我已经讨厌他的这种行为。

我高声说："我要与你离婚，麻醉师。"不知道为什么，我似乎从来没有叫过他的姓名，在我眼里他从一开始时就是一名麻醉师，所以，我几乎忘记了他的名字。从本质上讲他的的确确是一名麻醉师，他的生活和他的目光都是一种圈套，而且从一开始就是一种圈套。这种圈套让我在不知不觉中怀上了孩子，而我并不需要这个孩子，我彻底拒绝这个孩子的出现。这是一个正在子宫中生长的胚胎，如果我不需要这个孩子的话完全来得及。而麻醉师也许已经感觉到了我的心事，他在我身边走来走去，不停地散布这样的观点："你不能堕胎，征丽，那是一个生命，你不能去制造罪恶。征丽，你是一个女人就该善良一点，你要对得起那个孩子，那是你的骨肉，对吗？征丽，你如果堕胎了，你会后悔莫及。"麻醉师每天都要这么说，有时候说一遍，有时候则说两遍、三遍，无可穷尽地在我周围走来走去，说着同样的话语。我则恐惧地用手护卫着腹部，那里面有一个孩子，可这个孩子正在里面委屈地生长着。因为我并不需要他，因为这一切都是多余的。

19

摄影师也似乎看出了我的重重心事，他对我说："征丽，发生了什么事？你的脸色很不好。"我隐瞒了这个孩子，我不能告诉任何人，因为这个孩子是多余的，我一点也不愿意让他出生。所以我摇摇头，摄影师轻声说："征丽，麻醉师对你好吗？"他的意思是说你的婚姻能延续下去吗。他来到我身后，俯下身来亲了亲我的脖颈，这是我与摄影师认识以后他第二次对我表示亲热。第一次是在我刚做了麻醉师的未婚妻之后，如果那一次我能够意识到这一切，那么就不会酿成我与麻醉师的婚姻。

摄影师亲我的脖颈时，我感到一种前所未有的感动，我闭上双眼，唯愿这种时刻长一些，使我忘记现实的存在，使我忘记肚子里那个已经成形的孩子。就在这样的情况下，我却站了起来，我对自己说，这是不可能的。于是，我理智地站起来对摄影师说："我已经怀孕了。"摄影师的惊奇并不像我想象中那样严重。他点点头，他总是习惯那样点点头，然后什么话也不说，在这种时刻，我不知道摄影师在想些什么。

从窗口飞进来一根羽毛，摄影师惊奇地抬起头来伸手抓住了那根羽毛对我说："征丽，楼顶上有一个养鸽子的女孩，她养了好多鸽子。瞧，这就是鸽子的羽毛，我带你到楼上看看吧，你的情绪或许会好一些。"摄影师将那根手上的羽毛递给了我，一根雪白的鸽子的羽毛，使我想起那些轻盈、柔软的飞翔。这种飞翔是那样轻，不带着僵硬、苍白、冷漠的心，这种飞翔里只有蓝天。

摄影师带着我上了顶楼的平台，一个穿着白裙、戴着草帽的女孩出现在我的面前。她十七八岁，看见摄影师，她回过头来抱着一只鸽子走到摄影师面前说："瞧，这只鸽子我把它放出去一天后，它已经会飞回来了。"摄影师对女孩说："她是征丽，我曾对你说过，没有人像征丽那样漂亮，对吗？"这个叫蒙蒙的女孩自摄影师向她介绍我以后就凝视着我说："是的，她确实漂亮，我是永远也不会像她那样漂亮的。"蒙蒙向我微笑了一下，但很快她就收回了微笑。她将一只鸽子递给我，又给我端来一把小椅子说："你是第一次来这里，我正在家待业，没有事，只好每天都守候着这些鸽子。我早上将它们放出去，晚上它们会飞回来，当然，也有的鸽子飞出去以后就不再飞回来了。"她刚说到这里，一阵微风吹来，卷起了平台上的羽毛，微风将那些羽毛带到空中去了，它们飘拂着，越来越高，飞到我们看不到的地方去了。蒙蒙垂下头来，她是一个温柔的女孩，她是那种让人看了就会做梦的女孩，而且她的年龄也正是做梦的时期。认识蒙蒙以后，我眼前经常会飘拂着那些羽毛，我想到了那个坐在轮椅上的女人。我与摄影师商量了一下，决定带雷鸽到蒙蒙的平台上来看看这个养鸽子的女孩，最为重要的是，我想让雷鸽到平台上来看看这些飘拂在空中的羽毛。我说不清楚这些柔软纤细的羽毛到底给了我一些什么，但我觉得自从看到这些羽毛以后，我的烦恼就减轻了一些，而且那个肚子里的孩子已不再是一件让我沮丧的事情。

摄影师与我去雷鸽家里那一天，那位来自乡间的医生正给雷鸽的身体包扎中草药，雷鸽侧过身来对我们点点头。焦明华从厨房里端着一碗熬好的中药汁出来了，好久没有看到这个男人，发现他似乎衰老了许多，已经开始谢顶了。他将药端给雷鸽说："喏，趁热喝吧！"雷鸽接过那碗中药汁对我们摇摇头说："我得喝下去，这药太苦了，我从来没有喝过这样的药。"焦明华就说："你得坚持，雷鸽，无论如何你得坚持，无论如何你得让自己站起来，我也会帮助你站起来。"焦明华俯下身去劝慰着雷鸽，雷鸽就这样将那碗中药汁一鼓作气喝下去了。

包扎好中草药之后，我们就这样将雷鸽带出了那间散发着中草药气味的房子。摄影师推动着轮椅，我们穿过了一条又一条街道，雷鸽的心情好了一些，她不住地问我们那些高楼是什么时候矗立起来的，走到一家报刊亭时，她对我说："征丽，麻烦你帮我买些报纸和刊物，我回家时翻翻，我已经有好久不知道外面的消息了。我跟焦明华说过，让他给我带些报刊回家，但是他也许太忙，总是将这件事情忘记了。"我就来到了前面的那家报刊亭给征丽买了一堆报刊，雷鸽将它们放在手中的包里兴奋地说："我回去以后要好好看。"我们将雷鸽带到了那个平台上，女孩蒙蒙正在等待着我们的到来。那天上午，我们陪着雷鸽看到了蒙蒙放飞鸽子的画面，也看到了那些羽毛在空中飘拂的情景，我问雷鸽看到那些羽毛有何感受，雷鸽说："我要是能像羽毛那样飘起来，那会飘到哪里去呢？"

20

尽管如此，我每天仍要回到家里去面对麻醉师，怀孕以后他已经允许我睡到另一间房子里，自从看到那些羽毛以后我就很少与他争执了。他回家时我就拧开电视机，看那些无聊至极的情爱片和功夫片，仿佛麻醉师对于我来说并不存在。我这样做的结果除带来平静之外，当然也带来了我与麻醉师更大的隔阂。麻醉师也很少与我说话，不过，每当我站起来时他总要盯着我的腹部，似乎在说："你的腹部会慢慢大起来，你的腹部会慢慢大起来。"他的目光使我又感受到了那个孩子的出现。我去了一趟街道办事处，询问离婚的事情，那个中年妇女大约是看出我已经有了身孕，她冷漠地说："怀孕期间不能离婚。"听到这句话我麻木地走出了街道办事处。看来，只要这个孩子存在一天，离婚是万万不可能的了，但要去堕胎对于我来说也很艰难，麻醉师带有煽动性的话起到了作用，仔细想想，这个孩子有什么罪呢？

每每想到要将这团血肉从我身上带走，我就有一种心痛的感觉。所以，让这个孩子在我肚子里生长已经成为一种不能推卸的责任。这样下去，我就必须面对麻醉师，面对他的气味、声音。我一次次地逃出去。只有我自己一人时，我经常伸出手来抚摸着自己的腹部，现在，那个孩子已变得亲切。

当然我也有一种很功利的目的，那就是等这个孩子出生以后就尽快与麻醉师离婚。有时候，我坐在蒙蒙的楼顶上，伸出手去抓住一根羽毛，然后仔细地轻抚着它，听到有一种声音将我唤醒，摄影师来了，摄影师摇着我的双肩说："征丽，我们快到医院去，雷鸽出事了。"我最害怕的那种场景终于出现了，雷鸽从报上看到了一则报道她下肢瘫痪的消息后，就丧失理智地抓起桌上的一把水果刀，割断了手上的静脉，幸好焦明华发现得快，将她及时送到了医院。这个场景使我想到雷鸽的那些绝望的声音："如果我不能站起来，那我就去死。"我站在雷鸽身边，她这次没有死去，她在医生的抢救中又活下来了。她睁开了双眼，她看着我便低声说："征丽，我确实不想活了。"她的声音依然很平静，但是，看得出来，一阵又一阵的绝望正在袭击着她。那些绝望像碎片似的，像一种令她畏惧的刀的碎片，圆圈的碎片，石头的碎片，衣服的碎片。

雷鸽是彻底对自己的身体绝望了，她从医院又回到了家里，因为她拒绝治疗，那个来自乡村的中草药医生已经回家去了。她麻木地、一动不动地坐在轮椅上，焦明华时时刻刻地守候着她，唯恐她再出什么事。我现在经常独自一人到她身边去陪她，她越来越注意到我腹部的变化，当我告诉她我已经怀孕了时，她的脸上出现了微笑。她说她原来也想生一个孩子，她很早的时候就想要一个孩子，但她不是被模特生涯湮灭了这种愿望，就是被爱情生活湮没了这种幻想。她摇摇头说："征丽，我已经看到了我今后的道路，我既不能生孩子，也不能做模特了。"她要我推动轮椅去看她衣柜里那些层层叠叠的时装，有一面柜子里挂满了黑色，我问她为什么这么喜欢黑色，她说："我喜欢把自己藏到黑色中，虽然我是一个模特。征丽你不知道，黑色给我带来过许多隐藏的机会，也给我带来过快乐……"我说："他们都爱你，焦明华、摄影师……他们都在爱你时也同时喜欢你的黑色……"雷鸽摇摇头说："我知道，但是我现在这个样子已经不可能再让任何人爱我了。""不，不对，他们仍然像过去那样爱你。"雷鸽说她想与焦明华离婚，我说为什么，焦明华对你那样好。雷鸽说："征丽，你没有看到焦明华正在变老吗？他的头发都要掉光了，而我刚认识他时，我喜欢将手伸到他那浓密的头发中去，就在这幢房子里我们恋爱……后来我曾经想嫁给摄影师，但是不知道为什么，我又回到了他身边，但这一切太突然了。征丽，我已经想好了，我要与焦明华离婚。"我说："焦明华是不会与你离婚的。"正像我说的一样，焦明华不同意与雷鸽离婚，无论如何他也不同意与雷鸽离婚。我想，也许是没有一个人可以代替雷鸽，再没有一个人可以代替雷鸽的位置。这个被我曾经暗恋过的男人对雷鸽的爱是永恒的，从我看到他们开始在一起时，这种爱就从未停止过。在这期间，他也许跟另外的妇人有关系，比如，我多年前在飞机场见到的那个女人，但那种关系是短暂的，这种短暂的关系只不过是他在那个时期用来消除恐惧的方式。那种找不到雷鸽的恐惧使他带回了一个虚幻的女人，而这个女人最终也不能代替雷鸽，所以，我在 A 市给他打电话时，他就迅速奔往雷鸽身边。所以，我知道焦明华除爱雷鸽之外，是不会爱任何女人的。

21

好久没有见到焦建华了，其实他一直在这座城市，他已经与一个女人结婚了。当我在街上碰到他时，他说："变化真大，变化真是太大了。"我以为他是指我正在隆起的腹部，他却说："征丽，当初我是想与你结婚的，但我发现我与你在一起时你很烦我，于是我就与另一个女人结婚了。"我说："我怎么从来没有在你哥哥那里见到你？"他摇摇头说："没办法，我去我哥哥那里时，你又不在，我与你是没有缘也没有分。"我说："你应该多去看看雷鸽，她情绪很坏。"焦建华就说："我哥哥这辈子糟透了，他的下半生算完了。"我听到这里后不想再跟他说话，想转身离开，焦建华就说，"征丽，你还像从前那样烦我？"我离开了焦建华，我意识到当初疏远他是对的。我越过马路，最近这段时间，我走路的步子已经开始缓慢起来，我意识到再有一些日子那个孩子就要出生了。我想在孩子出生前多去陪陪雷鸽。

22

雷鸽今天提出来让我带她去蒙蒙的平台上看鸽子。我想她最想看到的并不是鸽子本身，而是想看到鸽子身上散落下来的羽毛。所以为了让雷鸽高兴我就带她下了楼，我推动着轮椅，往常这样的时刻都是摄影师来推，而这段时间摄影师外出了，他与杨民去外地拍摄一些广告业务方面的场景，而且把蒙蒙也带走了。蒙蒙是自己要求去的，她跟杨民和摄影师都是老朋友了，蒙蒙临走时将她通往平台的钥匙交给了我，说如果我和雷鸽想去看鸽子的话方便一些。他们走了好长时间，我们是第一次去看鸽子。雷鸽今天穿得很漂亮，她又穿上了一套黑色时装，临走时，她自己移动着轮椅来到穿衣镜前，我站在她旁边。雷鸽永远是迷人的，在很多地方，她仍然是我的偶像。用"偶像"这个词更合适些，也许是我一直跟在她后面，在最早时是想模仿她的神态、衣着、美丽，而后来是模仿她身上的风韵，现在则是被她身上那种迷惘的东西牵引着。从镜子那边看过去时，雷鸽就变得平静了，也许她看到自己的另一种东西仍伴随着她。在她那被黑色紧紧包裹着的身体里面，她一定意识到了除自己的心脏跳动之外，她的躯体内仍回响着一种声音，这种声音使雷鸽向往那个飘满轻柔羽毛的平台，向往羽毛朝上空飞去时给她带来的那种难以忘却的轻盈的升腾及轻盈的消失。

越过街道、车流，雷鸽今天将头仰起来，她告诉我街上的那些少女太漂亮了。我们已经来到了那座楼下，现在碰到一个棘手的困难：必须将雷鸽背到平台上去。平台在十楼，靠我自己是无法将雷鸽背到平台上去的，必须找到一个人，而且必须是一个男人。我们停留了很长时间，在这段时间里，雷鸽的脸上没有一丝表情，她对我说："征丽，你能不能将我扶到地上，让我试一试，我独自一人扶着楼梯扶手能不能上楼？"我说不行，这根本不可能，雷鸽恳求地望着我说："征丽，你就让我试一试吧，我还从来没有试过，我想证明某种东西，征丽，求求你，只要你将我的轮椅推到楼梯口去，然后你将我扶起来，征丽……"雷鸽想试一试，迄今为止她从未试验过，今天的楼梯使她意识到自己是一个下肢瘫痪的女人，所以，她只是想最后试一试，借助于从下而上的楼梯扶手，她想验证自己能不能攀缘着到楼梯扶手上去。我想，也许会出现奇迹呢，也许雷鸽会有一线希望，假如那样的话，那么，雷鸽的生命将再次出现令人兴奋的局面。

　　我抱紧雷鸽的身体，她的身体就像生长在石头上，所以，我必须用很大的劲。一只蝴蝶飞来了，一只秋天的蝴蝶看到这情景后就飞来了。雷鸽看到了这只金黄色的蝴蝶，她像是想起了什么，回忆道，小时候母亲告诉她，如果你在没有蝴蝶的地方遇到蝴蝶，将会有好运到来。她点点头，对我说："征丽，用点劲，我已经快从轮椅上站起来了。"我真的把她从轮椅上搀了起来，现在她的身体完全倚依在我身上。我敢证明，如果我一松手，雷鸽就要倒下去，她的身体将倒在那片楼下的水泥地上。当我用自己的身体承受着她身体的重量时，我就意识到了我们努力的结果是多么徒劳，因为雷鸽的下肢完全是麻木的，就像一片废墟——没有青草、水和阳光。但我仍然将她连抱带拖弄到了楼梯口。她的两只手伸出去，悬浮在空中，她好不容易终于抓住了前面的楼梯扶手。她回过头来对我说："征丽，请放开我，让我试一试。"我放开了她，她坚决而迟疑地攀住了楼梯扶手，她看着楼梯的前方，那只蝴蝶又飞来了，也许给她带来了信心，她在蝴蝶的飞行中想抬起脚来,但是她试了一次又一次,我看到了她努力后的绝望,我看到她倒了下去——她失败了。她的力量就像被那只已经飞走的蝴蝶带走了,这使我联想到在时装表演会上,在那座舞台,模特雷鸽征服了多少人的目光,他们给予她鲜花、掌声和呼哨声,而此刻雷鸽的身体记录着她的历史——一部已经被夺去了力量的历史,一部充满着徒劳、辛酸、妥协的失败史——也就是名模雷鸽的历史。一个陌生人走来,我请求他帮帮忙,将雷鸽背到平台上去。那个陌生人看起来是一个工人,他既不知道雷鸽的历史,也不知道雷鸽的失败史,他看到了轮椅,凭着一种善良的本能他将雷鸽背到了平台上,然后我还没有来得及说声谢谢,他就转身走了。我将雷鸽推到平台中心,这时正是起风的时刻,我们又看到了羽毛,鸽子留下了大量羽毛,羽毛被吹拂在空中时,雷鸽又恢复了平静,尽管如此,从到平台上后我们几乎就没有说过一句话。任何语言在此时此刻都显得那么多余,是的,任何语言都显得多余。雷鸽让我推她到平台的边缘,她的目光正追逐着一根羽毛,她看到那根白色羽毛从空中慢慢地掉下去了。雷鸽对我说:"征丽,我口渴得厉害,能不能麻烦你到楼下去为我买一瓶矿泉水?"我点点头,心想可能她刚才用了很多劲,耗尽了力量,所以口干舌燥,想着我就下楼去了。

23

我得穿过马路才能买到矿泉水。在从小卖部里买到一瓶矿泉水刚想过马路时，我突然抬起了头，看到了那楼顶上被阳光照耀着的平台。我似乎还看到了一根羽毛从那个平台上落了下来，然后从风中飘下来许多羽毛，然后我看到了一团黑颜色，一团很黑很黑的颜色从平台上像羽毛一样飘了下来。这团黑颜色使我眩晕，剥夺了我的一切力量。我知道发生了什么事，知道那可怕的事情已经发生了，知道一根羽毛的落下启发了雷鸽。我丢下那瓶矿泉水，不顾一切地向那团已经飘到了马路边上的黑颜色跑去。这就是雷鸽，她从十层楼上飘了下来。到处是血迹，到处是她身体碰撞地面时喷溅而出的鲜血。我嗅着这种血腥味，一个旁观者认出了雷鸽，同时也认出了我，他马上给急救中心打了电话。救护车赶到，载走了已经停止呼吸的雷鸽，同时也载走了已经昏迷的我。从看见那团黑颜色飘下来时，我就在一种绝望的深渊里挣扎。我想起雷鸽的声音："如果我不能站起来，那我就去死。如果我不能站起来，那我就去死……"雷鸽现在真的死了，她果然像她说的那样证明了她是一个失败者以后就找到了自己的方式——像轻盈的羽毛一样从楼上飘下来。而我呢？我正坐在医院里等待着他们到来。应该到来的每个人似乎都已经来了，他们都在问我为什么要带雷鸽到那个平台上去，我说雷鸽只是去看羽毛，麻醉师说："羽毛，看什么羽毛，你简直是疯了！"焦明华说："你应该告诉我，征丽，你们不该到那个平台上去。"

　　我想如果我不带她到阳台上去看风中飘动的羽毛，她也会去死。一个人想死的信念是无法阻挡的，如果滋生了这种念头，那么她无论如何都会寻找机会去死。麻醉师将我带回家时，他对我说："雷鸽已经死了，你也不能太伤心，你应该为你肚子里的那个孩子多想想。所以，不允许你到殡仪馆，也不允许你到墓地去。"麻醉师在以后的日子里将我锁了起来，我想了个办法给阿鲁打去了电话，等麻醉师走后，阿鲁就打开了门。阿鲁说到底出了什么事，我也来不及告诉阿鲁更多的事情，逃出了那座公寓以后我赶到了殡仪馆。雷鸽的身体正在被火化，焦明华来到我身边说："征丽，我不该怪你，雷鸽早就不想活了。"

墓地在郊外的一座山坡上，空气新鲜，我缓慢地走在他们身后，将雷鸽安葬在山上。"死亡是一种苦役。"有人对我说过这话。雷鸽从开始的时候就想与死亡搏斗，她先是借助于医生帮助她站起来，后来则是借助于一种缥缈的希望，心存一种侥幸心理让自己站起来，但是我看见她摔倒在水泥地上，面对死亡时她是一个失败者。所以，把自己变成一根羽毛，做片刻的飘拂过程之后彻底地失败。这并不是一件好事情，但是雷鸽那样做了。对于她来说，只有这样做，才会解除一切对于死亡的畏惧，解除自己对美好时光的回忆，解除那些甜蜜的、黑色的、虚无的死亡过程。所以，如果我是雷鸽也会这样做，是的，如果我是雷鸽也会把自己变成一根羽毛，从平台上往下飘去。为什么他们不理解雷鸽的死呢？他们想象的雷鸽应该用另一种方式结束，比如，自杀的方式有多种，服安眠药、割静脉等，但雷鸽却从那么高的地方轻松地飘了下来。我想，也许他们没有像雷鸽那样在最需要活下去的时候看见了羽毛，她找到了另一种方式，而那些人却没有看见过羽毛，所以，他们质问我为什么带雷鸽到那么高的平台上去。只有我一个人理解雷鸽，只有我一个人相信雷鸽的死亡方式给她带来了安宁、平和，就像被黑色裹紧的某种幻想，死亡的降临是轻松的。我想除我之外也许有另一个人也会理解雷鸽，他就是摄影师。

24

在雷鸽变成一根羽毛飘走以后，我的孩子诞生了。临近分娩的那些日子里，麻醉师让我躺在妇产科的住院部，我心无旁骛，就像等待最后的目标一样，竭尽全力期待着这个孩子降临。听到女婴的那声啼哭以后，我的身体已经从巨大的疼痛中松弛下来。麻醉师很高兴我给他生了一个女孩，他向来都期待我能给他生一个像我一样漂亮的女孩，所以，他很满足，他似乎已经看到了那个女婴的最后前景。对于我来说，我内心并不期待这个孩子的到来，但等到最后她用脚在腹部里踢我时，我开始喜欢上了她，也许她是我的某种延续，也许她是比白色更加美丽、更令人欣慰的东西。现在，这个女婴就吮吸着我的乳头。从生下这个孩子后，我的乳房发生了巨大的变化，无限的奶汁使我的双乳膨胀。曾有人告诉我，你如果想保持你乳房的美丽，就不要哺乳，但我面对那个女婴时无法去保护自己的乳房，为了她的到来，我似乎什么都愿意付出。

在面对这个女婴时，我已经开始慢慢地丧失我的想象力。一个多月后当我接到一封国际模特大赛的邀请函时，我正抱着我的女婴在我的房间里哼着一首来自民间的催眠曲，那歌词的意思是：睡吧，我的小虫虫，我的小宝贝，慢慢地摇晃，慢慢地睡吧！睡吧，我的小虫虫，我的小宝贝，母亲的怀抱，是你的摇篮。邮差将那封邀请函交到我手中时，我一只手拿着那封信，另一只手抱着我的女婴，待到她真的睡着以后，我将她放在她的小床上。我在经历一种挑衅，一种就像性高潮一样奇怪的刺激。拿到那封邀请函后，我又在经历一种诱惑，那些伴随了我多年的无法熄灭的诱惑。我把这个想法告诉了麻醉师，麻醉师看了我一眼说："征丽，你产后刚刚一个多月，这样的身体怎么能参加国际模特邀请赛呢？"我说那我怎么办呢，这可是多少年才有一次啊。麻醉师走过去抱起了女婴说："你就放弃吧！"麻醉师说得极为轻松，他就像让我放弃一种简单的游戏一样轻松自若。他又来到我身边："征丽，你这样的身体走出去，肯定是不行的，今后还有机会。我的意见呢，你就坚决放弃，在短时期内恢复你的体形。"麻醉师说得也很有道理，看看我现在的身体状况怎么能跻身于国际名模之中呢！我撕碎了那封邀请函，这是我第一次撕碎与我的肉体紧密相连的文字。在那一刻，我在经历一种折磨，我颤动的双唇展现在镜子中，我的面孔几乎扭曲，我在经历一种奇怪的、长长而变成碎片后的失落。为了弥补这种失落，我将女婴抱起来，将面颊贴紧她的心脏，女婴平衡了我的身体，也平衡了母爱之外的诱惑。正像麻醉师建议我的那样，我放弃了去参加国际模特邀请赛，我放弃了从看见雷鸽那天开始就已经滋生的梦幻。我用我的全身心抱着女婴，好让我忘记衣柜里的那些白色时装，忘记我的身体轻柔地、旋律般地获得的鲜花和掌声，我不断地告诉自己两个字：放弃。

　　摄影师和蒙蒙回来了，他们听我讲述了雷鸽的死，摄影师显得很平静，蒙蒙哭了。摄影师一个人到平台上去了，我们没有去打扰他。蒙蒙对我说她不该养那些鸽子，所以，蒙蒙也同样不理解雷鸽的死，摄影师理解了吗？他什么话也没有说，自从听到雷鸽的死以后他就一直待在平台上。我去劝慰他，哪知道摄影师对我说：“她像羽毛一样飘下去了，你有什么可劝慰我的。”摄影师永远是摄影师，他了解雷鸽，所以他理解雷鸽的死。我带着摄影师和蒙蒙去了趟墓地，我们给雷鸽带去了许多鲜花。在墓地上，我们碰到了焦明华，他跟另一个女人在一起。雷鸽的墓地堆满了鲜花，从鲜花中，我似乎又看到了那个穿着黑裙的女人，那个牵着链和狗的女人，那个坐在轮椅上的女人。摄影师环绕着雷鸽的墓地走了一圈又一圈，蒙蒙停止了呜咽，她对我发誓说，她回去要将平台上那些鸽子全放走，连一根羽毛也不剩。摄影师将双手放在蒙蒙的肩上说：“蒙蒙，事情并不像你所想的那样。”我知道摄影师的意思，假如没有那个平台，雷鸽也会去死，她的身体最终也会变成一根羽毛。想到这里，我突然对摄影师说：“我就给我的女儿起名叫羽毛吧！”当我告诉麻醉师时，他摇摇头说：“怎么能叫羽毛呢？这个名字太轻了。”

　　但麻醉师这一次顺从了我的意见：“好吧，名字也没有什么重要的，你认为叫羽毛好，那就叫羽毛吧！"羽毛的存在使我忘记了许多不愉快的事情，甚至忘记了对麻醉师的那种厌恶，尤其是当我抱着她，轻唤着她的名字"羽毛，你是我的羽毛"时，我已经在一种灵魂远去的时候享受到这个名字，享受到与一个叫羽毛的女孩生活在一起的快乐。摄影师带着蒙蒙离开时，蒙蒙告诉我她已经爱上了摄影师，他们已经准备到另一座城市去生活。我当时正抱着羽毛，他们来到我家里与我告别，摄影师将羽毛接过去抱在胸前说："羽毛，你就是那个叫羽毛的孩子吗？"摄影师让蒙蒙先出去，他有一些话要单独告诉我，蒙蒙就到楼下去了。摄影师告诉我："征丽，我无法说清楚这一切，我只是想，雷鸽与你都从未爱过我。雷鸽在我与她准备结婚时却嫁给了另一个男人，而你呢，当我来临时，你已经是麻醉师的未婚妻，所以，你们两人都与我没有缘分。我不能那样自私，不能苛求你离开麻醉师，所以，我决定离开这里，带着蒙蒙去另外一座城市。你除保重之外，别忘记自己是一个模特。"摄影师将羽毛递给我，他走得那样快。我抱着羽毛来到阳台上，摄影师刚才说的话荡漾在历史的一种潮汐中，但历史已经概括了我们之间建立在另一种法则和另一种语言之上的生活，所以我看见摄影师已经带着那个在平台上养鸽子的女孩走了。他们的离开似乎已经割断了一种历史，刚想转身，我站在阳台上看到了一个女孩，她长得那样漂亮，所以，她使我在转身时又回过头来。

　　但我没有想到这个女孩是来找我的。当我打开门时，她就站在门外，她用一种潮湿的目光打量了我片刻后问我："你是征丽吗?"

25

　　她叫艾若,来自一个边远地区,今年刚十八岁。她进到屋里后就从旅行包里拿出几十本服装杂志,她说她从十六岁开始就在收集有形象的服装刊物,每一本都不放过,有些书她没有,她就从别人那里高价购回。我问她为什么这样做,她对我说,我是她的偶像,从十六岁那年开始我就是她的偶像。她把"偶像"这两个字咬得很重,她说她放弃了高考,但并没有放弃另一个愿望,那就是成为我那样的模特,而且我就是她的目标。艾若站起来又坐下来,有一种神经质,这使她看上去显得激动、迷人。面对这个叫艾若的十八岁的女孩子,我又想起我最初做模特的那种热烈的东西。我给她倒了一杯水,她的双眼依然那样潮湿,是年轻女孩的那种晶莹和美丽的潮湿。她告诉我,她来这座城市的第一个目标就是见到我,第二个目标就是让我介绍她参加模特队,第三个目标就是像我一样成为名模。艾若的三个目标使我离群索居的生活掀起了浪花。我抬起头来端详着她,她有来自阳光峡谷的高原那种美丽、健康的肤色,有两条同样是健康而修长的腿,她天生就是一个模特。看到她的身体就会使我想起我十八岁时身体中荡着的对一个男人的暗恋以及诱人的青春,而看到她那晶莹而潮湿的双眼时,我就会想到我十八岁那年也像她一样充满着梦幻,梦幻带来了升向夜空的礼花,梦幻带来了我的模仿时期。所以，我决定帮助这个叫艾若的美丽的女孩。我问她有没有住处，她说可以住在表哥家里，表哥家里的房子很宽敞。她的住处解决了，接下来可以推荐她到市模特队去。这是一支临时模特队，平常模特队的成员大都解散，她们在一些夜总会、饭店做模特。看来，艾若的第一步也得这样，她得接受来自生活的磁场，无论这些磁场是像潺潺的流水般纯净，还是像噪声中的舞台那样媚俗。她得去体验每一种做模特的前期生活，这个前期非常重要，它可以使一个有天赋的带着稚拙姿态生活的人猝然消亡，也可以变成灿烂的礼花。所以，我将艾若介绍到了市模特队的同时，也将她介绍到阿鲁的商场做一名模特。阿鲁的商场发展得很快，现在已经配备了一支模特队。艾若很兴奋，她就像我当初一样兴奋不已。

艾若到了阿鲁的商场后不久，阿鲁对我说，艾若的表哥很英俊，他时常到商场来看艾若，看上去他们关系很亲密。有一次艾若来我家，我便问她是不是恋爱了，艾若的脸红了。

26

当我发现我的乳房下垂，身体开始发胖时，已经是半年以后的事了。半年以后的一天下午，我正在寻找柜里那些时装，艾若自参加市模特队后，今天开始首场表演赛，她一定要让我去参加。我沐浴完毕之后在镜子里发现我的乳房下垂，再就是我无法穿柜子里的那些时装了，这是一个悲哀的信号。

我站在镜子前，麻醉师刚好回家，他看见我赤身裸体地站着，很是惊奇地走到我身边说："征丽，你今天怎么了？"我平静地问麻醉师有没有发现我已经胖了，麻醉师看着镜子中的我说："生了孩子总会发胖的，我倒觉得你原来做模特时很瘦，现在胖起来要好一些。"我没有听他继续说下去，我从衣柜里找到了一套宽松的时装，总算解决了我身体发胖的问题。那套宽松的时装使我变成了另一个女人，我觉得这个女人像一个母亲，像一个麻醉师的妻子，就是不像一个模特。

宽松的时装仍然是白色的，当我来到街上，来到市模特队首演赛的体育馆时，一群从地里冒出来的记者举着摄像机、照相机、话筒将我簇拥在其中。我拒绝，我沉默，我摇头，但是记者们发出的问题使我像中了魔法一样。

一个记者问道："征丽，你隐居以后，都干了些什么事情？"

他们已经将话筒伸到我嘴边，三到七支话筒正在变奏出我生活在别处的内容。我回答道："我并没有隐居，我只不过是过着一个普通女人的正常生活。"

记者又问道："你目前的生活中包括一些什么内容？"

我坦然地回答道："婚姻生活，包括对孩子的抚养。"

记者又问道："对今后的生活，你有些什么打算呢？"

我大声说道："我的生活是我个人的生活，所以，它同时也是我的秘密。"

记者又问道："你还会出来做模特吗？"

我开始沉默了，我摇摇头。

　　我摇摇头，再次表示沉默。这时突然有一个中学生模样的女孩越过记者的包围圈，将一束鲜艳的玫瑰花送到我手中并对我轻声说："你永远是美丽的。"这个中学生女孩在最为关键的时刻使我看到一束玫瑰花，同时使我逃离了一个核心，我抑制着泪水，记者们终于散开。

　　艾若出场了，她身穿白色裙装，从这个意义上来说，年轻的艾若延续了我的梦想，延续了我无边无际的白色时期。坐在我身边的那个年轻小伙子不断地击掌，他可能就是艾若的表哥。在整个有关艾若的出场中，她都是身穿白色时装，这使我想起衣柜里那些已经不再属于我的时装，白色的，它们在另一种空间和另一种时间中曾经使我得到过一个模特最大的成功。而现在，我的身体已经发胖，我曾经认为永恒的那些东西已经离我远去。

　　我悄然地离开了体育馆，由于人们正在集中精力地接受一个新的事实，接受一个美丽年轻的模特，在我离开时，竟没有一个人发现。艾若的出场给我的震动是那样剧烈，此时此刻，我完全不可能没有重量地、像微风一样轻盈地飘起来。我孤独地来到热闹的街道上，夜景发出一曲变奏曲的声音，我想念雷鸽，如果她存在着，我也许可以有一个模仿的人，有一个可以崇拜的偶像。但雷鸽已经像羽毛般从平台上飘下去，飘到没有声音的地方去了。

　　就在这一刻，我想起了摄影师，我想找到他，我想问问他——我能不能放弃所有的一切。我给麻醉师打去了电话，我让他照顾好羽毛，我要出门几天，麻醉师问我："征丽，你疯了，你现在在哪里？"

我在哪里？我在一个已经令我焦虑的日子里，也许是忧虑，也许是变奏曲使我现在就出发去寻找一个人，他就是那名摄影师，我要让摄影师将我从一个隐藏的世界重新召唤出来。

27

摄影师临走时没有忘记将他的新地址和电话号码告诉我，他也许已经想到了会有这么一天，他也许早就想到了我会抛下羽毛、麻醉师来到他身边，他早就看到了我会有这么一天到来，因为他天生就是我和雷鸽共同的朋友。我来到了他住的地方，下飞机后我在机场搭上了最后一辆出租车，出租车就把我带到了河滨路。一条河岸上，到处是伸向夜空的住宅楼，我一个人在河岸上走着，当看到第九幢住宅楼时我兴奋不已。我站在门口，敲开了摄影师的门。隔了很长时间才有脚步声传来，我的心怦怦直跳，摄影师打开门，他眨了眨眼轻声说："征丽，你，是征丽吗？"他将我拉到胸前，很长时间以来我还是头一次想贴近他，想让他抓住我的翅膀从曲折的河谷将我抓出来。很长时间以来，当我与摄影师在一起时，我就希望他将我拉到他胸前。现在他已经贴紧我，他那种温暖重新将遥远的一种性的幻想带到我们身边，我们是一对需要贴紧的朋友，我们需要用肉体紧紧贴着才能解除那些牢不可破的堡垒。摄影师拥抱着我，仿佛带我来到了一座岛屿，在这座岛屿上我忘记了一切，忘记了我来寻找摄影师的目的。
这是一座被性的幻想沉醉的岛屿。过了很久很久，大约是到
了天亮的时候，我上洗手间时看到了里面晾着女人的乳罩，
过道上放着女人的鞋子。我想起了蒙蒙，那个在阳台上放飞
鸽子的女孩，我想起她曾对我说过她很爱摄影师，我想，那
只乳罩和过道上的鞋子肯定是蒙蒙的。我感到一种负罪感，
放弃这种负罪感是不可能的，我不能忽视那个可爱的女孩子
的存在，她为了摄影师，离开了那座城市。我蹑手蹑脚地来
到摄影师身边，他仍在恬静地入睡，猛然间我听到他在说话，
好像是在叫蒙蒙的名字。现在，绝望和负罪感使我忘记了我
与摄影师在昨晚置身的那座环绕着性的岛屿，我穿上鞋子，
离开了第九幢房子。当我走到河岸上时，我有一种愿望就是
尽快回家去，离开羽毛已经几十个小时了，我是那么想念她。

28

从麻醉师怀里接过羽毛时，麻醉师用一种诧异的目光看
着我，他似乎已经想象出我消失的原因，然后他又否定了它
们。他拉开门去上班了，身上留下来那股强烈的乙醚味久久
不散。羽毛已经会微笑了，她想说话，但是她还不到发出声
音的时候。现在她已经不再吮吸我的乳房，而是用奶瓶替代
了我的乳房。一切又都在环绕着羽毛的生活中进行着，每当
我抱着这个犹如羽毛一样轻盈的女孩，我就忘记了我的身体
正发胖，我就忘记了我是一个已经遭到弃置的女人的故事。

我看不到我应该怎么办，我放弃了去寻找另一种生活的答案。对此，麻醉师与我的女儿羽毛都很满意，麻醉师对我说："征丽，你现在好多了。"我没有问他这句话是什么意思。我知道他指的是什么。

29

　　一个阳光明媚的下午，艾若拿着两张国际服装模特邀请赛的请柬敲开了我的门。艾若现在身穿一套绿色时装，一种无法言喻的美，来自艾若身体的每一个部位，一种淡淡的香水味使她变得更加神秘。她把属于我的那张请柬递给我说："征丽姐，你一定得带我去参加这次比赛。"艾若将羽毛抱过去说，"羽毛已经长大了，她现在可以离开你了。"我对艾若说："艾若，我的身体已经完全发胖了，我已经不再是模特了，你一个人去参加吧！"艾若这才注意到了我的身体，她退到几步远的地方对我说："是胖了些，不过你可以穿大号的衣服。""那是不行的，我从来没穿过大号时装。""那你今后可以改变一下方式吗？""艾若，唯一的办法就是训练，但现在已经来不及了。只有一个多月时间，在这么短的时间内我的体形是无法恢复的。"艾若最后还是说服了我，事实上，我从内心来说很希望能够参加那场国际服装模特邀请赛，我想进入里面去，它张开一种美丽的深渊——吸引着我走进去。艾若说："这就对了，在我心目中……"她没有再说下去，她看见我已经在邀请函上签上我的名字，艾若脸上露出了一丝微笑。在艾若的心目中我是谁呢？难道是那些时装书上一个穿时装的模特，还是现在的我，每一步每一天都在走向衰老——我指的是一个时装模特的衰老，这种衰老的信号一旦来临就已经宣告一种逐渐失去生命力的形象，在我有限的时装史上将慢慢地画上句号。但我在邀请函上签字的那一刻，并不相信这一切，我并没有预感到事情的严重性。

问题到了怎样的地步我并没有意识到，我平常总是把自己藏在宽大的衣裙里面，看上去人们没有发现有什么变化。我用一件又一件宽大的衣裙掩饰着自己有限的形象，我用宽大的衣裙藏住了一个已经到了边缘地带的形象。宽大衣裙中蠕动着一个荒谬的、扭曲的、受挫的，同生活的意义截断的人；宽大衣裙中确定着我的虚弱，一种受尽折磨的无处不在的形象，一件又一件充满快感的衣裙，遮住了我藏在里面的那种尴尬的处境。

这种处境到底有多长时间了，它是在缓慢中到来的。最可怕的就是这种缓慢，它要是来得快一些，我也许就会离开这种令我尴尬的处境，然而，这是上帝变的戏法，这是上帝开的玩笑。这个道理非常简单，上帝是不会让人迅速死去的，除猝然的灾难之外，上帝安排了人的命运，就是让人一点一点地死去。所以，对我而言，上帝开的玩笑就是让我的躯体逐渐地变形，这是上帝开的最大的玩笑。瞧瞧我另一个衣柜里面，衣架上到处挂了一件又一件宽大的衣裙，它要把我一点一点地损伤，直到我丧失力量。

我独自一人去墓地看雷鸽，我穿着宽大的衣裙，这是因为我的腰已经变粗，身体已经发胖，如果穿紧身衣服的话，我的形象将篡改我已有的历史，所以，无论在何时何地，我都用宽大的衣裙保护着这种虚弱的体验。我来墓地看雷鸽，是因为我想，如果她活着的话，我也许不会变得这么快。如果她活着，她就是我的偶像，是挑衅我的对手，就像在那些日子里，我先是走在她后面，模仿着她，后来我们创造了一个黑白的世界。我来墓地是来倾诉我内心的这种虚弱的体验。墓地上的野花包围着雷鸽，她从平台上变成一根羽毛之后，就到了一个不需要再攀缘那道楼梯的地方，因为在那一刻，攀缘那座楼梯就是她最大的希望。她找到了变成一根羽毛向下飘落的理由，而我找到了什么呢？她找到了一块墓地永远地回避着轮椅上的体验，而我仍然在接受着时装模特的那些邀请函，仍然被斑斓的表演台诱惑着，我想起几个字：它像一座灯塔。我是指等待我并诱惑我的那份邀请函就像一座灯塔。微风吹来，将我宽大的衣裙吹起来，我唯一能够选择的就是离开雷鸽，离开躺在墓地中沉默不语的雷鸽。

　　奔赴国际服装模特邀请赛的路对于我来说是一条危险的道路，也是一条充满欲望的道路。危险就像是我呼吸中一阵又一阵干涩的味道，危险是什么呢？我想起雷鸽让我去买矿泉水，她置身在平台的边缘，看到了什么呢？我不知道在楼下环绕她的那只蝴蝶有没有飞上去。危险是什么呢？危险在于她把自己变成羽毛飘下去就会死，但她却选择了危险，也就是选择了死。而我此刻的危险不是一根羽毛般轻盈飞翔的过程，我的危险是一种寂静，一种可以看得见的寂静。在这种危险的寂静里，我紧紧地抿着嘴唇，仍穿着我的宽松衣裙，我为我的身材担心。我现在要说的是欲望，我就像从前那样想得到一种金属般的声音，那些声音包围着我，所以，我冒着一切危险到模特云集的舞台上。

在飞机上，年轻的艾若坐在我身边，比起我来，她是那样轻松惬意，比起我来她悦目的双眼里荡漾着一层又一层的浪花，她面对的是召唤和幻想。年轻的艾若，她同样闭着双唇，但她想的不是雷鸽攀缘的那道楼梯，她无法想象雷鸽为什么要像一根羽毛一样飘下去，无法想象身边坐着的我身上已像长满了湿疹。我用双手护着自己的胸，那里面跳动着我的心脏。

现在，我要告诉你，飞机到达一座异国城市时我很紧张，因为我们面临的第一步就是接受国际专家检验我们作为参赛模特的身体。专家们手里拿着器皿，我和艾若都穿上了泳装，站在一群漂亮姑娘身边，她们保持着自信和幻想，而我则保持着尴尬。检验的结果是我的腰围超过了国际模特的标准，我和另两位欧洲的模特都同时被抛弃了。那群年轻的模特已经合格，所以她们向着入口处走去，艾若是她们其中的一员。艾若在出口处回过头来，她完全没有想到我会被抛弃。按照组委会意见，我们三人可以作为特邀模特参加他们的评委会。但不知道为什么，除我拒绝之外，来自欧洲的那两名模特也拒绝了。她们拎着她们的箱子，一个模特用英语告诉我，她现在要回到孩子中间去，她已经生了三个孩子了。另一个模特告诉我，她要去北欧旅行，她的未婚夫在那里等待着她。

而我呢？我将回去。这就是我的尴尬，它现在变成了失败，我将回到麻醉师和羽毛身边去。

30

麻醉师似乎早已预料到这一切，当我用钥匙打开门时，他正在陪羽毛在地毯上盖积木房，他回过头来："征丽，这么快就回来了。"我没有与他说话，我放下箱子，羽毛跑了过来，在不知不觉中，我的女儿已经会跑了。她叫着妈妈，两只小手伸过来。麻醉师走到我面前说："征丽，我一直在想你与我在一起的不愉快，但我不知道你为什么不愉快，所以，我已经想了许久，现在孩子已经大了，如果你愿意的话，我同意你几年前的意见，与你离婚。"我现在是一个多么尴尬的女人，多少年来我已经忘记了麻醉师给我带来的乙醚味和平庸的呼吸声，多少年来我的注意力已经完全集中在羽毛身上，我根本忽视了婚姻中的问题，然而，就在已经习惯这种婚姻时，麻醉师提出了离婚。麻醉师去上班了，我抱着羽毛来到阳台上，羽毛问我为什么哭了，我才意识到自己在流泪。

我必须同意结束这桩陷了一年又一年的婚姻，当麻醉师已经想通了离婚的这件事情时，事实上他已经能够轻松地面对这桩婚姻。也许他已经想了许久许久，比如我们在一起的种种不和谐的东西，比如：生死、肉体的分离、季节等，既然他已经想好了这一切，那我必须尊重他的意见。我在麻醉师已经写好的离婚协议书上签了字。就在我们快要到街道办事处去办理离婚手续时，摄影师意外地出现在这座城市。他给我打来电话时，我刚把羽毛送到托儿所，摄影师说："征丽，我想见到你。"我和摄影师在一家已经相约好的酒吧坐下来，这是一家大约有一百五十平方米的酒吧，摄影师早已等待在那里，他依然穿着已经开始发白的蓝色牛仔裤。

摄影师说："征丽，我想与你好好谈谈。"

"谈什么呢？……"我突然在抬头的一刹那，看到了麻醉师的面孔在晃动，他在酒吧里面的一张靠近窗口的酒吧桌前坐着，似乎在等待一个人，桌上还放着一束鲜花。麻醉师一定是在等待一个女人，而这束鲜花也是送给这个女人的。

"征丽，你看到什么了？"

"我看到我的丈夫正在等待一个女人，桌上有一束鲜花……"

"行了，征丽，你丈夫就不能有别的女朋友吗？"

"他过去从来不……"

"你是说他过去从来没有女朋友？"

"征丽，你平静些。"

"我只想看看，与他约会的这个女人是谁？"

"她是谁并不重要，重要的是征丽你应该多想想你自己。"

那个与麻醉师约会的女人进来了，她戴着一副眼镜，年纪很轻，看上去是刚分配到医院的医生。她刚到酒吧桌前，麻醉师就把那束鲜花递给了她。摄影师说："征丽，如果你感到无法容忍，我们可以换一个地方，或者到外面走走。"我摇摇头说："明天好吗？明天我们去看雷鸽，明天下午你在玉和路等我。"玉和路是一条可以直接乘车通往墓地的路。看到麻醉师与那个女人的约会，我感到有一种被抛弃的感觉。我现在要回到托儿所去接羽毛，今天晚上我想与麻醉师好好谈谈。

最为重要的是，麻醉师那天晚上没有回来。而更为严重的事情发生了，我想去医院寻找麻醉师，那时候已经深夜十二点多了，出门前我烧开水时忘记了将煤气关上。

寻找麻醉师完全是因为我在酒吧里看见了那个女人，麻醉师与另一个女人的约会以及酒吧桌上的玫瑰花构成了对我的强力刺激。如果在别的时候，我看到的情景也许不会伤害到我，但在我的事业日益下降的时候，我忍受不了麻醉师对我的背叛。所以，一系列的事情开始混乱，烧好开水后，我忘记将煤气关紧。我冒着大雨，撑着伞来到了医院。我带着一丝侥幸的心理希望麻醉师能够待在工作室里值夜班，但值班医生告诉我，麻醉师今天全天休息。这就意味着麻醉师今天都与那个女人在一起，我不能忍受麻醉师对我的背叛，我来到街上，大雨哗哗地冲洗着街道，我身上很快被大雨溅湿。我知道我已经丧失了理智，三个小时后我回到家，我的女儿羽毛已经中毒而死。

她像一团被雨濡湿的小鸟一样睡在床上，跟她平常睡着了完全一模一样。但她确实已经死了，正当我拼命摇晃着她的身体时，麻醉师回来了。麻醉师已经意识到家里出了事，但他并没有想到他的女儿已经死了。麻醉师像疯了一样将女儿抱起来，他大声说："你怎么能这样带孩子，你真的不像一个母亲。"麻醉师蹲在地上，他完全垮掉了，我没有想到这个孩子的死使他如此痛苦。弥漫在屋子里的煤气慢慢地被窗外的风吹走后，已经到了第二天，在阳光灿烂的上午，我得将这个孩子，一个两岁半的小女孩送到了殡仪馆。

这个叫羽毛的女孩从此再也不会醒来了，她的命运就像那些飘动在风中的羽毛一样很快消失在我们看不到的地方。

那天下午我没有遵守与摄影师相约的时间，在那个时间里我与麻醉师将羽毛埋葬在一片孩子的墓地上。我在墓地上对羽毛说：羽毛，我给你起了一个名字叫羽毛，那么，你就飘走吧！

31

羽毛死后不久，我对麻醉师说："现在我们可以到街道办事处去办理离婚手续了。"麻醉师没有说话，羽毛死后，他一直沉默不语，除上班之外，哪儿也不去，就是与我在一起。麻醉师又开始抽烟了，他抽烟的方式很别扭，但他总是在沉默中划燃一根又一根火柴。我不知道他在想些什么，我一直等待麻醉师开口说话，但他始终不说话。

摄影师再没来电话，也许我的失约已经伤害了他，看来，他已经走了。我隐约感到我与摄影师的关系由于这次的毁约而将中断。在这样的时刻，我不会去打扰任何人，也同样不会让任何人来打扰我。

我去了雷鸽的墓地，在最忧虑的日子里，我总是愿意跟雷鸽待在一起。站在她墓前，我按我的方式想再次模仿她，甚至模仿她的死亡，模仿她有无限的勇气将自己化成一根羽毛从平台上飘下去，因为我从一开始就模仿她，我曾经模仿过她的衣着，因为她的存在使我做了一个模特，现在我将模仿她面对失败时带着一种轻盈的飞翔姿态使自己飘下去。我甚至来到了蒙蒙居住过的楼上，想从楼梯上到平台，我确定已经来到平台上，但是平台上一个妇女正在晾衣服，我再也看不到一根羽毛了。那位晾衣服的妇女走过来问我找谁，我摇摇头，在她的目光注视下我从平台上走了下来。

　　我在城市走了一天，唯一的目的就是想找到一片有羽毛飘动的平顶建筑，但是当我来到许多高耸入云的平台上时，可以呼吸到自由的空气，可以伸手触摸到蔚蓝的云层，可我唯一没有寻找到的就是一根从平台上升入空中的羽毛。这样，我就不能像雷鸽那样以模仿羽毛的方式飘下去，所以，行走了一天我仍然没有飞翔起来，我带着我疲倦的肉体回到家里，麻醉师正在等待我，他似乎有话要告诉我。麻醉师说："征丽，我不同意离婚，我们重新孕育一个孩子吧！"我没有说话，在那天夜里，我们在一起，我又嗅到了他身上浓烈的乙醚味，这种气味使我按照人类的原则归根结底地与呼吸、空气、气味、身体融为一体。从此以后我再也没有去平顶上寻找过羽毛，不久以后，我发现我怀孕了。

　　年轻美丽的艾若带着她成功的惊喜回到这座城市时，她给我带来了一本获奖证书，我与雷鸽创立的黑白时装世界促进了世界时装的发展，也开创了时装模特的新局面，因而，国际时装委员会给我和雷鸽颁发了荣誉证书。我第一次带着艾若去看望躺在墓地中的雷鸽，我将那本红色证书埋在泥土下面陪伴着雷鸽。我没有将雷鸽的故事告诉年轻的艾若，也没有将我自己的故事告诉她。看到艾若，我想到她正延续着我和雷鸽共同的梦，那些梦迄今为止表现为黑或白。

因而，我没有去模仿雷鸽，我可以去模仿她的生，但我没有去模仿她的死。我仍然与麻醉师平静地生活在一起，他每天都从医院带回来那些乙醚味，也同时带回来鲜花，带回来做一个父亲的期待。我挺着腹部，来到雷鸽面前，我嗅着泥土的香气对她说：雷鸽，我害怕死，所以我活着。从此以后我再也不是穿行在黑白空间中的模特，我是谁呢？也许我是麻醉师的妻子，但除此之外，我是谁？也许我是那个不可以化作轻盈的羽毛向下飘去的女人。

丁部 —— 对一个女人的叙述方式之四

1

　　刘昆一遍遍地告诉自己她是商品，因为她就是商品，她是我的服装公司源源不断地为世界提供商品的商品之一，因为她本身就是重要的商品，所以，我不应该把她当作一个女人，而应该把她当作一件商品。她是谁呢？她就是刘昆五年前开始培养，现在已经从时装模特中脱颖而出的二十三岁的年轻模特征丽。在刘昆一遍遍地重复着"商品"这两个字时，他已经对自己在几天前产生的某种感情做了一次理智的反省。

　　几天前的一个黄昏，那是一个寂寞的黄昏，刘昆觉得自己在寂寞中想象的女人就是征丽。他想起五年前，征丽拎着一只箱子从一座小县城来应聘服装公司的员工，当时刘昆正准备筹建一支模特队。刘昆那挑剔的目光将征丽从头到脚审视了一遍，他决定聘用这个从小县城来的卫校毕业的姑娘做

模特队的第一个模特，他的目光是挑剔的。他看到了征丽身
穿牛仔裤时修长的腿，他看到了一件红格子衬衣里面修长的
手臂和恰到好处的腰，最为重要的是他头一眼看到的是征丽
的脖颈，那脖颈有一刹那间曾像天鹅一样微微地仰起来，而
征丽那双眼睛虽然是怯生生的，但充满着一种明亮而幽深的
吸引力。多少年来他曾努力培养征丽，给她请来了最好的模
特教练，参加各种模特比赛。征丽天生就是一个模特，她是
蓝天服装公司模特队的队长。自从组织了模特队以后，蓝天
服装公司的时装从低谷中悬浮上岸，如今征丽已名列十大名
模之一。所以，当刘昆面临着寂寞时，他差点儿给征丽拨通
了电话，后来在他拿起电话时，旁边浅搁的移动电话发出了
一串铃声。是方卉打来的电话，方卉曾经是刘昆几年前的女
友之一，后来她去南方了。

　　方卉的声音有一种甜甜的味道，声音似乎是从草莓汁和
菠萝汁中发出来的。方卉告诉刘昆，她几天后将来 G 市，请
刘昆到机场去接她。方卉打来的电话无疑在那个寂寞的黄昏
扭转了刘昆对征丽的一丝幻想，他想着方卉，那个喜欢去舞
场的女人，脖颈上永远散发出香水味。她几年前曾经是刘昆
最好的女友之一，他们谈论人生哲学，谈论时装业的发展，
谈论鸡尾酒的十多种调配方式，但唯一没有谈论的就是潜藏
心中的那种朦胧的感情，后来，方卉就像一只燕子一样飞走
了。刘昆已经好多年没有与方卉联系了，从组建服装公司到
现在，他投入了全部精力，现在总算松了一口气了，所以，
才会产生寂寞的黄昏。

2

征丽今天去服装公司，今天是她的生日，所以她的几个女友决定在征丽家里为她好好庆贺一番。征丽最想邀请的人就是服装公司的董事长刘昆，她觉得自己能够成为一个模特与董事长有直接的关系，她想在自己过生日的时候表达自己对刘昆的谢意。当她来到刘昆的办公室时听见刘昆在自言自语："对，她就是一件商品，在我看来她就是一件商品。"征丽等到刘昆的最后一个字结束时才走进了他的办公室，虽然大门是敞开的。征丽发现刘昆用一种古怪的目光在注视自己，那目光照样将她从头到脚审视了一遍后他说道："征丽，有什么事吗？""今天是我的生日。""哦，是你二十三岁的生日对吗？""不错，我已经二十三岁了。""那我请你吃饭吧！""不用了，我邀请你到我家里去，我的朋友们已经为我做了准备。""好吧，那就去你家里。"刘昆目送着征丽的身影消失在走廊尽头，她就是商品。所以刘昆对自己说：我必须将她与任何别的女人区别开来，我必须克制自己对征丽已经产生的那种幻想，我可以对任何别的女人产生幻想，但不能对她产生幻想。

3

下午刘昆在机场接到方卉时已经是五点半了，方卉已经剪去了多年以前那头披在肩上的长发，现在的方卉留着二十世纪末最时髦的短发。她看到门口的刘昆就奔上来，刘昆握着她的手时，又嗅到了那种熟悉的香水味。方卉看到刘昆疲倦的双眼后，涌现出一种亮晶晶的湿润的关怀："刘昆，告诉我，这么多年来你有什么变化，有没有结婚？"刘昆一概摇摇头，他的生活是一台向前冲击的马达，除此之外没有什么变化。方卉就说："那总该有你最好的女友吧！"刘昆又摇摇头，自己已经是三十五岁的男人了，在这座城市竟然连最好的女友也没有。方卉说："我的变化可不少，我到南方以后就碰到了一个男人，他说娶我，我就嫁给了他，现在我们已经有一个孩子了。"刘昆握住方向盘，很平静地听着方卉说话，他一边听方卉说话，同时想到了征丽的生日，他决定带着方卉一块儿去参加征丽的生日聚会。

方卉剪去了长发，这是一种成熟的标志之一，另一种变化就是方卉看上去生活得很惬意，所以她嫁给那个要娶她的男人是对的。刘昆对自己说：而我现在除了拥有一家服装公司，我还有什么呢？所以，我应该尽快恋爱，而且恋爱成熟后就结婚。可这样的女人又去哪里寻找呢？刘昆已经将车开到了楼下，他熟悉征丽住的这幢楼，这是征丽租住的房子。征丽搬迁过来时，他曾经有事来找过征丽。那是两年前的事了，他记得征丽当时正躺在沙发上看一些非常无聊的电视节目，从那以后他就再没有来过。他记得征丽住在七层，也就是这幢房子的顶楼。这幢房子看上去已经有二十年的历史，许多地方就像被浇过硫酸似的，有一种斑驳的倾向正在延伸。

方卉仰起头来看了看这幢住宅楼，问刘昆要带她到哪里去。刘昆说我带你去参加一个朋友的生日聚会。方卉幽默地试探着刘昆："那就是女朋友了？"刘昆摇摇头说："她是我们模特队的一个模特。""模特，那一定是一个很漂亮的模特？"方卉的幽默感还在延伸，"我说刘昆呀，你的身边总是站满了漂亮姑娘喽。"刘昆没有说话，他觉得这幢楼太旧了，让征丽住在上面，真是太委屈她，方卉跟在后面，让幽默感继续延续在散发出斑斑驳驳气息的楼道中："刘昆，我帮你参考参考。"刘昆知道方卉的用意，他没有说话，他已经洞察到自身的另一种命运，但他保持着沉默。到了七楼，征丽的门口挂着一串风铃，这是一串风无法拂动的风铃，只有用手摇动风铃中的一支管子，风铃才会发出响声。征丽用风铃来替代门铃，她无疑为来访者提供了一种欣喜的信号。当刘昆摇动着风铃时，他仿佛又看到了征丽的另一种标志：商品女人。

4

除征丽之外，屋子里还有另外两个女人，刘昆带着方卉来使征丽感到有些意外。刘昆向征丽介绍方卉后，方卉便微笑地看着征丽说："你长得真是太漂亮了。"之后是征丽向刘昆和方卉介绍她的另外两个女友。马玲就是那位梳着马尾巴、手里正包着饺子的女人，她只抬起头看了刘昆一眼又低下头去包饺子了。另一位女人叫吴敏，征丽介绍她时，她热情地走过来先是握了握刘昆的手，随后又握了握方卉的手说："认识你们很高兴。"征丽今天已经脱下了那些精致的时装，她身穿一套粉红色的休闲装，看上去她今天很愉快。刘昆觉得自己竟然忘记给征丽带生日礼物来，他赶快来到阳台上给一家花店打去了电话，半小时后一只插满玫瑰、百合、勿忘我的大花篮送来了。当征丽看到那只花篮时，她弯下腰嗅了嗅花篮上的香气，又感激地看了刘昆一眼。征丽这一瞥被方卉看在心中，过后她对刘昆说："我发现，征丽看你的眼神很特别。"刘昆全然否定这一切，对于他来说，征丽已经是一件商品，他去参加征丽的生日聚会，纯属是因为珍惜这件商品。

　　在这次聚会中，刘昆更感兴趣的便是认识了征丽的两位好朋友。马玲是 G 市乐团大提琴演奏者，长得文静秀气，吴敏呢是一位空姐，她们两人虽然没有征丽漂亮，但是她们两人都给正在寻找女友的刘昆留下了极好的印象，分手时他们都留下了各自的联络号码。刘昆把他对马玲和吴敏的印象告诉方卉，方卉说："马玲和吴敏都可爱，但我如果要选择女友的话，我还是会选择征丽。"刘昆看了方卉一眼说："征丽是模特，我不会跟她发生任何关系。"方卉听后疑惑地看着刘昆说："刘昆，你这些话是什么意思？"刘昆说："有些事情你不懂，方卉，我知道你对我很关心，我已经三十五岁了，但没有找到女朋友，我想我会尽快将这个问题解决的。"刘昆说到这儿，意识到方卉还要再劝说自己，便对方卉说，"我现在已经做了决定，我给马玲和吴敏同时打电话，如果谁的电话通了，就说明我跟谁有缘分，那么我就去追求她。"刘昆说完就拨通了马玲的电话，马玲住在家里，好像是马玲的母亲接的电话，她告诉刘昆，马玲去巡回演出了。刘昆对方卉摇摇头说："我跟拉大提琴的马玲没缘分。"他接下来又拨通了吴敏的电话，吴敏的声音从移动电话里传出来，声音弥漫到方卉和刘昆置身的酒吧桌前："喂，请问是谁？"刘昆迟疑了一会儿才说："是吴敏吗？我是刘昆。"没有想到吴敏听到这个名字很兴奋："哦，是刘昆呀，你的电话来得真巧，我今天恰好休息，明天又要跟航班了。"刘昆就说："我想请你吃晚饭，可以吗？""当然，我想……可以……"他们约定了时间、地点后才挂断了电话，刘昆说："吴敏跟我有缘分，我想如果可以的话我就尽快向吴敏求婚。"

　　方卉惊讶地看着刘昆，她显然无法理解，其一，她无法理解事业有成、仪表堂堂的刘昆为什么不去追求模特征丽，在方卉的印象中，征丽不单具有姣好的面容和迷人的身材，她还是一个女人味很浓的女人，温柔、含蓄；其二，她无法理解刘昆为什么去追求吴敏，而且还申明要向吴敏求婚。方卉不理解这一切，因为在她看来，只有一个女人可以成为刘昆追求的对象。她不解地摇头的同时也对刘昆的这种选择产生了忧虑，但她看得出来，刘昆是那么坚决，自己是无法说服他的了，她便举起杯来。里面纯净的白兰地在冰块中流动着，方卉说："我要是你，我肯定去追求征丽。"刘昆也举起杯来，他本来想把那句话告诉方卉，但他觉得那句话是自己经历了很长时间的搏斗以后才寻找到的真理，所以，那句话包含着他放弃征丽，放弃征丽那温柔、羞涩的魅力，放弃他对征丽的种种想象力，包括肉体之爱的想象力之后找到的一个准确的音节，这个音节就是：因为她是商品。他告诉自己，永远也不能将这个音节告诉别人，永远也不能将这个秘密告诉人。方卉说："我有些不明白，身边有这样漂亮的女人你不追求，她要是有一天被别的男人抢走了，你不会痛心吗？"方卉的话是刘昆从未想过的，他将杯子抬起来晃动了一下里面的冰块说："征丽在短时期内不可能被谁抢走，因为她是我培养起来的模特。"方卉的声音是从盛满白兰地的杯底向上升起的："刘昆，像征丽那样漂亮的女人肯定有不少人会去追求她，她也会去恋爱、结婚……"刘昆的目光凝视着方卉，他似乎想穿越方卉话语中的那些情景，穿越征丽陷入恋爱、结婚中的情景，但他坚决地摇摇头对方卉说："征丽才二十三岁，这是一个模特最好的时期，她怎么会轻易地去恋爱、结婚呢？"方卉再也没有说话，她无法把最简单的道理告诉这个手里晃动着白兰地加冰块的男人，因为她无法理解这个男人到底在想些什么。她在 G 城的工作就要结束了，明天她就要回去，她最后举起杯来轻轻碰了碰刘昆的酒杯说："祝你好运。"

5

刘昆频繁地与吴敏约会，只要吴敏在家休息，他要么请吴敏吃饭，要么就驱车带吴敏去风景区玩，他觉得吴敏已经喜欢上了他，现在就等待着他向吴敏求婚了。尽管刘昆对方卉说过他要尽快结婚，但是每一次他与吴敏在一起时，总是缺少一种热情，这种热情是由长音、重音、短音组成的，缺少哪一种都不行。

　　一年时间已经过去了，他与吴敏的恋爱关系已公开，连征丽都知道了，也许是吴敏告诉征丽的。有一天征丽在楼道上碰到刘昆，她对刘昆说："什么时候请我喝喜酒啊？"在这样的情况下，刘昆有一天与吴敏在一起时看见了征丽，看见了征丽并不奇怪，重要的是刘昆看见征丽身边走着一个男人。吴敏就说："你以为那是征丽的男朋友呀，那是征丽的弟弟，他在 G 城上大学。征丽的男朋友还没出现呢，也许他快要出现了。征丽怪寂寞的，她也应该恋爱了。"刘昆听后耸耸肩，他陷入一种想象之中，如果征丽恋爱了，自己会感受到一种什么样的滋味呢？从本质上讲刘昆是不愿意看到征丽恋爱的，他希望那个男人不要出现在模特征丽的生活中，最好永远都不要出现。永远——是一个多么可怕的词啊，如果征丽永远不恋爱，难道她就不会衰老吗？但刘昆仍然希望自己永远也不要看到她恋爱的情景，最好永远也不要看到征丽身边走着她的男朋友。永远，刘昆的心里回荡着这个词，但是他每一次回味这个词都觉得这个词要么是很小很小，几乎像一条窄小的峡谷，有时候这个词又是那样虚无，虚无得使他看不到关于模特征丽未来任何一天的情景。直到他看到征丽站在自己面前，征丽的美同时也在一种虚无中上升，她的美貌变成了商品，她的美貌可以是任何一种带给世界的商品。

　　刘昆好不容易从商品中出来，他压抑着内心的那种亢奋对征丽说："征丽，夏天的时装快上市了，所以，近期得有一次夏季时装表演，你得准备一下。"征丽点点头，她现在就穿着蓝天服装公司的时装。刘昆要求征丽在外出时一定要穿蓝天服装公司的时装，因为征丽穿过的时装销售量特别大。人们从四面八方寄来订单，最为重要的原因就是，他们看到了时装书上由征丽穿过的时装，那些时装就像美丽的花环吸引着妇女和推销商。所以，为什么不可以把征丽当作商品呢？在刘昆眼里，模特征丽就是商品。在这个特定的时刻，他要抓住征丽，因为春天逝去，夏天将到来，服装公司夏季的服装已经面临着夏季的挑战，所以，每到这个特定的时刻，刘昆就觉得征丽是如此重要。没有谁像她一样重要，征丽在刘昆心中的位置，抵得上世界上全部的商品。

在这个特定的时刻，刘昆以服装公司的名义在 G 市的花园小区买了一套公寓送给征丽，使征丽终于搬出了那幢斑斑驳驳的老房子；在这个特定的时刻刘昆使模特征丽的薪水在原来的基础上翻了三倍；在这个特定的时刻，年轻美貌的模特征丽满面春风地对每一个人都微笑着；在这个特定的时刻，蓝天服装公司的董事长刘昆希望把世上最温暖的东西都送给征丽。他的目的很简单，他要让征丽调动所有的热情，穿上那些令人着迷的夏季时装；他的目的很简单，他要让征丽穿过的时装风靡世界。这就是他的目的，这就是"商品"这个词包含的意义。在这个特定的时刻，三十五岁的刘昆对年轻的模特征丽充满了期待。

6

刘昆看到征丽率领的那支时装队伍把夏天的时装带给观众时，征丽变成了这年夏季最受欢迎的女模特。有一类时装模特，她们的美貌掩盖住了人们对时装的接受力，而征丽用她美丽动人的身体和荡漾在嘴角的一丝微笑将蓝天服装公司的夏季服装带给了观众。

时装模特表演会结束后不久，蓝天服装公司生产的时装已经全部被订售完毕。这就是刘昆期待征丽做的事情，他很感谢征丽，为了感谢征丽，他送给了征丽一辆红色的跑车。刘昆将跑车开到征丽公寓的楼下，手里握着钥匙，他事先没有告诉征丽，要给征丽一个意外的惊喜。在那个特定的时刻，他站在门口按响了门铃。征丽刚沐浴完毕，她身穿睡衣前来开门，但打开门后她吓了一跳，她抱歉地说：“我以为是邻居小君呢。”

自从征丽搬家后，刘昆还是头一次来她的公寓。茶几上放着一只花瓶，瓶里的玫瑰花看起来是刚刚插上的，还没有开放，征丽的长发湿漉漉地披在肩上。在这个特定的时刻，刘昆将跑车的钥匙交给了征丽，征丽的喜悦比刘昆意料中的还强烈，她握着那把钥匙跑到阳台上推开阳台窗户对刘昆说：“你是说这把车钥匙就是楼下那辆红色跑车的钥匙，你是说那辆跑车是送给我的……”征丽高兴起来时，脸上涌满了红晕，刘昆从来没有看见征丽如此兴奋，之前将那公寓钥匙交给她时，她只是微笑着说了一句："天哪，我终于不用再租房子了，我讨厌那幢旧房子，到处是灰尘。"看来，征丽是喜欢这辆跑车的，征丽说："我从来就喜欢车，你知道吗？我已经私下学会了开车。"征丽握着那把钥匙始终不把它放下来，她一直站在刘昆对面，刘昆看到了征丽洗沐后的脖颈。几年前当她作为一个小县城的年轻女孩前来应聘时，刘昆最早看到的就是这仰起来的脖颈，它显得温和而高傲，吸引着刘昆。他多年前通过这仰起来的脖颈，看到了这个来自小县城的年轻女孩的未来。现在，征丽仰起脖颈时已经不再是那个来自小县城的年轻女孩，显而易见，她的身份和位置已经发生了变化。刘昆通过她美丽洁白的脖颈看到了蓝色的商品，对于他来说，她是一件蓝色的商品，然而，当他重新将目光凝聚在她脖颈下的身体上时，他看到了她没有戴乳罩的丰满的乳房。他有些恍惚，仿佛又回到了多年以前他与一个女孩恋爱时，他第一次用手抚摸她乳房时全部身心的颤抖，但眼前的这个人不是那个女孩，她正站在那里，她手里仍然握着那把钥匙。

　　要将目光从征丽的睡衣领口下面的乳房移开，他必须拒绝从征丽身上发出的那些诱惑，他必须把这个美丽的女人想象成一件商品。终于，刘昆克制住自己，对自己说：离开她，到另一个女人那里去，离开这个公寓，离开她仰起的脖颈，离开她睡衣中神秘的肉体，离开蓝色的商品，回到吴敏那里去。他果然这样做了，征丽目送他离开时，他连头也没有回，他就这样把一辆红色跑车送给了征丽，他分享到了她的喜悦，也经历了自己短暂的想象。他来到路上时给吴敏打去了电话，吴敏就像在等待他的召唤，电话铃刚响第一遍，吴敏就发出了焦灼的声音。回到自己的公寓，他去了浴室，用热水洗了一个澡，他知道今天会干什么。

7

这是他与吴敏恋爱以来第一次发生性关系，在这之前他从未有过这种冲动，他此刻沉浸在一种解脱之中，这种解脱就是自己对征丽的那种想象。在吴敏身上他沉浸在一种销魂的兴奋之中，他把吴敏搂得很紧，几乎用整个身心去拥抱她。吴敏仰起头对他说："我们结婚吧，刘昆。"刘昆俯下身吻了吻吴敏的前额，他第一次发现这前额光洁明亮，他要把这高额头的女人带到哪里去呢？他对自己说：我要把她带到婚姻中去，现在是一个好机会，现在是我休息的时刻，我们公司的服装已经风靡大地，这是我结婚的最好时机，而且只要有征丽在，我们的服装公司将更加繁荣。是啊，我已经三十五岁了，这是我结婚的最好时机。

吴敏仰起头来问他："刘昆，你在想什么事啊？"他的回答让吴敏几乎跳了起来。吴敏满脸通红地说："这是真的，我们很快就要结婚了？""当然，我们去旅行结婚，可以吗？"他看见吴敏摇了摇头说："我整天飞来飞去，可不想再坐飞机了，刘昆，我们开车去吧！"这真是一个好主意，驱车旅行使他们都从心底产生了种种幻觉，刘昆再次拥抱着吴敏，他想去一个地方。此时此刻的刘昆已经完完全全解脱了，他沉浸在与另一个女人的拥抱之中，他们拥抱得愈紧，他就解脱得愈彻底。

8

刘昆是在旅行回来的第三天看见那个男人的。他与吴敏驱车去旅行已经有二十多天，他们完成了婚姻开始的第一步——度蜜月，他们去了海边，二十多天的时间基本上是守候着那座岛屿度过。在二十多天时间里，他完全放松，把三十五年来的东西全部放下来，或者抛弃。他觉得那座岛屿将他和吴敏都带进了另一种生活状态之中，从此以后，他们再也用不着等待、约会等恋爱之前的活动了，从此以后他们将厮守在一起。

在度完蜜月回来之后，刘昆没有想到吴敏给征丽打完电话后告诉他的第一个消息就是征丽恋爱了。吴敏与征丽是好朋友，征丽什么事情都会很自然地告诉吴敏。吴敏给征丽打电话时把他们度蜜月的许多情况都告诉了征丽，比如海边的石头如何奇怪，潮汐在夜晚撞击岛屿上那座他们下榻的宾馆，比如他们怎样在海边日光浴等，她说完之后问征丽最近怎么样，刘昆听见吴敏惊喜地说："哦，你恋爱了。"吴敏将征丽恋爱的消息告诉刘昆时，他掩饰着自己的震惊对吴敏说："好了，我今天要到公司去看看。"实际上他是想看到征丽，但是第一天、第二天他都没有看到征丽，后来他才想起来这段时间征丽在家休息，因为秋季还没有降临，秋季降临前夕，征丽可以忙着做秋季时装模特，所以在公司里是看不到征丽的。但他又没有理由到征丽家里去，因为他现在也弄不清楚他为什么这么急切地想见到征丽，吴敏和那座岛屿就是他的整个世界。自从吴敏将那个消息告诉他以后，他觉得自己有许多种感觉，但这些都是一些无法说清楚的感觉：第一种感觉就是他看见了一种不该看到的风景，征丽身边站着一个男人，那个男人在刘昆看来是完全多余的，他不该在这样的时候出现在征丽的身边；第二种感觉就是征丽正在被异化，正在被这个男人的呼吸所异化，在刘昆看来，能够异化模特征丽的不应该是任何人，而应该是那些四季美丽的服装；第三种感觉比前面两种感觉要显得虚弱，他觉得征丽正在悄悄地从他眼前跑走，她要跑到另一种生活中去，他的双手已无法再抓住她，她正在穿越那些时装，她要跑到另一个男人的生活之中。这种虚弱的第三种想象使刘昆感到压抑和失落，而就在这样的情况下，他看到了那个男人。刘昆是在驱车回家的路上看到他们的，他看到征丽和那个高大的男人并肩在街上行走，好像是在悠闲地散步，又好像是在奔往一家商场，征丽穿着蓝天服装公司生产的那套白色的裙装，她走在人行道上时显得很醒目。

刘昆将车速减慢，他看到那个男人是一个成熟的男人，所以这个男人不可能是征丽的弟弟，这个男人就是征丽恋爱的对象，她的男朋友。他的存在证实了那个消息是正确的，证实了模特征丽已经恋爱；他的存在对刘昆来说意味着失去和平与宁静，也意味着失去多少年来他对征丽的那种命名方

式：她就是商品。为什么会有上述两种失去的东西呢？实际
上，刘昆从本质上讲不愿意看到征丽恋爱，因为从另一种角
度讲，他是喜欢征丽的，从第一次看到她修长的脖颈时他就
欣赏她，并且喜欢她，准确地讲他为自己找到另一种理由：
抛弃自己对征丽的爱意，将她拟为一切商品中的商品，而既
然她成了一切商品中的商品，他就希望看到征丽确实是一种
名副其实的商品。所以，他不愿意看到的场面发生时，他变
得头晕目眩，但无论如何他还是将车开回了家。

　　还剩最后两天假期的吴敏身上系着围腰从厨房中奔过来
扶住了面色苍白的刘昆，对他说："你累了，瞧你变成了这模
样。"吴敏将他扶到床上去，贴近他耳朵说，"我给你做了好
吃的，你躺半小时。"刘昆嗅到了从厨房里飘来的香味，吴敏
是一个美食家，也许是职业的缘故，她总是温柔而又体贴地
对待别人，但她没有意识到自她将征丽恋爱的消息告诉刘昆
以后，他们之间的生活已经在慢慢地发生变化。吴敏根本无
法知道刘昆在想些什么，半小时后她唤醒了刘昆。其实刘昆
根本没睡着，他闭上双眼只是为了逃避今天所证实的一切。
由于他看到征丽恋爱的事实，看到另一个男人走在征丽身边
的事实，他从床上来到餐桌旁时对那些美味的食物丧失了一
切兴趣，他只喝了一小碗吴敏用微火熬的虾仁汤。吴敏说：
"是不是我的技术下降了？"他摇摇头，没有再说话。

9

　　用什么理由找征丽呢？刘昆是一个严谨的男人，他不喜

欢在没有理由的情况下与一个女人约会，他必须有邀请这个
女人的理由，多少天来刘昆一直在寻找这个理由。他终于想
到了一个理由，就是与征丽商讨今年冬季时装的流行趋势问
题。他站在办公室的玻璃窗前，好不容易才拨通了移动电话，
他喜欢站在窗口，看着楼下的街道以及伸到窗前的梧桐树叶
给征丽打电话。征丽的屋里没人接电话，也许她正在沐浴，
刘昆在半小时后又给征丽拨通了电话，正像刘昆猜想的那样，
征丽果然来接电话了。当征丽听到刘昆的声音以后就说："刘
总啊，祝贺你新婚、度完蜜月回来。"刘昆沉默了一会儿。当
征丽说完她的祝贺词时，刘昆握住移动电话的右手有些战栗，
他克制着自己说："征丽，今天晚上我想约你到咖啡屋——
哦，就是 G 市最好的天天快乐咖啡屋，谈谈我们冬季时装的
趋势。"他没有想到征丽也有另外的约会，她是这样说的：
"刘总，很对不起，今天晚上恰好我与朋友约好了，地点也是
在天天快乐咖啡屋，如果你同意的话，我们另约时间好吗？"
这是一个强硬的理由，具有巨大的无形的力量可以使征丽拒
绝刘昆。他握住移动电话的右手又是一阵战栗，他意识到一
种悲哀的东西，因为在这个世界上还没有任何人可以让他握
住移动电话的右手战栗，他沉默了一下说："那好吧，我再与
你约时间。"刘昆恍惚地将目光投入梧桐树叶那边的一排正在
拆迁的民房中，他嗅到一股强大的灰尘正弥漫到他的窗口。

　　他对自己说，今天晚上征丽一定是与她的男朋友在约会，
也许他们就是在天天快乐咖啡屋认识的，征丽喜欢喝咖啡，
而在天天快乐咖啡屋能喝到上好的咖啡。这个故事很浪漫，

征丽在天天快乐咖啡屋喝咖啡时认识了她的男朋友。但这个浪漫的故事被刘昆虚构了一遍又一遍后，他突然意识到要让征丽尽量减少与那个男人约会的时间，最好是让她在另一种忘我的状态中生活。但一时间他无法找到让征丽进入另一种状态生活的方式。他嫉妒那个男人，是她占据了模特征丽的生活，他对自己说：征丽可以谈恋爱、结婚，但不是此时此刻，而是将来，将来是什么呢？将来就是征丽已经不再是模特的时候，也就是说不再是一种商品的时候。

10

他与征丽约定的时间是三天后的一个晚上，同样是在天天快乐咖啡屋，他与征丽都在八点整准时地出现在咖啡屋中。他已经有很长时间没有这么近地与征丽待在一个空间里。征丽脸上洋溢着一种幸福。这种幸福不是她穿上美丽的时装走在舞台上时的幸福，也不是他送给她一辆红色跑车，将钥匙递给她时的那种幸福，这种幸福到底是从哪里来的呢？刘昆迷惑地摇摇头，难道是那个男人给予她的幸福？刘昆又摇摇头，那个男人不可能有这么大的力量给予她这么令人费解的幸福。

他们对于冬季时装的问题只讨论了一会儿，因为刘昆根本就不想与模特征丽讨论时装的趋势问题，刘昆的服装公司有最好的服装设计师，他们经常飞往世界各地探讨全球服装发展的新动态。所以，他们有关服装的话题变成了沉默，刘昆不得不对自己说：我可以问问她，她到底是不是真的恋爱了，我有理由关心这件事，因为我对她的培养倾注了心血，因为她是我们服装公司模特队的一员。当这个话题慢慢展开后，模特征丽脸上的那种幸福的光泽正在变成流动的音符和泉水，征丽很信赖刘昆，她告诉刘昆她与她的男朋友贺华就是在这个咖啡屋认识的。这几乎与刘昆想象中的完全一样，一个发生在咖啡屋的浪漫的爱情故事。然而，面对一个幸福的人，刘昆觉得自己根本阻止不了她洋溢着幸福的面庞上那些正在流动的音符和泉水，因为面对这情景，他根本不能对他公司的模特征丽说："你不能去恋爱，你必须迅速结束你的恋爱。"所以，他与征丽在咖啡屋的时间已经两个小时过去了，但应该解决的问题并没有得到解决。征丽喝着咖啡，她不顾刘昆在场，仍然在那些流动的音符之中向往着刘昆无法看到的一切。

　　刘昆又想到了那句话："因为她是商品。"这句话使刘昆有了与征丽深入谈话的机会，当他劝征丽不要太早地沉溺在恋爱中时，征丽不解地看着刘昆说："刘总，其实我现在恋爱并不早，我与吴敏是同岁的，她都已经从恋爱进入婚姻了。"刘昆郑重地说："你不是吴敏。""那我是谁呢？""你是一个模特。""难道模特就不能恋爱吗？""我的意思是说这是你最好的时期，你不能让恋爱毁了你自己。"征丽又喝了一口咖啡说："我的恋爱不会毁了我，只会升华我。"刘昆听到这话后感到再也无话可说，征丽看着他，脸上出现了一丝微笑。那种微笑是迷人的，每当刘昆看到这种微笑时，他心底就会升起一种特权般的欲望，虽然这欲望很淡，但是却诱发着他的激情。可每到这样的时刻，另一种理智就会提醒他说："因为她是商品。"所以，在这样的时刻他就与征丽分手了，这是一个理智的世界，也是一个夜色升腾的夜晚。刘昆驱车回家，吴敏还没有回来，这是一个他一个人面对的世界，所以，他又坐下来，吸着一支烟在想关于征丽的问题。征丽也许说得对："我的恋爱不会毁了我，只会升华我。"但是对于别人可以，对于征丽来说却不可以，因为刘昆不能容忍任何一个人将征丽带到另一个世界中去。所以，在这种理智的世界里，刘昆有了另一个想法，只有这个办法可以让征丽暂时摆脱她的男朋友。

11

　　征丽听到刘昆要带她去参观国内一些出类拔萃的服装公司时，她很高兴，她说她已经待在 G 市很长时间了，真应该去呼吸一下外面的新鲜空气。她根本没有料到刘昆带她出门是要她离开她的男朋友。他看到征丽高兴的样子感到自己的这个计划是对的，他让征丽马上回去收东西，今天就出发。征丽说时间太紧了，能不能明天再出发，刘昆从抽屉里拿出两张早已买好的飞机票对征丽说："你还有两个小时回去收拾东西，两小时后你必须到达飞机场。"征丽看了他一眼便驱车回家了。刘昆看着征丽的背影很得意。两小时后在飞机场，刘昆也没有看到征丽的男朋友来送她，他就问道："你的男友贺华怎么没有来送你？"征丽说贺华昨天刚刚到外省去出差。
刘昆带着征丽登上了飞机，飞机离开地面时，刘昆看看坐在
身边的征丽，看见她正在翻一本书，翻到中间的某一页时，
征丽突然盯着里面的文字，他侧过身，看到书中有这样一句
话："顿时这个一切像微风一样轻盈的王国失去了和平。"

　　飞机终于在空中展开了它平衡的翅膀，就在这时刘昆的
心里也同样开始平衡起来，他带着征丽离开了地面，这就意
味着他已经带着征丽离开了喧闹的大地，他要带她到哪里去
呢？他要让她保持着商品的纯粹性，他要使她的生活蜕变成
一种持久不变的纯粹——保持着商品本身最纯粹的本质。所
以，他的内心现在已经像飞机穿行云层时一样平衡自如，他
不时侧过头来看一眼征丽，在这个时候，征丽已经进入了他
制造的游戏之中。

　　不要惧怕"游戏"这个词，在这里，刘昆制造的游戏是
一种冷酷的游戏，又是一种乌托邦游戏，因为他每时每刻都
在想象着把征丽从她男朋友的生活圈子中带出来，因为他无
时无刻不在扮演着扭转征丽生活方向的救世主，因为他无时
无刻不在伸出手去试图将误入爱情歧途的征丽拉出来，所以，
这就是他的游戏。当征丽坐在他身边时，他觉得他制造的这
个游戏毫无疑问，已经在成功地开始了。

　　飞机两小时后降临在他们访问的第一座城市——上海。
飞机降落时征丽告诉刘昆，她六岁时来过上海，跟着她的姥
姥，但只在上海停留了一个晚上。上海是购物的天堂……说
到这里，刘昆看到了这个时装模特眼里的那些欢乐，他看到

了这个叫商品的女人，眼里涌满的欢乐却不是商品的欢乐，而是一个妖媚女人的欢乐。

12

　　刘昆带着征丽来到了外滩边上的一座饭店刚住下来，征丽说能不能带她到外滩去走走，这是刘昆最乐意的事情。刘昆穿上洁白的西服，这是他最喜欢的时装，但由于是白色，他从不轻易穿它，今天他穿上白色西服，看上去他仿佛年轻了好几岁，所以，当征丽看到他时就对他说："刘总，你今天可是上海滩上最英俊的男人了。"刘昆还是第一次听到征丽赞美自己，其实，他今天穿上这套白色西服并不是为了让征丽高兴，而是今天他内心突然滋生出一种纯白色的东西，他非常渴望能够穿上这套西服。征丽赞美他时，他有些不好意思。

　　他带着征丽走出饭店，已经是黄昏了，外滩边上很安静，似乎什么声音都没有，但偶尔会有汽笛的鸣号声传来。征丽说应该把吴敏带来，刘昆说她也许正在飞机上呢！征丽就说吴敏真是一个幸运的姑娘，刘昆知道征丽的意思是说吴敏的幸运在于她嫁给了自己。刘昆觉得征丽看自己时的目光很特别，他们已经来到了一片沙滩，这是外滩保存得最好的原始沙滩。刘昆与征丽并肩行走时始终保持着一段距离，他带她出来是要让她逐渐地忘却那个恋爱中的男人，看起来，征丽今天很平静。她偶尔会抬起头来，她抬起头来时眼里又会涌动起他几天前看见的那种幸福的音符，刘昆便说："你是不是在想贺华?"征丽笑着说:"他是我喜欢的第二个男人。""哦,那么第一个男人在哪里呢?"

就在他声音结束时,他看到征丽的双眼变得暧昧起来,这使他感到惊讶,因为他从未在模特征丽眼里发现过暧昧的东西。征丽说:"我们回去吧,我想去给贺华打电话。"征丽说完又摇摇头说,"我想用不了多久,我跟贺华也会尽快结婚的……是啊,像你跟吴敏那样结婚。吴敏就曾劝我早点结婚好,家庭是一个女人重要的内容,说真的,有许多时候,我感到自己很孤单,也很寂寞。"刘昆就在这时走到征丽身边,他把双手放在征丽的肩膀上,他想说话,但他没有说,征丽只让他的双手在她肩膀上停留了几秒钟,就将他的双手拿下来说:"刘总,我真的很喜欢贺华。"他们就站在沙滩的边缘上,一阵风吹来,卷来了一阵潮汐,刘昆说:"征丽,你可以结婚,但不是现在。""你为什么害怕我结婚?""因为你是一个有未来的模特。""我可以不做模特,但我必须结婚……"听到这句话,刘昆的身体战栗了一下,他最害怕听到的声音终于发出来了,而且这声音仍然在外滩的潮汐中上升:"真的,我可以放弃这一切,放弃你给予我的公寓、跑车,放弃一切,跟贺华结婚……""你听我说征丽,你忘记了多年前,当你前来应聘时,我的希望就是从那一天开始的。我希望你成为一个顶尖模特,这一天恰恰就要到来了,你为什么要放弃?你以为你放弃这些东西就会幸福吗?听我的话,征丽,放弃你现在的恋情,放弃那个叫贺华的男人……"征丽摇摇头说:"我是爱他的……"尽管如此,刘昆此刻已经开始变得理智，他决定用最后一种游戏来改变已被爱情迷惑住的征丽，他说："征丽，我是世上最爱你的男人，听我的话，放弃他吧！"他没有想到，他的话就像魔法一样改变了征丽，她来到刘昆身边："什么，你刚才说你是世上最爱我的男人，对吗？你再说一遍，如果没有错的话，如果你没有说错，如果我没有听错的话，那么，我就听你的话，放弃他……"刘昆又将刚才说过的话重复了一遍。刘昆看到征丽含着泪水点点头，她来到他身边低声说："你还不知道？你就是我第一个喜欢的那个男人。"刘昆伸出手来捉住了她的手，虽然他确实喜欢这个女人，但是他是一个理智的男人，他只是想用这种游戏方式去改变征丽，来限制她，但可能吗？他除用手捉住征丽的手，给她一点温暖之外，他还有一种远远超出情感的，一种情感远远不能替代的愿望——那是一种不可遏止的欲望：他要用征丽这个美丽的女人制造源源不断的商品。所以，他除用手捉住她那娇嫩的指尖外，他不会与她发生任何亲密的关系。他不能突破这层界限，因为他知道自己的弱点，因为他知道自己的身体一旦去亲近这个女人，那么这个美丽的女人就不再是他的商品，而仅仅是他的一个女人而已。但是他不知道，他捉住她指尖时，已经使这个女人为之满足，然后他们在外滩的潮汐声中回到了宾馆。

13

　　他将征丽送到了她自己的客房，他洗了一个热水澡，静静地躺在床上。吴敏曾嘱咐他住下后一定要给她打电话，但他没有一点想与吴敏通电话的心情，他躺在床上，回想着今天晚上在外滩边上发生的事情，现在他认为他可以带征丽迅速回到 G 市去，他深信征丽对自己的感情远远要超过对贺华的感情。

第二天一早，他就给征丽挂去了电话，问征丽睡好了没有，征丽说她整个晚上都在失眠，他就对征丽说："那你就再睡一会儿吧，我去买机票，公司来电话，有急事要我回去处理。"他没有想到自己会如此及时地对征丽撒谎，而且征丽相信了。几个小时后他带着征丽又回到了 G 市，他坐在飞机上一会儿看着征丽，一会儿看看窗外的云彩，他没有想到用这么短的时间就解决了征丽与贺华恋爱的问题。然而问题是在他带着征丽出机场时展现出来的，因为他看到了贺华。贺华手里举着一大把黄玫瑰正走过来，他走到征丽身边，拥抱了一下征丽。征丽变得有些冷漠："我让你不要来接我，你为什么还来？"但征丽还是将那束鲜花接了过去，刘昆的眼里自从贺华出现时就出现了一道阴影。

征丽被贺华用车接走了，刘昆回到家里，前来拥抱他的吴敏惊喜地说："我没有想到我丈夫这么快就归来了，征丽跟你一块儿回来了吗？"刘昆点点头，悻悻地放下手中的箱子。虽然有温柔的吴敏坐在身边，他却觉得在机场看到的那道阴影始终在身边飘动。他想，那天晚上回去后征丽也许没有与贺华通电话，但今天早上她肯定与贺华通了电话，要不然，贺华怎么会去飞机场接征丽呢？也许今天早晨征丽又否定了昨天晚上在外滩的承诺，刘昆想到这里时站起来，他说他要回公司去看看。实际上他觉得心里很空虚，他想避开吴敏，到人群中去走走，想想这到底是怎么一回事。

是的，他不能想象今天上午征丽又从贺华手里接过了一束玫瑰花，而且她又跟着贺华走了，她竟然是那么无所顾忌地跟着贺华而去。

14

既然征丽对他来说那么重要，那么他为什么要远离她，深夜站在她公寓外面的草坪上徘徊呢？为什么他不去按响征丽的门铃？而在十二点钟，她目送着贺华下楼梯，她穿着睡衣，他可以想象他们在这之前都干了些什么，他可以想象在征丽的公寓里发生了怎样的故事。现在看上去，征丽不仅没有想与贺华告别的意思，她还与他亲密地在一起，光是看看她穿着的那件即使在远处的黑暗中看去也是那样柔软的丝绸睡衣，就可以知道她从飞机场回来后就与贺华进入了怎样的状态中。性将他们的关系固定在一起，一个男人和一个女人因为性的关系变得难舍难分。现在，刘昆开始后悔不应该尽快回来，他想得太简单了，他把生活想得太简单了。

征丽还站在楼下目送着贺华，那个形体高大的男人在刘昆眼里却是一道阴影。他为什么走到这里来，让自己隐身在黑暗中窥视征丽的生活呢？他为什么不走到征丽身边去，向她表示自己的感情呢？他犹豫着并克制着自己，最后是他目送着征丽从楼梯上消失了。他带着隐身在黑暗中的树叶和草蔓回到家时，他的妻子吴敏奔过来迅速地抱住他说："我给你打了一遍又一遍电话……你到哪里去了？"吴敏一边说一边从他头发和衣服上摘下树叶和草蔓说，"怎么带来这么多叶子，你去郊外了？"他摇摇头，他神情黯淡让吴敏很担心，但他又不愿意接受吴敏的那种关心。

15

刘昆的身边又躺着吴敏了，第二天吴敏一早要上班。她睡得很香甜，她已经习惯了空中飞行的漫长时间，所以她同样也自然而然地习惯了保持自己睡眠的质量。她经常对刘昆说睡眠是女人最好的美容方式，所以，你有什么事也不能在睡觉的时候对我说。刘昆本来想利用吴敏与征丽的关系，让她有机会时好好劝劝征丽，但他想这样说时，吴敏已经进入了梦乡，她的入睡姿态是侧卧，她喜欢将头面对窗口。刘昆虽然看不到她的神态，但是每一次挨近她躺下来，他就觉得她给予了他宁静的夜晚。她不像传说中的那些女人一样每到床上时就对丈夫喋喋不休地讲述别人的私事，她是一个安静的女人。从与她结婚以来，刘昆就像找到了一处彼岸，每当他躺在吴敏身边时，常常是什么也不想。然而，在这样的一个夜晚，他却感到自己心事重重，他升起这样的幻想：如果躺在自己身边的女人不是吴敏，而是征丽，那么生活会怎样呢？对一个女人的喜爱由来已久，虽然没有与那个女人发生更加亲密的接触，然而，对于男人而言，在这样的情况下，更容易产生联想。刘昆也是这样，他已经开始升起这样的幻想，那么他就会让这样的幻想毫无顾忌地延伸下去。尤其是在这样的夜晚，在妻子已经完全入睡的情况下，对征丽的幻想就是一种性幻想。它自由自在地引导着他，他总是始终不渝地紧跟着另一个女人，或者说是另一个女人给他带来的只有凭想象才能感受的某种幻想，仿佛在一阵灰色的金属尘埃外面，行走着一个女人。接着是一阵难以忍受的、难以遏制的焦渴使他情不自禁地靠近那在金属尘埃中仰起的脖颈。他已经嗅到那脖颈移过来时的呼吸声，那呼吸似乎是两个人的呼吸，因而感受起来像是波涛汹涌，后来他们渐渐地——分开又聚合，最后直到他再也无法挨近那黑夜中的脖颈。等到他醒来时，他仍然在兴奋之中，他现在把这一切归属于梦，不管它是梦还是幻想。总之，刘昆意识到自己像是犯了罪，一种深深的罪孽感折磨着他，因为他自从与吴敏结婚以来第一次在梦和幻想中背叛她。他侧过头去，吴敏已经走了，早晨六点她已经去参加第一趟航班的飞行了。刘昆在枕头上看见了吴敏留下的一根长发，他把那根长发捏在手中，看了又看，最后他又将那根长发放在枕头上。

　　从这一天开始，刘昆在每个夜晚总是会升腾起对征丽的想象，当然，那是吴敏进入睡眠之后。他每一次经历了想象的兴奋之后，他又总是经历着一种折磨，他觉得自己背叛了吴敏。但每天在夜深人静时的那种穿越在距离中的越来越分散的幻想已经使他避免了再去做一个窥视者，他觉得幻想比窥视更能带来性的激动。窥视是在一种习惯的模式中看到的，只是一种表面，比如，那天晚上，他看到的只是穿着睡衣的征丽目送贺华，而当他是一名幻想者时，他可以随同一种迷雾的飘荡进入征丽仰起的脖颈之中，有时候他经历着一种快感，他似乎已经进入了她的肉体。所以，他放弃了那种诱饵，放弃窥视征丽的生活，而是选择了在每天晚上想象与征丽在一起时的一切细节。

　　而当光线照进窗，太阳又升起来的时候他又在干什么呢？他是服装公司年轻的董事长，当他将黑色轿车开出住宅区进入街道时，夜晚升腾起来的幻想竟然会消失得无影无踪。他抬起头来，看到建筑、广告牌，看到移动的车辆时，他就自然而然地打消了对模特征丽的幻想，而他到底又想到了些什么呢？今天早晨，当车穿行在交通最拥挤的一环路时，他看到一片树叶从高大的梧桐树上飘下来。本来那片树叶飘下来，在别人看来并没有什么，而对于他来说，那片树叶飘下来则意味着秋日凋零的开始。在这个时候，对于刘昆来说，他自然想到了那个可以叫商品的女人征丽。秋天来临，这件事使刘昆变得紧张起来，所以，他回到办公室的第一件事就是给征丽打电话。征丽的电话机给予他的是一种忙音，一串巨大的忙音。他拨了一遍又一遍，但同样是无穷无尽的忙音。

　　秋天降临，而此时此刻，他必须找到征丽，因为只有征丽才能帮助他，只有征丽可以举办时装表演会。秋季时装表演会必须尽快举行，否则，那批时装将不会被妇女们知晓，没有经过模特征丽穿过的时装，会是什么呢？它只是一堆腐烂的布料而已,它只是一堆没有得到命名的衣服而已。所以,他必须亲自驱车去找征丽,从现在开始,他第一件事就是寻找到征丽,第二件事则是让模特征丽穿上今年的秋装,从而将这些秋装变成源源不断的金钱。刘昆刚要出门,突然在这时传来了敲门声,他像往常一样说了声"请进"。进门来的是一个年轻的女孩,大约十八岁,她进屋后很有礼貌地对刘昆点点头,将一封信递给了刘昆。刘昆拆开信,才想起来不久以前他父亲的朋友曾来过电话,他问刘昆他们服装公司的模特队需不需要人,他说他小女儿一心一意想做模特,而且一心一意想拜征丽为师。刘昆当时在电话中曾说过你让你女儿来试一试,因为我没有见过你女儿,而且征丽也没有见过你女儿,不知你女儿的条件能否做一个模特。这件事他早已经忘了,但现在他父亲朋友的女儿果然来了。刘昆看了一眼这个叫周玫的女孩,她个子倒很高,几乎跟当年的征丽一样高,除个子之外,他看不出她有任何特点。也许他现在根本没有情绪去好好发现一个年仅十八岁的女孩的梦想,所以他把她交给办公室的秘书,先让周玫住下来。他此时此刻必须见到征丽,为了那些已经大量生产的秋季时装,他必须将征丽找回来。

他驱车去寻找征丽的路上不断地对自己说:假如没有征丽,那秋季时装将变成一堆灰烬,是的,将变成一堆灰烬。

他眼前一亮,突然在前面的车辆中发现了一辆红色的跑车,那正是他送给征丽的跑车。再将目光移过去,他看见了征丽,但她旁边坐着一个男人,从他的后脑壳看上去,他正是贺华，那么，他们将到哪里去呢？刘昆驱车从空隙中越过了三辆车，终于来到了红色跑车的后面。他感到喉咙很干燥，这是秋季到来的现象，他对自己说：无论他们到哪里去，我都要追踪而去，总之，我一定要想办法让征丽与我一块儿回来。他想到这里，便下定了决心。

16

他又开始扮演一名窥视者，但他还没有意识到，实际上，如果他最终的目的是想找到征丽的话，在市里，他们曾被堵车半小时，他完全可以在遭受堵车时打开车门来到征丽的跑车前，但他竟然没有这样做。他不知不觉又陷入了跟踪追击的位置上，也就是说他正在开始做一名窥视者，他要看看他们将开着红色跑车到哪里去。而这时在郊外的清新空气中穿行——他的目光一刻不停地盯着前面，红色的跑车穿过郊外的公路，他们之间有一种看不见的薄膜正在生长。刘昆想起在上海外滩时征丽对他说过的话，但那些话到底有什么意义呢？征丽曾对他说过他是她第一个喜欢的男人，而这句话此时此刻对于刘昆来说变得如此脆弱、易碎，他们在外滩时，征丽曾许诺过他的话同样变得脆弱、易碎，刘昆头一次感到话语的虚假性。

无论如何他出发的目的已经不再是去追踪征丽，而是变成了对他们的追问，征丽和贺华将到哪里去呢？这种追问使他慢慢地又变成了一个窥视者，因为他对征丽的生活感兴趣，因为坐在征丽身旁的那个男人越来越使他变得脆弱、易碎，所以，刘昆现在是一个窥视者。

他们到哪里去，他就到哪里去；他看得见他们，但他们却无法看到他，这就是窥视者。所以，刘昆放慢车速，他这样做是为了让征丽无法看到自己，而他则只要看到前面的小红点就可以了。红色的跑车现在正慢慢地转化为一个小红点，它在绿色盎然的丘陵中闪闪烁烁，它所提供的确切的东西就是征丽和贺华坐在里面，这就是目标，这就是刘昆竭尽全力窥视到的目标。因此，归根结底，刘昆现在是一个窥视者，他被围困在一辆跑车的红色斑点之中，前面的那个红点使他无力又兴奋。所以，归根结底，只有通过跟踪和窥视才能感受到模特征丽不为人知的另一种生活方式。所以，他得冒充窥视者，因为从某种意义上来说他也许是这个世界上最喜欢征丽的男人，但从另一种意义上来说他又是唯一的彻底拒绝征丽的男人，因为他也是唯一把征丽当作商品的男人。所以，带着这种复杂而又矛盾的东西去做一名窥视者，也许是痛苦的，从反光镜上看上去，紧皱的前额说明刘昆正在被前面的那团小红点所围困。

17

坚持不懈地前行使他现在看到红色的跑车已经开到一家度假村去了，度假村将一片丘陵中的淡水湖紧紧包围着。刘昆是第一次到度假村来，在休息的日子里，他从没有时间去度假，所以他才拥有了一家自己的服装公司。

　　现在，他已经清楚他们是来度假的，哦，今天是星期天，他们选择了周末来度假。但对于刘昆来说事情并没有结束，他看到他们已经将车开到度假村的停车场去了，他们从停车场出来时，每个人拎着一只小旅行包，贺华走到征丽的身边，捉住了征丽身上的一个什么东西，也许是一只小虫。当他把那只小虫放在征丽已经摊开的手掌中时，征丽吓得大跳起来，她那美丽、性感而修长的腿跳起来时在空中画了一条优美的弧线，她惊叫起来的声音散发出欢喜和自由。贺华将她拉过去，他在阳光下亲了亲征丽的前额。看到这个动作时，刘昆又再一次感到了一种脆弱、易碎的东西，它们是一堆符号，已经失去了阐释的意义；它们是一个朦胧的黄昏，已经看不到一种褪了颜色的商品的意义。他在车厢里看到贺华给予征丽的那个吻时，本能地垂下头。但这个吻毫无疑问只是他们生活中的一部分内容，只是一种已经确切的微不足道的内容而已。刘昆现在想，她的身上一定有一股好嗅的味道，但是他不愿意看到贺华去亲近那股味道，但他是谁呢？他只是一个窥视者。除此之外，他也可以说是一名嫉妒者，两样东西将刘昆围困在远处他们已经消失的背景中。他将目光收敛住，将头探出去，他必须将车同样地藏到那座车库中，他刚探出头去，一股新鲜的风便吹了过来。他发现自己什么都没有带来，因为自己连一点儿准备都没有就出来了，但他带来了另一件东西，那就是车厢里的那个墨镜。刘昆平常很少戴墨镜，将墨镜放在车厢里，是因为在阳光很灼热时，他会使用它。

而现在，他却戴上了这个墨镜，对于一名窥视者和嫉妒者而言，这无疑是最好的道具。他戴着墨镜朝前面走去，前面就是征丽和贺华去的地方，他得先去登记房间。

走在一片绿茵茵的草地上时，他却享受不到草地的绿色，因为他不是来度假的，虽然他看到许多人躺在草地上，正在享受着从草地之外吹拂过来的有关淡水湖泊、飞翔的鸟类、沙滩的气息，而他呢？就像被沉沉的睡眠包围着。

18

星期五的晚上，他独自一人沿着湖畔走了一圈，他原来想象征丽和贺华会来这里散步，但他们没有来。凉风吹拂着他的身体，四周的灯光在黑暗中看上去就像一种蓝色的磷光。他只看到一些游客，他们中没有征丽和贺华，当他往湖岸上的小径走去时，他看到几个字："前面就是舞厅。"字帖散发出同样的蓝色磷光。他没有确切的目标，反正在这座度假村里到处都是度假的色彩，但刘昆的脚移向了那条通往舞厅的路。他在路上就听到了里面放的那支舞曲，那是一支平庸的舞曲，但平庸的好处就在于依然有许多平庸的人乐于接受它，也许他们就在里面，刘昆掀开舞厅的帷幕走了进去。舞厅的灯光就像在黑夜里升起的一块面纱，它几乎使刘昆无法看清楚里面的人的面孔。他在舞厅的一个角落里坐下之后，果然看到了征丽。有意思的是征丽一个人坐在最里面，刘昆四处寻找着贺华，他也许正在与别的舞伴跳舞呢，也许……但是，环视了舞厅一遍后他根本没有看到贺华的身影,那么,也许他晚来一会儿,很快就会到的。刘昆等待着贺华的出现,但是半小时过去了,贺华的影子还没有出现。

因为征丽一个人的存在,刘昆便站起来,他决定去邀请征丽跳舞。正当他刚走到征丽身边想伸出手去邀请征丽跳舞时,贺华也在同一时间出现了。征丽看到了刘昆的同时也等来了贺华,但贺华神色匆匆,他告诉征丽的话被站在旁边的刘昆全部听到了,贺华的母亲病逝,他要回去奔丧。刘昆全部都听到了,贺华并没有感觉到刘昆的存在,他竟然一点儿也没有感到在征丽身边站着另外一个男人,他显然在忙着与征丽告别,征丽说:"我用车送你吧。"贺华说他弟弟已经来接他,车就在门口。贺华说完走过来吻了吻征丽的前额,他是喜欢吻女人前额的那类男人。贺华走后,征丽侧过身来看着刘昆说:"刘总,你怎么会在这里?"

刘昆解释说从这里路过,他很偶然地将车开了进来,发现这里风景很美就住了下来。刘昆看见征丽点了点头,她相信了他的谎言。

刘昆觉得这纯粹是上帝的安排,看起来贺华与征丽根本就没有缘分,他们刚到度假村就被拆散了,并不是刘昆在拆散他们,而是上帝在拆散他们。本来应该是贺华坐在征丽的旁边,现在却变成一个窥视者坐到了征丽的身边。所以,刘昆感受到了上帝的力量,现在他要用上帝的力量支配自己,他望着征丽,他现在已经从一个窥视者和嫉妒者的角色中脱离出来。

征丽说："我还是决定去爱贺华。"

征丽这样说话，是因为征丽已经看穿了他目光的含义，她在提醒刘昆，不要再对她心存幻想，然而她没有想到自己的提醒是多么多余，刘昆冷漠地说："那是你自己的事情，我现在坐在你身边是与你商量秋季时装表演的事情。"

他很高兴上帝在这时给予了他力量，他开始变得冷漠，因为他看到了征丽那张美妙绝伦的面孔，这张面孔不会使他想起溶解、消失、失落在热腾腾的毛丛深处的幻想，也不会使他滋生去接触她舌头的那种快感。她的腹部以及穿丝绸睡衣时的身体，现在对于他来说只是一种对商品的幻想，因为唯有这种美妙绝伦的面孔才会蜕变成比人的身体更重要的商品，商品会带来什么呢？商品会带来一道又一道涌满黄金和蓝色磷光的海岸线，商品会带来比幻想更加有力的真理。每每看到这张脸和她的身体，他私人的欲望就会丧失，应该说是他肉体的力量正在丧失，而"商品"这个词的诱惑比一切更有力量。所以，当征丽看到他冷漠的目光后就再没有谈论贺华。

刘昆又与征丽沉浸在秋季时装表演的兴奋之中。在谈话中，刘昆感觉到模特征丽除了是一个有灵感和天赋的模特，同时也是一个对时装充满想象力的策划者，她凭着一个漂亮女人对时装的那些独到的感受倾注了她对女人的理解。对于征丽来说，穿上美丽的时装就是她的生命活动，所以，她对时装，而且是对蓝天服装公司的时装充满了悟性和感情。

最后他们在舞厅中跳了一支舞，征丽很放松。他们将回到舞厅之外去，夜已经很深了，他们走在洒满蓝色磷光的小路上时，刘昆仍然保持着在舞厅中的那种心态，但是他看到征丽用一种暧昧的目光看着他，她似乎在说："拥抱我，刘昆，请拥抱我。这是一次机会，也许有了这次机会，什么事情都会因此而改变……"但他对征丽说："回去休息吧，明天一早我来叫你，我们回G市去。"

他的话刚说完，征丽就独自一个人朝前走了，他没有去追踪她，夜已经很深了，他要让她回去休息。

19

第二天一早，他们各自驱车回到了G市，回到G市的第一件事就是回服装公司。回到公司后，刘昆把那个十八岁的女孩周玫交给了征丽，征丽收下了周玫，从此以后，年仅十八岁的周玫就在征丽的模特队做了一名模特。就像以往任何一次那样，征丽又一次率领时装模特队成功而顺利地举办了秋季时装展览。刘昆很满意，他付给了模特征丽一大笔薪酬，当他将薪酬交给征丽时问她用这些钱去干什么，征丽微笑着说："也许我去结婚和生孩子。"刘昆以为征丽是在开玩笑，所以没有介意她的话。但是不久之后周玫转交给他一封信，说是征丽让她转交给他的，他打开一看，是征丽的辞职申请书。他马上给征丽挂电话，但没人接，周玫告诉他，征丽已经去旅行结婚了。刘昆将征丽的辞职申请书放进抽屉里，今天是吴敏休息的日子，也是吴敏的生日，他已经答应过吴敏要早点回家。

　　他回到家后吴敏却告诉了他第二件事，吴敏怀孕了。吴敏看着他神情恍惚的样子就对他说："刘昆，看上去你一点儿也不高兴，难道你不愿意我为你生孩子吗？"刘昆十分麻木地说愿意愿意。吴敏又说："刘昆，你是不是在想征丽辞职的事情？""怎么，你早知道有这件事？""对，征丽与我商量过这件事，我说女人嘛适当的时候还是要结婚生孩子的。她听了后很赞同我的意见……""这么说是你鼓励她辞职的喽。""不，在辞职的问题上是她自己考虑的。刘昆，在我看来，征丽结婚是一件好事，我们都应该支持她。""征丽是征丽，她跟任何女人都不同。"吴敏听了后摇摇头说："我不知道你是喜欢征丽呢，还是想限制她的自由？""你是不是觉得我有毛病？"吴敏点点头。所以，在吴敏的生日时，他们讨论的却是有关另一个女人的问题，这使得吴敏在最后终于无法忍耐了，她突然说："有一个问题我不明白，既然你这么看重征丽，当初你为什么不跟她结婚？"刘昆没有回答这个问题，也许他对任何人都不会回答这个问题。他保持着沉默看着身边的吴敏，她怀孕了，不久之后，她将为他生下一个孩子来，不管怎么样，这件事也许是愉快的。他想着这件事，然后伸出手去，搂住了吴敏。但是从那天晚上开始，他就更加不可遏制地想着征丽，每当吴敏入睡之后他便想象征丽不是一个模特的时候，他想，如果征丽当初不是一个模特，也许躺在他身边的女人就不是吴敏了，而是征丽了。但是，现在他已经得不到征丽了，她去得那样远，因为他已经被另一个男人带走。所以，从那天晚上开始，他就在嫉妒与征丽结婚的那个男人，也许没有他的出现，就不会有征丽的辞职申请书。

20

他看见一个比征丽更加年轻的模特周玫正在成长，周玫的变化真是太大了，自从她做了模特队的一员后她就发生了巨大的变化，服装公司的人纷纷传言，另一个征丽来了。周玫是属于那种十分耐看的女孩，乍看上去可能看不出什么，但是假如你好好看看，用一分钟时间仔细地端详她，你就会发现她是一个十分独特的模特。她虽然没有征丽那样性感的腿，但她年仅十八岁，身体还在发育中，而她的目光充满了单纯的梦想，那就是一个好模特，她把征丽当作自己的榜样。刘昆看到她时，就像看到了一种希望，所以，他把十八岁的周玫送到了一家艺术学院模特班去深造半年。周玫很感激他，买了一把法国产的剃须刀送给他，这是他有生以来头一次收到女人送的礼物。当他把那把电动剃须刀带回家时，吴敏说："是谁送你的？"他点点头，吴敏紧跟着问，"是谁送的？"刘昆说："是一位小姐送的。"吴敏一愣便说："哪位小姐？"刘昆说："我不会告诉你的，因为这是我头一次收到女人送给我的礼物。"吴敏虽然很生气，但没有问下去，也就是在这个时候，吴敏接到了征丽打来的电话，她已经旅行结婚回来了。

吴敏故意将声音提高："是征丽吗？度完蜜月了呀……怎么……愉快吗？愉快。很好，很好，我与刘昆去度蜜月的时候也有同样的感受：很放松，很愉快，很和谐……有件事我不明白，那你为什么要辞去蓝天服装公司的工作呢？哦……你也无法说清楚……征丽……好的，那你先把这一段度过再决定是生孩子还是不生孩子吧。我告诉你，我倒是怀孕了，我想生个女孩子，要是长大了像你那样漂亮，那就太好了，你祝贺我，好吧！就让我们彼此祝贺吧，人都应该是快乐的，是吧，征丽！"吴敏将声音提高时，刘昆一直在耐心听，他很清楚，吴敏提高声音有自己的意图，她搁下电话后对刘昆说："听到了吧，征丽度完了她幸福、愉快、和谐的蜜月已经回来了。"吴敏将一只巨大的螃蟹递给刘昆说："给，这螃蟹可新鲜呢，是河蟹，从湄公河运来的河蟹。"刘昆从吴敏手中接过那只河蟹，他想起遥远的湄公河，一条美丽的河，两岸植物茂密，波罗蜜芬芳诱人，所以，他开始胃口好起来。吴敏看见他专心致志地在消灭那只河蟹便说："你是希望生一个女孩呢，还是生一个男孩？""你说什么？""我问你，你是希望生一个女孩呢，还是生一个男孩？"刘昆扔下手中的一条蟹腿，用餐巾纸擦了擦嘴说："吴敏，你现在要小孩合适吗？"吴敏对他翻了翻白眼说："你是不是还不想要这个孩子？"刘昆说："如果你想要，那我们就把这个孩子生下来吧。""那么，如果把这个孩子生下来，你可要有责任感喽。""责任？""是的，必须有责任。"刘昆说："我当然有责任。"吴敏说："哎，那么，我就放心了。"

　　刘昆觉得女人很奇怪，女人总是要求你保证许多东西，当你保证了的时候，她就很高兴。她总是需要你给予她语言，

因为只有语言才可以说明保证的内容，唯有语言才能让她看
到许诺的情景，她们愿意在这些虚弱的语言中飞翔。

21

刘昆不甘心让征丽离开服装公司，无论用哪一种计谋，
他都要将她拉回来。好久以后，每当他想到征丽的辞职申请
书时，他都不愿意接受这个事实，因为征丽是他的商品，没
有征丽的存在，"商品"这个词就丧失了意义。所以，许久以
后，他突然驱车来到征丽的住宅楼下，他在楼下用移动电话
给征丽拨电话。他想，如果征丽的声音很流畅的话，那么就
证明是她独自在家；如果她的声音很迟缓的话，那说明贺华
也在家。很高兴听到了一种很流畅的声音，征丽说："好久没
听到你的声音了。""现在我就在你楼下。""什么，你在楼下
……""是的，我想跟你谈谈。""好吧，那你上来吧！"刘昆
上楼时一直在鼓励自己，一定要说服征丽，无论如何也要说
服征丽，重新回到模特队去。

征丽打开门后，一大股玫瑰的香气飘来，征丽穿着白色
的休闲裙迎接着刘昆。刘昆看不出来她房间里有什么变化，
除花瓶里的玫瑰是新鲜的外，一切都是他曾看到过的东西，
桌布、台灯、窗帘、沙发和木地板以及身穿白色休闲裙的模
特征丽。征丽正在给刘昆煮咖啡，她告诉刘昆，她结婚以后
第一件事就是学会了煮美味的咖啡，自己煮的咖啡比咖啡店
里的咖啡要好喝得多。征丽的面前摆着两只精美的器皿，征

丽如今面对它们显得平静自若，她将煮好的咖啡倒进两只精美的白色器皿里面，一只留给自己，另一只端给刘昆说："尝尝味道怎么样。"刘昆端过杯子喝了一口后说："味道确实不错，不过，你要是天天在家里煮咖啡，你习惯吗？"征丽知道刘昆说话的意思，她还是平静地说："我将很快怀孕，度蜜月时我就想要孩子，但我最后还是取消了那个决定。回到家里后，当吴敏告诉我她已经有孩子了时，我又心动了。说实话，生一个孩子确实会给我带来乐趣，你说对吗，刘昆？"征丽用熠熠烁烁的双眼看着刘昆，期待刘昆回答她。刘昆意识到征丽眼里的另一层意思，她现在已经将吴敏作为生活的目标，吴敏所做的一切，她都试图去做。刘昆不想继续重复那些单调又乏味的道理，但是除使用语言之外，他应该怎样去说服征丽呢？他感到很困惑，大约是征丽已经看到了他眼里的困惑，她放下手里的咖啡杯，来到刘昆对面的那只独立的转角沙发上坐下来，征丽说："我知道你是想说服我回到模特队去，对吗？"刘昆被动地点点头："征丽，你应该清楚，你这样的年龄正是做模特的大好年龄，你为什么要放弃呢？你不能总是去与吴敏对比，不应该把吴敏当作你生活的参照物，你不是吴敏，你是征丽，这些话我已经对你说过无数遍了……""其实，我告诉你刘昆，既然你这么说我就告诉你实话，我并没有去度蜜月，我已经跟贺华分手了，我只是感到寂寞。我的两个好朋友都结婚了，还记得马玲吧，她嫁给了一名律师。我试图去爱贺华，但我无法很热烈地去爱他，我原来一直没有感受到寂寞，因为我可以看到你，但自从你娶了吴敏之后，我的生活状态完全被改变了，我并不是嫉妒你娶了吴敏，我只是觉得我再也不可能像从前那样看到你了……所以，我认识了贺华，所以我告诉你和吴敏，我要去度蜜月，我用此来刺激你……刘总，我想看看你到底有些什么反应，但是你似乎从来就没有需要过我，我不明白你为什么不需要我，不需要我的肉体，不想跟我睡觉……所以，我对自己很失望，我对自己丧失了全部信心。你现在听到了吧，这就是我已有的生活，被寂寞充斥的生活。"征丽看着地板，四处的墙壁正在包围着她，她的眼睛垂下去，里面流动着清澈的水。

刘昆伸出手去捉住了她的双手，他知道她是谁，她是多年以前那个前来应聘的小姑娘，有着羞涩的目光以及微仰起的脖颈。他开始是欣赏她，后来是喜欢她，再后来是驱逐着她，所以为了更加强有力地驱逐她在自己心灵中的位置，他娶了另一个女人为妻，他害怕，他害怕什么呢？因为他是一个商人，商人面对的就是商品，他害怕那件心爱的商品因为他用手去爱抚而变质，所以，他再一次拒绝了她。然而，此时此刻他对自己说：我现在明白了，征丽在想什么，我只有让她感受到我在喜欢她、爱她，她在我生活中很重要，她才会留下来。对，只有这样，只有这样她才会重新回到模特队。实际上他是喜欢她的，如果她不是他的模特，那么，他早已向她求婚；实际上他是爱她的，只是他对商品的爱远远超过了对这个女人的爱；实际上她在他心目中是非常重要的。所以，他才会在夜深人静时，幻想着她的身体，幻想着她是他灵魂中的某种东西，而在白天，她的重要性便体现在那些给他带来无穷利益的商品里面。

　　他必须去接触她，用他的肉体去亲近她，第一步是非常艰难的，因为他在长时期内已经习惯于去驱逐她、冥想她、拒绝她，这种习以为常的惯性使他梦见自己在守候着一座房子。这就像是一种皈依宗教的方式，心中充满了神圣之感，实际上他是一名守望者，他在梦中守候那些神奇的商品。所以，现在她从商品变成了一个女人，仿佛置身在一个神秘的宫殿里面，无数人已经离去，只有她留下来，她在召唤他，她已经用一个女人的方式召唤过他。现在，他可以去接触她，用他的肉体去亲近她，是的，他可以那样去做，就像梦中曾幻想过千百次的情景一样去亲近这个身体像水一样的女人，气味像鲜花一样芬芳的女人。

　　然而，第一步是那样艰难，仿佛是一种难以确定的语言，虽然他的心中澎湃着潮汐，就像梦中的潮汐，但他仍然难以把握自己。最艰难的就是他必须从一张又一张的网中钻出来，那些网是咒语，是坚硬的石头，是沉甸甸的雨滴，是浮动的像岛屿一样美丽的商品……征丽已经抬起头来望着他，在征丽的眼里有一些他从未看到过的东西涌动，像夜晚的泉水一样涌动着。只要他进入第一步，那么他与征丽的关系，那种僵硬的关系将变得柔软；只要他走出第一步，一切就会让步和妥协，征丽会留在模特队，任何人也无法带走她，是的，这是一种现实。然而，尽管如此，却有那么多东西在干扰着他，他为什么不能走出第一步呢？为什么？

　　电话铃响了，征丽没有去接电话，她依然在凝视着他，他的耳边似乎又在回荡着征丽的话语："……我不明白你为什么不需要我，不需要我的肉体，不想跟我睡觉……所以，我对自己很失望，我对自己丧失了全部信心。你现在听到了吧，这就是我已有的生活，被寂寞充斥的生活。"电话铃再一次响起来，征丽还是没有去接电话，但电话铃仍持久地响着，征丽离开了刘昆紧抓住她的那双手，来到窗前拿起了电话。刘昆的呼吸似乎荡漾着征丽起身离开时的香味，他看着征丽的背影，她的长发披在肩上，从背影看上去她就像一个女巫，一个在念着咒语的女巫。征丽回过头来对刘昆说："是国家模特队的电话，他们想让我到国家队去做模特。"这对于刘昆来说无疑是一个噩梦般的消息，他突然站起来，走过去拥抱住征丽说："你不能走，征丽，我不能离开你。"他的这句话充满激情使征丽不可阻挡，"这是真的，你真的不能离开我。"征丽在他的拥抱中仰起头来，她的眼睛是那样潮湿，从她嘴里涌出来的那股气息使他感到混乱，他将征丽抱到胸前更加充满激情地说："听见没有，你哪儿也不能去。"他一边说一边亲吻着征丽的脖颈，然后再顺着脖颈吻下去。那些难以确定的梦此时此刻正在确定着他们身体那些流动的血流，他看到了夜里的梦，看到了自己在那个女人深处可以激动时的每一种情景。

　　下午两点，他将征丽带回服装公司，征丽当着他的面烧毁了那张辞职申请书。

22

他让自己终于走出了与这个自己喜欢的女人在一起的第一步，与她的肉体相融，并不是一件简单的事情。他记得他解开她裙扣的时候，那是另一个世界，由于这个女人太漂亮，所以她就变成了商品。有的时候甚至变成了一个念咒语的女巫，总之，他就那样解开了她的裙扣，沉溺于她的咒语之中。

他看着她拿起了打火机，啪的一声火焰就将那页薄薄的白纸化成了灰烬。她将那些灰烬抛到窗外去，她似乎在说：我已经留下来了，因为你要我留在这里，因为能每天看到你，我要为你做模特。这就是她美丽的咒语，动听、悦耳，让任何男人听了都会为之激动，从那以后，她的目光完全变了，她彻底爱上了这个把她当作商品的男人。

23

事情是慢慢开始发生变化的，前面已经叙述过刘昆与征丽走出了第一步，那么，第二步是什么呢？一个男人和女人在一起，除肉体相融之外，肉体还可以让你妥协，让你迷惘，让你辗转反侧不能入睡，肉体要占据你，肉体是羁绊你的绳子和链条，肉体在异化中要一点点把你占为己有。总之，刘昆现在变成了模特征丽的男友，或者叫情人。这样的好处在于他再也不用担心征丽会逃跑了，这样的好处在于他再也不用防备另外的男人了；而这样的弊端又在哪里呢，有利必有弊，弊端是从益处中开始的。刘昆悄悄地与征丽同居，没有人知道这件事情。他做得很隐蔽，他不希望除征丽之外还有人知道这事情，尤其是不想让吴敏知道这件事情。至于为什么，他的回答是他不想因为私人生活影响工作、事业、家庭。对此，征丽与他配合得很好，虽然他一次也没有提醒过征丽，但征丽是一个悟性很高的女人，每一次他离开时，征丽总是走到阳台上，看看四周有没有熟悉的人，然后她会走过去贴近他耳边说："走吧，没有人。"征丽说这话时眼里有一种奇怪的色彩，好像是嘲弄，又像是在同情他的处境，似乎也是在体贴他。

　　吴敏快要分娩的头一个夜晚，刘昆在饭店里跟一个推销商谈业务，在同一个时间里他突然同时接到了征丽和吴敏的电话。吴敏的电话在先，吴敏告诉他，让他早点回家，她感到腹部有些阵痛，他答应了吴敏早点回家。第二个电话紧随着到来，征丽在移动电话里的声音很强烈："刘昆，你在哪里呀？我感到像要死去一样难受。"刘昆说："征丽，你不会死的，你好好睡一觉吧。"征丽就说："你如果不来，我就会死去。"刘昆就说："我马上来看你，征丽。"他在差不多是同一时间里，对两个女人做了同样的承诺——要尽快回到她们身边去。当他开始选择时将选择谁呢？他当然是选择了征丽，因为征丽谈到了死，他并不是害怕她会死去，他从来就不相信她会死去，他的目的很明确，先去看征丽，然后再回家去。但是他没有想到，那天晚上征丽确实很绝望，征丽说："我们俩这样下去也没有结果，我们俩的爱情是没有希望的爱情，所以，我想，我们俩分开吧。"如果是在很久以前他听到征丽说这些话，他会无动于衷，但是，现在征丽已经成为他生活中最重要的一张网，他已经习惯于在这张网中潜游、存在、呼吸，所以，他听了这话后感觉到自己的身体一阵冰凉。他走过去坐在床边，征丽一直躺在床上。征丽告诉他，她已经好久没有给吴敏打电话了，她害怕听到吴敏的声音，那会提醒她，她与吴敏在同时占据着一个男人。他伸出手去抚摸她，她便说："今晚留下来，好吗？你从来没有一个晚上完整地留下来陪我。"他想解释，征丽已经侧过身去了，征丽不愿意听他的解释。其实，他今晚最为重要的解释就是吴敏将要分娩的事情，但因为征丽已经侧过身去，他就没有解释，他不愿意看到征丽脸上那种绝望的神情，所以，他留了下来。

那天晚上他的移动电话不停地在响，他很清楚只有吴敏三番五次地给他打电话，他闭上双眼，再后来他就关了机。他感到征丽的头紧紧地枕在他手臂上，一动不动地枕在他手臂上。征丽慢慢地变得很平静，躺在他怀里睡着了。他却不能入睡，为此，他又想起吴敏来，不知道吴敏到底怎么样了。天近拂晓时，他终于决定回家去看吴敏。征丽还没有醒来，也许她已经醒来了，正在假寐呢，但是刘昆仍然希望征丽不要看见他离开。

他来到楼下时，本能地抬起头来，他感到征丽正站在窗幔下目送着他。而现在他却要奔向另一个女人，他不知道吴敏昨晚上是怎么过来的，因为他与吴敏结婚以来，从来就没有不归家的时候。

　　他正在掏钥匙时，吴敏已经把门打开了。他面对着吴敏，这张网汇聚在脚下，正在包围着他，吴敏说："昨晚上我一直在等……""我喝多了，就同那个外省朋友回到他住的宾馆……""那我给你打了无数次电话……""我把电话关了，我害怕吵醒那个朋友，因为他今天一早要乘飞机。"谢天谢地，一场汇聚而成的小剧终于上演完毕了，吴敏相信了他的谎言。吴敏坐在他身边说："刘昆，送我到医院去吧！我们的孩子可能快要出生了。""医生不是说还有一些日子吗？""医生是这样说，但我感到孩子快出来了。"吴敏将他的右手拉过去放在她的腹部上说："你感受到那个孩子了吗？""感受到了。"他再次撒了一个谎，虽然没有在腹部上感受到那个孩子的存在，但在撒谎时他感受到了那个孩子。

24

　　在他一生中，刘昆决不会忘记在他将吴敏送往医院的路上，他身上的那张网越来越细密，几乎是密不透风，它们使他扮演着多种角色：一个是即将分娩的女人的丈夫，一个是即将出生的孩子的父亲，另一个是等待他去约会的女人的男友。前两种角色使他感受到一种责任和压力，后一种角色使他感受到了一种渴望和期待，一种悬浮的激情。而坐在旁边的孕妇则眺望着车窗外，不知道为什么她竟然发现了征丽，他们的车经过一条街道时，吴敏看到了征丽，她突然让刘昆将车停下来。刘昆起初不知道她要去干什么，他以为吴敏的腹部又开始阵痛了，就把车停在一个路口。他刚将车停下来，吴敏就拉开车门，挺立着肚子向着征丽走去。征丽正站在一家时装店外面的玻璃橱窗下看里面的时装，刘昆不知道已经快要分娩的吴敏行走得那么轻盈，当她走到征丽身边时，刘昆才意识到已经发生了不该发生的事情。吴敏挺立着肚子站在征丽对面，吴敏微笑着，她是要向模特征丽显示自己高高挺立的腹部呢，还是要暗示征丽向她学习，尽快受孕生孩子？总之，看上去她的目的已经达到了。征丽面色苍白地看着吴敏挺立的腹部，沉默着对吴敏点点头。吴敏回到车上时，征丽仍然站在玻璃窗下看着他们，刘昆问吴敏，你去找征丽干什么，吴敏说："我们俩好久没有在电话中通话了，我只不过是提醒她，我快要生孩子了。""你这是什么意思？"吴敏哎哟一声护住腹部对刘昆说："昆，我们的孩子已经快要出生了。"刘昆没有理会她的声音，他觉得征丽今天一定受到了伤害，他不理解吴敏为什么要对征丽这样。

　　吴敏并不知道刘昆与征丽之间的事情，她这样做是一种进攻方式。事实上，自从吴敏与刘昆结婚以后，她就意识到征丽在刘昆的服装公司做模特是一种隐患和危险的存在，因为对吴敏来说，她一直惧怕征丽身上那种美妙绝伦的东西。作为一名空姐，她已经算得上是一个貌美的女人了，但只要与征丽比较，她就意识到自己相形见绌。所以，如果说她在生活中害怕什么的话，她最害怕的就是刘昆身边的那个女人。所以，她一次次地在提醒征丽，她已经有了刘昆的孩子，现在快要分娩了。她用这种方式去攻击征丽，实际上也是在提醒这个女人：你不要对刘昆心存幻想。那么，她的攻击有没有起到作用呢？她那表面上温和的攻击其实已经伤害了征丽，这正是征丽为之惧怕的另一种无望的东西。

刘昆预感到吴敏已经伤害了征丽，所以他将吴敏送到医院的妇产科住下后，第一件事就是拿着移动电话到外面的院子里给征丽打电话，但他已经无法与征丽联系上，那时候已经是傍晚了，他不知道征丽会到哪里去。他刚想去征丽的住宅找征丽，他的移动电话却响了，是征丽给他来的电话，征丽说她在天天快乐咖啡屋等他。他觉得，自己一定做错了什么事情，上帝在惩罚他，但他不知道自己到底做错了哪件事。

当他来到咖啡屋时，征丽对他说的第一件事就是她想到国家模特队去。

25

征丽说她今天已经决定了。刘昆说你到底决定什么了。

"我要离开你……"

"可我们已经说好了呀！"

"其实，我们什么也没有说好，什么都在变化，世上没有永久说好的东西。"

"是不是吴敏伤害了你？"

"她只能伤害我一些东西，另一些东西她是不能伤害的，再说，她那样做也合乎情理，因为她是你妻子。"

"留下来吧，征丽。"

"不……"

"为了我，留下来吧，征丽。"

"我可以为你留下来，但我生活得很难受。"

"那么，你说吧，你要我怎么做？"

"我不能支配你去怎么做，我更不能叫你去怎么做。"

"那么，答应我，等到夏天到来时再走，好吗？"

"为什么？"

"不为什么，我只请求你答应我。"

"好吧！"

26

　　现在是冬天，征丽并不知道刘昆为什么要让她夏天到来时再走，因为她不能理解刘昆的商品意识，因为她永远也不可能知道刘昆对她的需要一半是感情，另一半却是对商品的热爱，对商品的那种孜孜不倦的追求使他支配着模特征丽的生活。他又一次挽留住了征丽，在一座小小的咖啡屋，当他说到"夏天"这个词时，这个词便洋溢着诗意。夏天是一个谜，夏天是一滴水，夏天是一场骤雨，夏天到来之前有一场又一场春天的约会，夏天到来之前有一朵又一朵盛开的玫瑰，夏天降临之前或许生活会发生巨大的变化，所以，征丽便答应了他。而他正在想什么问题呢？他看着这个女人，从来都是如此，自从她跃入他的眼帘之后，从来都是如此，她当然给予了他幻想，服装公司董事长的幻想并不空虚和缥缈，它是可以触摸到的活生生的商品。他想着春夏之间的交界，这两个季节是一年中最为重要的季节，人们带着幻想，虽然目光有些迷乱，但迷乱中的妇女们在春夏之间最重要的事就是将那些沉重的衣服脱下来，因为妇女们天生就喜欢飘动，被春风拂动，被夏季的凉风所拂动。所以，她们喜欢在这个季节将有限的金钱送到时装商手里，在人头攒动中她们送钱时的姿势英勇无畏，就像将一个梦扔进月光这个魔术师的手掌上。刘昆想的就是这些，他将手伸过去，再一次捉住了征丽的手掌，这双手软弱无骨，但每当他捉住这双手时他就会变得踏实。这是他通往商品之路的商品，他想的就是这些，只有很少的时候，他用一个男人的情感同这双软弱无骨的手共同承担生活的苦涩。

征丽一次又一次地被刘昆拉过去，刘昆每一次捉住她的手，她对刘昆的爱就要多一些。这个把感情当作梦幻的女人，由衷地对刘昆升起一种宽容和怜悯来，甚至她已经理解了吴敏挺着肚子站在她面前对她的伤害。所以，她留下来，与这种宽容和怜悯也有一定的关系，她不停地调整自己的心理承受能力，她不停地调整，就像用一瓶又一瓶的稀释汁调整内心的痕迹一样。

现在，她把春夏之间的这段过渡时期看得很重要，也许，在调整自己的时候她总是想也许……"也许"是一个可以引导她向往希望的词，"也许"是一个正在流逝之中的词，她想着这个词，也许明天将有一个彻底解决问题的机会，有了它，一切都会变得坚硬、变得柔软、变得富有弹性，是的，坚硬、柔软、富有弹性就是生活，就是模特征丽的生活。她又一次忘却了今天的不愉快，把自己与刘昆紧紧地拴在一起，就像拴在一棵树上，那棵树枝叶繁茂，吸收阳光、空气和水；就像拴在一把椅子上，这把椅子若明若暗地展现出两个人的力气，从而达到和谐。这就是刘昆希望得到的一切，当看到征丽那双潮湿的双眼又在看着自己时，他知道自己已经把她的双手捉住。

27

吴敏为刘昆生下了一个女孩，她生孩子的那天刘昆一直守候在她身边，因而她很感动。孩子已经顺利分娩，吴敏的嘴唇很苍白，她捉住刘昆的手说："你喜欢我生下的女孩吗？""喜欢。"刘昆没有说假话，他是真的喜欢那个襁褓中的女孩，正当他俯下身想亲吻一下吴敏的前额以表示他的谢意时，吴敏的两个女朋友，征丽和马玲抱着两束鲜花进门来了，而当时的刘昆刚想把嘴唇贴到吴敏的前额上去。最尴尬的是刘昆，他尴尬是因为征丽的到来，她是最不应该看到这情景的女人，但是她却撞上了。征丽没有什么表情，她将带来的花插到一只瓶子里，马玲则走过去看了看躺在吴敏身边的那个女孩。马玲说："这女孩长大了一定很漂亮。"吴敏就说："但愿她像征丽那样漂亮。"征丽没有说话，也没有走过去看那个女孩，她站在一旁，仿佛是一个多余的人。马玲回过头来看了一眼征丽，对吴敏说："征丽就是漂亮，我们应该好好为她找一个先生。"吴敏说："上次她还告诉我，要去旅行结婚，我还以为她真是去度蜜月了呢，心里在为她祝福，原来是骗我们的。马玲，你可真要好好帮帮征丽。""我已经发现了，这座城市只有一个人配得上做征丽的男朋友。""是吗，那是谁啊?"吴敏仿佛忘记了刚刚分娩的疼痛，欠起身子来期待着马玲说下去。马玲神秘地说："我不告诉你们，那个人早就在注意征丽了，他是留美回来的一个音乐博士，弹得一手好钢琴，是一个年轻的作曲家。征丽，你可要有准备，他很快就会来追你的。"马玲说话时，只有一个人心里很紧张，他就是刘昆，但他尽量装得若无其事地站在窗下面，表面上他似乎是在远离她们的谈话，实际上马玲说的每一个字都在他心中激起千层浪。马玲无非是透露了一个信息，一名留美归来的音乐博士将来追求征丽，对于刘昆来说，这是一个可怕的信息。看上去，吴敏是很喜欢这个信息的，这是她分娩以后听到的最为高兴的信息，这是可以使她面临的那种危机感得到缓解的一个信息。刘昆看到吴敏看了自己一眼，他读懂了她眼里的意思，吴敏时时刻刻都在提醒他：怎么样，我知道你对你的模特征丽心存幻想。自从马玲和征丽进屋后，他一直没有看征丽的目光，由于她们进屋后的尴尬波及开来，所以他回避着征丽的目光，实际上他是在回避着自己的虚弱。这使他自始至终都觉得自己很尴尬，非常非常尴尬。

28

　　马玲说得很对，那个音乐家很快便开始了对征丽的追求。而最早将征丽引见给音乐家的人正是马玲。那天傍晚，刘昆从医院出来便想去看着征丽，他有一种不安的感觉，自从他从马玲嘴里得到那个信息之后，他似乎预感到那个音乐家已经来了，而且马玲说过这座城市只有音乐家才配得上当征丽的男朋友，这就是说这是一个很有魅力的男人。所以，他带着这种不安来到了征丽家里，站在门口按门铃之前他曾对自己说：但愿不要看到那个音乐家，但征丽打开门后，她的目光中已经流露出了家里有客人。他刚进屋，马玲就站起来给他介绍那位身穿一套银灰色西服的音乐家，当他们的右手紧握在一起时，他感到那个音乐家的手很温暖。音乐家说："认识你很高兴。"刘昆点点头，他没有说这样的客套话，对于他来说，他并不想认识音乐家，而且一点也不想在征丽家里看到这位音乐家，因而，他几乎没有看清楚音乐家的面孔就站起来准备告辞了。征丽把刘昆送到楼下，他对征丽说："你对这位音乐家有感觉吗？"征丽没有说话，在黑暗中征丽突然之间变得那样遥远，他除面对征丽的沉默之外，几乎无法从征丽脸上捕捉到别的语言。

　　两个小时后他驱车来到郊外，因为他心神恍惚，差点出了场车祸。当附近的工人将他的车从路旁的庄稼地里推上来时，他才意识到自己避免了一场灾难。当他驱车回到市里时，他身上携带着泥味和腐败植被的味道，他没有回去，而是将车再次开到征丽住宅楼下面，不知道为什么，那个音乐家的出现已经在折磨着他。他用移动电话给征丽打电话时，征丽恰好要出门，征丽说他们三人要出去喝咖啡。他赶快掉转车子离开了，因为他不愿意让他们看到自己的失魂落魄的模样。在这样的时候，他的失落感是那样重。看样子，征丽对那个音乐家是有感觉的，要不然，她就不会与他们一块儿去喝咖啡。

音乐家是征丽认识的另外一个男朋友。音乐家将给征丽和他带来什么呢？刘昆觉得自己已经越来越缺少力量。他回到医院，吴敏嗅到了他身上的气味问他到哪里去了，他没有回答吴敏，他到医院只是想看看出生不久的婴儿。没有想到刘昆刚把婴儿抱起来，吴敏就对他说："我想出院了，刘昆，我想回到家里去休息。"刘昆就在那天晚上带着吴敏和他们的孩子撤离了那座医院。

29

刘昆和征丽都在寻找另外的出路，从这样的状态分析下去，征丽并不愿意与刘昆保持这种长久的暧昧关系，所以，马玲带来的音乐家是征丽扭转生活的另一种方式，她为什么不能与音乐家约会呢？刘昆到底给了她多少情感，当她看到刘昆俯下身去亲吻吴敏额头的那一瞬间，没有人知道她的内心在神经质地抽搐着，她又一次意识到了自己所置身的位置的脆弱。而刘昆呢，他同样意识到了征丽随时随地都可以背离他的情感，扑到另一个男人的怀抱之中。他虽然没有看清楚音乐家的面庞，但是马玲的话时刻在提醒他，音乐家是一个有魅力的男人，他会征服征丽。想到这些，刘昆无力的表现是把他的目光投向他的妻子和刚刚出生的婴儿。她们使他意识到他并不孤单，除此之外，她们可以平息他身上的痉挛。

所以，在这种平息中，他有好几天都没有给征丽打电话，而且也没有去找过征丽。他似乎要检验自己的意志，他待在吴敏和那孩子身边，他就是她们的一切，她们在依赖着他的存在，而她们给予了他一个家庭的存在方式。这里面有细雨般湿润的关系，有互相安慰着生活在灰尘和道路上的关系，总之，这里面到处都是关系。关系将他们互相联系在一起，关系使他不能离开她们，关系使他们成为一张正在编织的网。关系中充满了速度、身影、睡觉、瑟瑟作响的风声，他们在关系中已经习惯于这种古老的，也许是乏味的生活。

而他与征丽的关系呢？那就像秋天的雨，不知道什么时候会停息，只有秋天的雨可以比喻他们之间的关系。

他有一个多月都没有给征丽打电话，他对那个女人怀着占有欲、梦想和畏惧，所以，自从马玲将音乐家带到征丽身边以后，他就在逃跑，并不是他害怕参与这种微妙的生活，而是他害怕了解更多的东西。直到有一天吴敏告诉他关于征丽与音乐家的最新消息。吴敏总是在关心着征丽，她总是迫不及待地希望征丽有一个巢穴，刘昆很清楚，吴敏是害怕征丽，她害怕刘昆与这个单身美貌的女人在一起会发生意外的事情，其实事情早就已经发生了。吴敏对刘昆说："据马玲透露，音乐家进攻很快，已经单独邀请征丽去酒吧约会了。"她走到刘昆身边摇摇他的双肩说，"你在发什么愣，难道你不高兴吗？"吴敏总习惯用这种方式试探她的丈夫刘昆，但她除看到刘昆恍惚的目光之外就再也无法试探到另外的东西了。

　　她是无法从刘昆那里试探出什么东西的，刘昆永远也不会将自己与征丽的关系告诉她，他也永远不会在吴敏身边评价征丽和她自己的私人生活。在这点上，刘昆看得很清楚，不，也许是他有一种习惯，保守秘密的习惯。吴敏告诉他的是他意料之中的事，他并不感到有什么惊奇，他只是感到恍惚，他到底恍惚什么呢？恍惚是无法说清楚的，恍惚是一种眩晕，也是一种升华。在眩晕中他似乎已经解开了一个谜，对他来说，征丽是一个谜，征丽与自己的关系也是一个谜，而征丽与别人的关系同样也是一个谜，他解开了谜，那里面很纷乱、很强烈，但谜底却什么也没有；在升华中他仿佛觉得自己已经从征丽的网中分离出来，在征丽的肉体中彻底地分离出，他在游动状态中探出头，看到了征丽的背影，他确实看到了征丽的背影，所以这是他的升华状态。

30

　　他没有找征丽，但征丽来找他了。

　　征丽穿着一套黑色皮裙，这套皮裙不是蓝天服装公司生产的时装。征丽出门时已经习惯穿蓝天公司的时装，但这一次是个例外，不过，她穿上这套黑色皮裙显得很稳定。

征丽说："你已经好久没有跟我联系，是不是想辞退我呀？"她的两手庄重地放在裸露的膝盖上。

刘昆说："我只是不愿意去惊动你和音乐家的生活而已。"

征丽说："这样也好，我原来以为除跟着你之外，我已经没有任何爱别人的能力了……"

刘昆说："你现在发现自己爱上了别人，爱上了那个音乐家，是吧？"

征丽的双手依然庄重地放在膝盖上："我还没有像爱你那样去爱他，但我想试一试，试一试别的男人到底能不能给我带来幸福，所以，我正在跟音乐家交朋友。"

谈完私事之后，现在他们开始谈论工作，对刘昆来说最为重要的是工作。冬天已经过去，看到征丽裸露的皮裙下修长的大腿，刘昆知道春天已经到来了。有人告诉过他，如果你暂时忘记了季节的嬗变，你只需留意一下那些漂亮女人的打扮就会知道现在是什么季节。春天到来，他们要把一批春季时装推出去，这就是他现在与模特征丽的关系。所以，他们谈论工作，事实上是围绕着春天展开的，春天总是给人带来希望，而此时此刻两个人的希望却不相同。刘昆说："征丽，这一次是你自己要离开我的，我没有让你离开我。"刘昆又情不自禁地谈到了他们之间的关系，征丽点点头说："我会对自己的生活负责任，所以我才打开门，让另一个人走进来，他毕竟是自由的，我们俩是平等的，所以我才与他交朋友。我只是感谢你给予我的那些温暖，在最寂寞的时候你陪伴过我。"刘昆觉得征丽说得有道理，所以他再也没有说话，他只是希望征丽将春天的时装表演赛迅速开展，那是他最为重要的事。征丽将搁在膝盖上的双手放下来，她好像变轻松了，她已从她与他的那种关系中出来了，所以，她变得很轻松，她知道自己可以与那名音乐家去发展另一种关系了。

刘昆站起来送她，他嗅到了这个女人身上的气息，但他看到的却是一件商品。他刚想把征丽送走，吴敏却从走廊那边匆匆走来，一看就知道是家里出了事情。吴敏说她打电话时都是忙音，是因为刘昆在与征丽谈话时，他把所有的电话都关上了。吴敏已来不及观察丈夫与征丽之间那种微妙的关系，她抓住刘昆说："我母亲去世了，我得赶快回去，你能不能跟我一道回去？"刘昆考虑了一下后拒绝了吴敏，吴敏的老家在北方，如果他陪吴敏去奔丧的话，起码要半个多月时间。他对吴敏解释说现在是春季时装上市的时机，他是万万不能离开的。吴敏啜泣着说："那我将孩子带走吧！"刘昆后来将吴敏送到了飞机场，征丽也去送她，征丽完全是出于对吴敏的同情才陪刘昆去送别。在飞机场分手时吴敏停止了啜泣声对刘昆说："我会很快回来。"她看了征丽一眼说："祝你能与那位音乐家相爱。"在这样的时刻，吴敏仍然没有忘记提醒他们，所以，吴敏是一个聪明、敏感的女人。吴敏的提醒起到的最大作用就是让刘昆和征丽面对她的存在，面对她的存在无疑就是面对她与刘昆的婚姻生活。当然，它起到的另一种作用就是警告，她警告他们两人，用平淡的提醒警告刘昆不能背叛，也同时警告征丽不能去占有她的丈夫。

31

他望着她那皮裙下裸露的大腿，突然又升起一种冲动，他一边驱车一边侧过头看着她那线条优美的大腿，他想把她带到一个地方去。那个地方是那么遥远，是的，遥远得不可企及，那么，到底在哪里呢？奇怪，这是多么奇怪的事情，他与吴敏生活了多年，但他却从来没有升起过这样的冲动。并不是吴敏没有穿过黑色皮裙，不，问题并不在这里。吴敏拥有模特征丽拥有的全部时装，而且她喜欢穿皮裙，红色的、黑色的、黄色的皮裙应有尽有，她也同样喜欢裸露着大腿在房间里走来走去，然而，刘昆却没有那种冲动。问题的实质就在这里，征丽皮裙下的大腿除裸露之外，它还有节奏、旋律、性感……不，不仅仅只有这些因素，最关键的是看到征丽的皮裙下裸露的大腿，他就想把征丽带到一个十分遥远的地方去，那个地方不是家里，不是岛屿，不是在路上，那么到底在哪里呢？

征丽对他说："刘总，你已经围着城市转了三圈，你到底要去哪里？"他前额上涌出了巨大的汗珠，内心一片灼热，他对征丽摇摇头说："我不知道。"车子在堵塞中终于停了下来，征丽拉开门说："你回去吧，这儿离我的家已经不远了。"他想伸出手去抓住征丽的手臂，但他扑了一个空，他感到自己抓住的只是一团空气。在阳光下他看着征丽穿着皮裙已经走远了，连她裸露的修长的腿也无法看到了。他就这么扑空了，但是他的身体依然一片灼热，他不甘心让自己扑空，他要去找征丽，在他的生活中，他从来没有像此时此刻这样想带征丽到另一个地方去。他像是喝醉了酒一样身体灼热，他将车绕过街心花园，朝着一条通往前面的小巷奔驰而去，他很清楚从这条小巷穿行出去，只需几分钟就可以到达征丽的住宅区。

　　他伸出战栗的手站在门铃下面拉响了门铃，打开门的并不是征丽，而是那位音乐家，音乐家已经认出他来，但是，当他看到音乐家时，他的渴望突然变得一片冰凉，后来熄灭了。他向音乐家点点头便告辞了。

32

　　这种突然而来的冰冷让他的意志下降，承受一个模特存在的能力：她在四周的气息影响着他的胃和张开的肺；她在四周的生活摇他仅存的一线希望，那希望原来就极其短暂，极其缥缈；她在四周的影子一遍遍地形成了商品，而商品使他又颇感悲哀地意识到她有时候可以是商品，有时候却是一个使他滋生欲望的女人。上述东西使他在承受一个模特存在的时候，他的意志正在下降。他发现自己正在变，哦，自己的意志也在变，他原来以为自己可以放弃那个站在办公室前来应聘的小姑娘仰起来的美丽的脖颈，是的，他原来以为自己是可以放弃的，为什么不可能放弃呢？他培养了她，她给他带来了商品，所以他为什么不能放弃呢？他因为她给自己带来了源源不断的商品而放弃了对她的喜爱，从而跟另一个女人结了婚，他原来以为他放弃她，不跟她结婚，只要拥有那些商品就足够了，所以他以为自己已经放弃了她。然而，他与她总是摆脱不了丝丝缕缕的关系，这种关系使他们形成了长时期的暧昧不清的关系，这种暧昧不清的关系总是使他的心灵和肉体同时受挫，因而，他才意识到此时此刻他的意志正在下降。所以，他突然对那个女人产生了一种从未有过的东西，这种东西他从来没有产生过，他突然感到自己已经到了人生的一个十分艰难的十字路口，他必须确定今后的生活道路，他必须确定一种生活的方向。对，方向，当他想到这个词时，身体里有一种蠕动的奔流的倾向，仿佛他已经被这种潮汐般的蠕动所湮没，他升起一种过去从未有过的方向，对于他来说这个方向就是一种全新的生活，他从未有过的生活。当他看到这个方向时，意识到自己现在已有的生活给他带来的只是一种已死的东西，所有的东西都只是一种已死的东西。婚姻、已经成功的服装产业、人际关系和形形色色的网络都是一种已死的东西，所以，他才将冰冷的心靠近那种潮汐般的涌动，他为自己找到了一个方向，找到了另一个新的起点。严格地说，经过了一种痛苦的，甚至是冰冷的选择之后，他找到了一种解决自己与模特征丽这种暧昧不清的关系的方式。

此时此刻，他已经回到了家，当他用钥匙打开门时，屋里空无一人，他觉得吴敏出了门，这真是上帝在帮助他，他必须在吴敏奔丧归来之前实施自己的全部计划。

33

征丽正带着她的模特队训练。征丽在服装公司的顶楼，也就是最高一层楼上拥有一间训练大厅，每到新的季节来临时，征丽就率领她的模特队在上面训练。刘昆到了顶楼来找征丽时，他看到周玫已经回来了。周玫在艺术学院经过了半年多的培训之后看上去完全变了一个人，但无论如何，只要征丽站在她身边，她总是会显得单薄，所以，她仍然是一只羽毛未丰满的小鸟。

刘昆来找征丽是要告诉她，他已经决定不再举办春季时装表演赛。"为什么？"征丽站在一道窗口前，落地的玻璃大窗使他们俩的影子显得有些透明感。刘昆保持着沉默，他知道，这只是他的计划中的第一步，首先他想解散征丽的模特队，他想解散模特队的最为重要的原因就是他不愿意将模特队转让给别人，也就是像出售商品一样转让给正在与他谈判的人。下午他就要与他的谈判者谈判，他将把自己的服装公司转让给另一个人，转让只是一个温和之词，实际上他是要把公司卖给别人。但征丽并不理会他的话，她依然又回到了队员中。刘昆认为这是一种徒劳的训练，几天之后这个公司就不再是自己的了，而他将携带一个人出发，他要到另一个地方去，他要带着那些商品换来的金钱和这个女人到另一个地方去。他再也不需要商品中的一场又一场战争，因为他要把陷在他的商品中的那个女人救出来。他认为只有他才能将她救出来。他望着征丽性感的腿，从此以后，他自己将把围绕着模特征丽的性感的一切东西全部清除干净，所以，他走出了模特队的训练大厅。他将去会见一个谈判商，他将把这座大楼以及服装公司的品牌全部转让给他。

谈判商早已在宾馆等待着他，这位年轻的自小就做着服装梦的商人原来是一个画家，他告诉刘昆他之所以购买刘昆的名牌服装公司，是因为除服装公司的品牌之外，他看重的是一个女人，他说出了模特征丽的名字。他对刘昆直言不讳："我与征丽是同班同学，但她可能早已把我忘记了，因为当时我只是一名其貌不扬的做着画家梦的少年，她并没有注意到我的存在。而我那时候就很喜欢她，我不知道少年时候对一个女孩的喜爱为什么会延续到现在……现在是什么呢？我可以用高价买下你的服装公司了，刘昆，请你理解我，我之所以要买下你的服装公司，完全是为了征丽。"

刘昆惊愕地听着谈判商讲述的这一切，他就像听到一个神话一样惊奇。他不能想象世界上会存在着这样的事实，一个少年时期的梦会延续到现在，他意识到自己的选择是正确的，是的，自己的选择是正确的，他已经到了实施自己的计划的时刻了。所以，他与谈判商签了字，谈判商将一张巨额支票递给了他。谈判商没有再提出任何要求，他站起来眺望着对面那座蓝天服装公司的大楼，从此以后，那座大楼将属于他。他并没有想到现在这个时刻他喜欢的那个女人就在上面，因为看得出来，他已经对这个女人眷恋了许久许久，但他并不知道这个女人现在在哪里。为了这个女人，谈判商犯了一个巨大的错误，他以为买下了这座服装大楼也就买下了所有的一切，包括那个眷恋已久的女人，这是一个愚蠢至极的错误。也许谈判商在某种意义上是一个幻想家，他用缤纷的色彩虚拟着那个女人。

34

刘昆到处在寻找征丽，从谈判商下榻的宾馆里面出来以后，他就在寻找征丽。他去了训练大厅，周玫说征丽已经走了，刘昆问征丽到哪里去了，周玫摇摇头。他现在已经没有时间了，他现在必须直接到征丽家里去，他站在门口，使劲地按门铃，但屋子里根本没有人。刘昆决定守候在这里，因为他相信过不久，征丽总要回来的。

果然，半个小时后征丽就回来了，她的气色不大好，刘昆问她到哪里去了，她说到医院去了。刘昆一边同征丽上楼一边问她是不是身体不舒服，征丽说："我不想现在怀孕，但我现在却怀孕了；我不想在这个时候生孩子，我真的不想要音乐家的孩子，但我怀孕了。""你想怎么办？""我原来想等到夏天以后就到国家模特队去……我真的不想生活在这里，我觉得我很难受，所以，我在医院徘徊，我想把这个孩子流了，但我没有勇气。""征丽，快收拾东西好吗？我想带你到另一个地方去……""去度假吗？""不是。""去参观吗？""不是。""去旅行吗？""也不是。""那么，你要带我到哪里去呢？""征丽，我想与你单独在一起，在另一个世界里与你在一起。""我不明白你在说些什么。""总之，征丽我们马上走，好吗？"

征丽看着刘昆，她眼里升起了一种对不可知的生活的幻想。事实上，她很久以前就幻想着这一切，因为她一直无法摆脱她对这个男人的爱，所以，她很快就置身在这种幻想之中了，她知道幻想中的两个字就是：私奔。刘昆现在要带着她去私奔。她不顾一切地响应着这两个字的召唤，所以，当刘昆走过来拥抱着她，摇着她的双肩对她说："征丽，你想好了吗？"她点点头，她已经想好了。征丽带着一只箱子，当她正往箱子里收拾东西时，他的移动电话突然响起来，他无意识地靠近电话，是吴敏的声音，由于电话是敞开着的，就连征丽也听到了吴敏的声音。吴敏说："刘昆吗？我马上就要乘飞机了，三个小时后就可以抵达 G 市，你到机场去接我好吗？我们的女儿已经会叫爸爸了，她老叫着爸……爸……"征丽来到刘昆身边对他说："你去接吴敏吧，她带着孩子……"刘昆想了想说："征丽，那我们今晚走好吗？听着，我会给你来电话，今天晚上十二点以前我会给你来电话。""如果十二点以前你不来电话呢？""相信我，十二点以前我肯定会来电话的。"刘昆走过来坐在征丽身边，电话铃响了，征丽想去接电话，刘昆拉住她的手说："不要去管它。""也许是音乐家来的呢？""不管是谁来的电话都不要去管它。"征丽被这种声音紧紧包围着，她抬起头看着刘昆，发现他眼里布满了血丝，也许是没有睡好觉的缘故，他显得有些疲惫，他对征丽说："我要走了，等我的电话，征丽。"刘昆抬起头来说，"哪儿也不

要去，你要等我的电话，好吗？"征丽说："如果你不来电话
呢？""我会来电话的。"刘昆走过来想吻征丽，但征丽让开
了，刘昆很纳闷，她为什么不让自己吻她呢，他很纳闷，但
是他没有回忆起来，那天在医院里，自己刚俯下身去吻吴敏
的前额，征丽和马玲就来了这件事。

35

　　吴敏拉他在黑暗中躺下后他就再没有说话。当他去飞机
场将吴敏和女儿接回来之前，他已经做好了与吴敏谈话的准
备。从征丽家里出去后，他站在一片空旷的绿草坪上给方卉
打去了电话，他心里似乎悬着一种东西，很不踏实，所以他
想与好朋友商量一下，因为方卉当初就很喜欢征丽，而且一
直鼓励他去追求征丽。

　　绿草坪上有几个孩子正在踢足球，他们的球飞过来飘过
去，方卉对他说："刘昆，我知道你的意思了，你想带着征丽
私奔，因为你突然醒悟过来了。我早就料到会有这么一天，
那么，既然这一天来临了，我倒想问问你，你怎么去处理你
现有的家庭、孩子……"刘昆说："我想给吴敏和女儿留一笔
存款，让她们终生使用……"方卉马上否定道："这可不行，
无论在法律意义上和道德意义上来说都不行……""那我该怎
么办呢？""你得去离婚，实际上这件事情要做起来也非常简
单，你只需将婚离了，你就可以与征丽在一起，再也用不着
私奔了……""可我喜欢私奔这件事……""为什么，你以为

私奔就可以了结一切吗？没有那么容易的，刘昆。""那你说怎么办？""我的意思就是去离婚，通过离婚来解决这一切。""可我已经不能等到离婚的那一天了……""为什么……""首先，吴敏根本不可能与我离婚……再说很多事解决起来很麻烦，如果我再不带着征丽私奔，那么有可能其他男人就会……""我明白了刘昆，那就这样吧！你现在先带着征丽私奔，到达你该到达的地方，你再回来离婚。"

　　这个办法无疑是最好的办法了，它与刘昆的想法比较吻合。他现在正在按这种计划行动，当吴敏将他拉在黑暗之中时，他知道开始这种行动的时刻已经快到来了。吴敏躺在他的手臂上说："我走后，你想我吗?"刘昆说："我想你。"吴敏就说："我也想你……"于是，吴敏的身体侧过来紧贴着他。吴敏说："你怎么穿着衣服睡觉，快把衣服都脱了。"刘昆听到这话只好坐起来把衣服都脱了。他这样做只是想尽快结束这一切，包括他最后与吴敏做爱也是如此，他知道这一切结束之后，吴敏就会尽快进入睡眠，只有让吴敏尽快进入睡眠，他才可以按照自己的计划行动。但是，他要做的都已经做完了，吴敏仍没有睡觉的意思，她说："我也许很久没有睡在你身边了，我今晚很兴奋。"刘昆说："你服两片安定吧，它会帮助你尽快进入睡眠。""不，我不服安定片，它是一种慢性自杀药品。我睡不着不要紧，你睡吧，刘昆，你明天还要上班呢。"这下子吴敏倒是没有再说话，然而，她却是真的失眠了，她躺在一旁，静静地在呼吸着。

　　后来刘昆进入了无望的状态，他知道今天晚上是不能实施计划了。他也许是太疲倦的缘故,闭上了双眼。那天晚上刘昆没有在十二点钟前给征丽去电话,所以,十二点钟以后他更不可能给征丽去电话。直到拂晓时他才想起了电话的事情,他仿佛看见征丽昨天晚上一直守候在电话机旁边等他的电话。他迅速起床,他庆幸自己虽然昨晚不能带着征丽私奔,但今天可以带着征丽私奔,他看了看天空,今天肯定是个阳光灿烂的日子。

36

他出了门,吴敏以为他去上班了,平常他总是很早就去上班。他驱车来到大街上,很多中老年人在街道两旁的绿草坪上跳健美舞,他觉得他已经出来了,终于从令人难以忍受的黑暗中逃出来了。他呼吸着早晨的清新空气,他连一只箱子也没有带,但他口袋里有一张巨额支票,带着这张支票他可以走遍全世界,所以他现在什么也不需要,他只需要一个女人。他站在征丽门前按响门铃时根本没有想到征丽昨晚并没有在家里,他按第三遍铃时,看见征丽上楼来了。征丽缓慢地掏出钥匙,按照以往的程序打开门,他对征丽说:"对不起,昨晚上我没有机会给你打电话。"征丽麻木地点点头说:"我知道。"刘昆说:"我们现在走吧?""去哪里?""昨晚上我们不是说好了吗?我要带你走。""那么,你能将我带到哪里去呢?"

他突然嗅到了征丽嘴里的酒气:"你去喝酒了,征丽?"

"是的，昨天晚上我等你电话，但你并没有来电话，我倒是接到了别人的电话……""谁的电话？""我中学时的同学，很多很多年没有见面了，他邀约我到酒吧去见面……""那么，你昨晚跟他见面了？"征丽点点头说："我本来不应该喝酒的，喝酒对我肚子里的孩子没有什么好处。"刘昆说："征丽，跟我走吧！"征丽说："我已经决定不跟你走了。"刘昆听到这句话后很绝望，他感到今天早晨醒来后一切都变了。征丽说："我知道你在想什么，不过，我们之间的事情你今后千万别再想了。"征丽看看刘昆接着说，"我尽了力，我想去爱你，我尽了力想去爱你，但我们之间没有缘分。如果昨晚十二点钟前我也许会跟你走，但你昨晚没有来，于是，我就不想再跟你走了。"

征丽说得那样肯定，他走到征丽身后，他想告诉征丽：为了你，我已经转让了我的服装公司；为了你，我选择了与你私奔的道路；为了你，我经历了爱商品最后到爱你的过程；为了你，我在欺骗着吴敏……他喉咙中涌动着这些话，但他没有说出来。但他还是不肯罢休，他虽然没有说话，但他突然将征丽拉到自己怀里大声说："你如果不跟我走，那我就杀死你。"这句话说出来后并没有让征丽惊讶，却使他抽搐了一下，他摇着头说，"不，我不会杀死你，征丽，跟我走吧！"征丽依然摇摇头说："我已经想好了，我是不会跟你走的。""不，我给你三天时间，哦……三天时间，三天时间够你考虑了吗？"征丽不说话，他只好说，"三天后我再来问你，好吗，征丽？"他温和而又沮丧地从征丽的目光中走了出去，他不知道自己应该到哪里去。

37

当他不再把这个女人当作商品时，这个女人的存在让他日益恐惧，他发现等待他的是另一个新的危险，那就是那个叫陈涛的谈判商。他已经以老同学的身份邀请征丽与他见过面，那么他就可以进一步表达他多年来对征丽的眷恋之情。时间的延宕，只会加剧事态的变化。所以刘昆必须将征丽尽快带走，毫无条件地带走。他邀约征丽来到了酒吧，对征丽说："我对你说的事如果你没有想好，就不必说，今天我们在一起，只是想请你陪我喝喝酒，我有好长时间没有喝酒了，心里很苦恼，想借酒消愁，征丽……"他给征丽的杯里盛满了酒，将杯子举起来，征丽犹豫了一下还是举起了杯子。刘昆邀请征丽出来喝酒的目的已经达到，征丽总共陪他喝了三杯酒，他知道征丽是不会喝酒的，征丽会醉，这就是他的目的，他把已经醉了的征丽带走，只有这样他才能带着征丽去私奔。慢慢地，他看着征丽的目光恍惚，征丽说："我不该喝这么多酒，我不该喝这么多酒，我肚子里有一个孩子……"

刘昆搀扶着征丽来到了酒吧门外，他的轿车就停留在街对面的停车场里。他搀扶着征丽来到街对面，走了不远就到了那辆车子前，他打开车门，将征丽扶到车座上坐下来。这是一个星光灿烂的夜晚，刘昆就这样带着酩酊大醉的模特征丽开始了他们的私奔生涯。

38

　　黑夜使刘昆的脸上涌满了喜悦、焦虑，他紧握着方向盘，已经三个小时过去了，征丽还没有醒来，她醉着，即使是轰鸣的高速公路上的汽车声也无法使她清醒。刘昆对自己说：我要把她带到哪里去呢？许久许久以前我并不想占有她，那时候的我只需要与她保持着距离，保持着严肃的距离。他回忆并沉浸在昔日的情景中，他在内心对自己说：长久以来，对于我来说，她一直就是商品，是的，她一直就是商品，她是一种神秘的商品，她是一种比黄金更坚硬的商品，她也是一种游动不息的商品，她还是一种像云一样飘来飘去的商品。而现在，她已经结束了商品的意义，我要把她带到哪里去呢？他觉得方向盘在晃动，但他摇摇头提醒自己：千万要注意安全，你已经喝醉了，为了让她喝醉，你自己首先醉了，你是一个醉了的酒鬼，所以，千万得注意，别发生事故。然而，就在他一边提醒自己的时刻，他眼前重又升起一种热烈的幻想。那种幻想他曾经升起过，那一天，征丽好像穿着一条黑色皮裙，对，是一条绷紧她臀部的黑色皮裙，皮裙下的腿使他滋生过的那种热烈的幻想今天似乎重又回来了。他对自己说：我要带她到一个地方去，带着这个女人到一个十分遥远的地方去。他看着征丽，她今天没有穿皮裙，她穿着一条长裙，所以她的腿在裙子中，她在回避他，她一直就在回避他，所以他要把她带到一个十分遥远的地方去。

　　他发现征丽的身体在动，是的，她似乎在扭动。在月光中，他看到她似乎在与酒精抗争，终于，她的脖颈开始在扭动，她抬起头来，她不知道自己在哪里，她看看窗外的黑夜又看看刘昆，她自言自语地说："哦，我们在哪里？刘昆，你带我到哪里去？"刘昆停下轿车，他的嘴里既干涩又有酒精的气味，他去拥抱征丽，征丽推开了他说："你把我带到哪里去？"刘昆紧紧拥抱着征丽，他不知道如何去回答，因为他只知道他要去的那个地方很遥远，他根本不知道在哪里。征丽大声说："刘昆，你快送我回去。"刘昆摇摇头说："征丽，你不是想跟我在一起吗？""那是过去。""那么今天你就不想跟我在一起了吗？"征丽摇摇头说："你快送我回去。"刘昆大声说："我要带你走，我必须带你走。"征丽抬起头来，她被刘昆的声音湮没着，刘昆的声音似乎可以湮灭夜色，湮灭一种可怕的逃跑，她突然拉开车门，跳了下去。

　　她并不想跟着刘昆私奔，是的，她逃跑是因为她并不想跟着刘昆去私奔，所以她拉开车门，在夜色中跳了下去，然后她撒腿就奔跑起来。但是在一片小山坡上，她刚想向上攀缘的时候，刘昆的手已经抓住了她的手臂。

　　刘昆将她紧紧地抱在怀中，他们都失去了一种可怕的重负，所以，他们坐在山坡上，刘昆觉得自己已经清醒了，他觉得应该跟征丽好好谈一谈。征丽的面庞隐现在黑暗中，所以，他只有凭着气息去寻找征丽的那张面庞，他诉说着自己的计划，他诉说着带她走的全部理由。待他说完以后，征丽说："我已经与陈涛签约，我不能跟你走。刘昆，陈涛刚买下你的公司，他是我的同学，我得帮助他。他说过，没有我，他就没有信心……""什么信心？""我不知道……刘昆，我们回去吧，吴敏在等你，而我并不适合你。"刘昆听到这些话已经知道征丽是不会跟他走的了，虽然在黑暗中他无法看清楚征丽的那张面庞，但他知道征丽是无论如何也不会跟他走的，可他仍想最后问一遍征丽，他那绝望的心灵仍然坚持着将词语变成一种希望，他说道："你真的不跟我走？""是的，我不会跟你走。"他的双手突然伸了出去，触摸到了她的脖颈。这是她那微微仰起来的脖颈，这是她那性感的脖颈，他触摸着它的皮肤，皮肤深处的血液使他的双手变得灼热，刘昆感到，他一刻也无法再忍受了，他突然掐住了这脖颈。

她的脖颈在他手中摇晃着，她在黑暗中倒了下去，他的手又突然松开了，他对她说："好吧，我送你回去。"他在心里一遍又一遍地对自己说：我送她回去。他将征丽从草地上拉起来，现在，他似乎已经轻松了，彻底轻松了，他本来想把她掐死的，但是他突然松开了手，只要他坚持一会儿，这个女人将在他手中化为灰烬。在用力的一瞬间，他松开了自己的双手，他没有让这个女人死去，他带着她重新回到车上。

征丽将面庞面对着窗外，他抬起手来拿掉了征丽头发上的一棵草叶。他对自己说：我要把她送回去，是的，我要把她送回家去。接下来，他再也看不到幻想中那个遥远的地方了，无论他怎样用力，用尽了力量，但是那个地方却彻底消失了。他在黑暗中开着车，变动着方向盘，他想试一试，用方向盘试一试能不能够找到那个幻想中的地方，但是他突然看见那是深渊，前面不是道路，而是一处深渊，他带着征丽随同方向盘从黑暗的深渊中掉了下去。

39

阳光照耀着他们以及抛在山谷中的轿车，几只鸟儿在他们身边跳来跳去。刘昆睁开了双眼，他心里有一种轻松的感觉，完全是轻松的体验。他看着草地上的那只鸟儿蹦跳着跳到了征丽的身边，他看到了征丽，他想移动身体，但是他发现自己的身体就像铅一样沉重，他伸出手去，叫出了征丽的名字。征丽终于醒来了，她躺在草地上，脖颈移动着，看到了他。征丽扭动着臀部，想从草地上站起来，她真的站了起来，她来到刘昆身边，刘昆说："帮帮我，征丽。"征丽就架起了他的手臂说："你用点力，刘昆。"但是刘昆仍然无法站起来。征丽站起来，她突然在草地上找到刘昆的移动电话，她开始拨电话，然后关掉电话，她来到刘昆身边说："坚持一会儿，我已经拨通了110，坚持一会儿。"

刘昆感到下肢是那样沉重，他躺在草地上看着蓝天，从来没有像此时此刻这样轻松过，从来没有。他似乎已经在此时此刻放下了许多东西，那些经常伴随他的东西：商品、金钱、竞争、恐怖，现在已经消失殆尽，而那些经常干扰他的关于骚动、期待、占有欲、亢奋、怨恨的东西现在已经飘在云层下面去了，飘到那些与他的肉体纠缠在一起的尘埃下面去了。这一现象因为一场车祸竟然全部已经消除了。

40

刘昆在医院里治疗了很长时间，当他的医生告诉他今后只能坐在轮椅上生活时，他很平静。他躺在草地上时就已经预感到了自己的肉体今后将不再纠缠任何东西，那些与他的肉体纠缠在一起的漫长而疯狂的活动将结束。他坐在床上，等待着吴敏来接他回家，吴敏已经接受了这场车祸带来的事实，但是她并不知道生活的全部真相。事情是这样的，当急救车将他们送到医院时，征丽除身体上有几处外伤之外，几乎是安然无恙，她守候着刘昆，并与刘昆商量怎么将这件事告诉吴敏，刘昆对征丽说，这件事与你没有关系，由我来告诉吴敏吧！

吴敏来了，她给刘昆带来了一张轮椅。刘昆第一次坐在轮椅上，吴敏推着刘昆的轮椅出门时，他意识到一种生活已经结束了，而另一种生活已经开始。吴敏推动着轮椅，她几乎是小心翼翼地推动着它，唯恐用力以后会伤害刘昆。他呼吸着空气，呼吸着空气中整个城市的巨大变化。他在呼吸空气时感受到了自己此时此刻已经是一个失去欲望的人，什么欲望也没有，只剩下最后活着的欲望。

41

活着的欲望就是在一个充满人群的世界里忘情地呼吸着。

他转动着轮椅，吴敏当初要给他买电动轮椅，但他拒绝了。他喜欢用手推动的东西，从医院回来以后他就用手转动着轮椅。他喜欢转动着轮椅到一块僻静的草地上去呼吸新鲜空气，他静静地坐在草地上，看见的只是那些云彩和草地之外一些人的身影。他似乎已经忘记了很多事情，忘记了模特征丽，忘记了带着她奔逃的那些漆黑的路，忘记了自己曾经对她产生过的那些疯狂的占有欲。

他将轮椅转动着来到了一条路上，已经好久没有走到这条路上了，他今天突然有一种欲望，想从这条路上去看看那幢大楼。那幢大楼从前曾经是属于自己的，但现在已经属于另一个人。他想起了一个名字——陈涛，而因这个名字他又想到了征丽，许久以来他第一次想到这些名字。

他转动着轮椅，下面是水泥路，是可以容纳脚印、车轮、轰鸣声的道路，刘昆的轮椅只是一条路上的一个缩影。他在不知不觉中已经想不起来在自己移动轮椅之前使用过的一种现代的交通工具，他在不知不觉中已经忘记了自己的那辆德国轿车。有一瞬间，他闪过这样一种情景，一辆德国轿车向山谷抛下去时的情景，在这样的时刻，他本能地紧紧握住手中的轮椅，但是，那一瞬间迅速地过去了。他转动着轮椅，已经来到了那幢服装大楼的下面。他向上仰起头来，看到了最高层的训练大厅，他想起征丽来，但她就像一朵云一样飘走了。他觉得自己应该到此为止，应该把轮椅掉转过去，因为在征丽就像一朵云飘起来的那一刹那，他感觉到了一种苦涩的东西。

突然有一阵高跟鞋的声音传来，他听着这声音，感觉到异常熟悉，一个人已经来到他面前，是周玫。周玫俯下身来帮他推动着轮椅，周玫说："我们都听说了你的事情。"他还在恍惚中，因为他刚才以为她是征丽，她的高跟鞋下面发出的声音太像征丽的脚步声了。他没有说话，只是任凭周玫推动着轮椅，他刚才在想什么？当那种苦涩的东西涌来时，对于现在的他来说，与征丽的距离似乎已经拉远了，他只是感到一种充满了迷惘的苦涩。周玫说她要到医院去看征丽，今天征丽生下了一个孩子。孩子，哦。他突然想起来，征丽与他奔逃之前就已经有身孕，征丽说那是音乐家的孩子。

周玫说需不需要把他送到家里去，他摇摇头。周玫的手上戴着一枚结婚戒指，他盯着她的手，周玫已经感觉到他的目光，她解释说她上一周刚结婚。刘昆说："你结婚了？""是的，我嫁给了陈涛。"周玫的嘴角荡起一阵微笑，她带着这微笑走了。陈涛与周玫结了婚，而在刘昆的意识中，陈涛应该是与征丽结婚的。他想起那天夜晚在山坡上，征丽坚决要回来，她回来的最为重要的理由就是为了陈涛，为了陈涛的服装公司，那么，既然如此，陈涛为什么不跟征丽结婚，而征丽为什么又不嫁给陈涛呢？

他不停地转动着轮椅，似乎是在转动着时间，他对自己说，如果那天晚上他们一起坚持私奔的话，也许他就不会转动着这张轮椅；如果那天晚上他伸出手去掐死了征丽，那么，他与她都会一起死去，是的，他们一块儿死去，那么，也许他就不会转动着这张轮椅。但是，现在已经来不及了，后来虽然发生了车祸，但是他们竟然活了下来。这就是上帝要让他们分开的原因，这就是上帝永远不会让他们有一个终结的故事的原因，因为他们永远也不可能在轰鸣之中交融在一起。

他转动着轮椅，想起他们拥抱着，他们紧贴在一起时的一些短暂的时刻，那些时刻的流逝已经把他们的故事彻底叙述完毕了吗？

他转动着轮椅，他不愿意接受这一事实。从轮椅的转动中，他发现了时间永存，只有时间是可以永存的，就像这张轮椅，可以带着他那迷惘的、无限的欲望不停息地转动。所以，他要去看望那个女人，也许一种东西已经死去，但它在某种时刻却又清晰地恢复过来了，这就是刘昆对征丽那种热烈的欲望。

跟随着一切秩序，这欲望发生了某种变化。转动着轮椅，他来到医院。转动着轮椅，他来到了征丽的病室。征丽躺在床上，她刚刚分娩，她告诉刘昆，她生下了一个男孩。刘昆看着征丽，他问征丽今后怎么办，征丽说她要把这个男孩抚养大，她没有提到那位音乐家，而且刘昆也没有看到那位音乐家。所以，用不着追问这件事，音乐家没有出现在征丽身边，那就意味着他们俩已经分开了。

征丽离开了贺华，离开了音乐家，同时也离开了从中学时代就眷恋她的陈涛。现在，刘昆推动着轮椅，他看着征丽，想着她今后的生活，她的生活……他推动着轮椅，出了医院，他要去找陈涛，他要用双倍的价钱重新买回他过去的蓝天服装公司。他推动着轮椅上电梯，好不容易来到他昔日的办公室里，他终于面对着陈涛了，他提出了自己的要求。

陈涛说，你为什么要这样做。

他没有说为什么，现在只有一种力量在支撑着他，那就是重新得到这栋大楼，得到他的服装公司。陈涛想了想对他说："好吧，你就收回你的大楼吧，说实话，我也没有经验，我过去完全是为了征丽，但是我失败了。"陈涛转过身来对刘昆说，"我是画家，我已经好久不画画了，我想带着周玫离开商界，到一个平静的地方去画画，周玫也愿意跟我这样做。"他们就这样各自为自己的目的而重新开始转让，坐在轮椅上的刘昆又重新得到了他过去需要的一切。

那么，他希望得到什么呢？他回忆起在很久以前，就是在这里，他毫不妥协地与人斗争，与天斗争，与自己斗争，他终于想起来了，那些商品的世界使他激情洋溢。商品，想到这个词，他就想到了那个像商品一样诱惑他的女人——征丽。

42

征丽又回来了，她生下孩子以后依然漂亮迷人、风度高雅，她又回到了蓝天服装公司做模特，她对坐在轮椅上的刘昆说："你放心，我不会离开蓝天服装公司。我已经欠了你许多东西，我愿意帮助你。"刘昆理解她的意思，因为带着她私奔，他才坐在了轮椅上，所以征丽感到内疚，所以她愿意帮助他。而此时此刻的刘昆已经重新回到他为模特征丽命名的时刻：因为她是一种商品，他就是这样将目光重新投射在这个漂亮女人的身上，毕竟她只有二十六岁，这是一个模特的大好时光。他看到了闪烁的商品，这是他除活着之外的唯一欲望。哦，欲望，他坐在转动的轮椅上，现在他不用再克制自己了，因为他再也没有力量带着她去私奔，因为他再也没有力量和权利去占有这个女人。

她是他的商品，对于他来说，从此以后她永远是他的商品。

当然，他也会转动着轮椅到一切想去的地方去。吴敏从他坐在轮椅上以后再也没有嫉妒他周围的女性，也许她在嫉妒之海中的那根神经已经放松了。对于吴敏来说，她知道她的丈夫再也不是那个让她时时担惊受怕的男人，因为她知道，一个坐在轮椅上的男人是不会再有男人和女人之间的故事了。所以，他转动着轮椅，有时候他也会来到征丽的门口，他这样做没有任何目的，只是一种习惯而已。他坐在轮椅上看着那个女人的窗户，她依然独自一人，孩子出生后她就将他送到母亲身边去了。然而，看到征丽的窗户，刘昆会感到一种平静，但是他不停地对自己说：对于现在的我来说，她永远是一种商品。

有时候当他转动着轮椅经过一些小径时，他会看到一些年老色衰的女人，他一边转动着轮椅一边对自己说：总有一天，征丽也会衰老；总有一天，征丽也会像她们一样满脸皱纹、老态龙钟地走在大街上。

但是他很快又来到了另一条小径，他又看到了另一些年

轻的妇女，他又对自己说：征丽是不会老的，总之我不会看
到她老去。

不知道为什么，关于征丽的年轻和衰老的过程后来竟然
像失眠一样折磨着他。他有时候一边转动着轮椅一边自言自
语：我可不愿意看到征丽变得衰老。有时候他会异常神经质
地给征丽打电话，并让征丽驱车到他这里来，征丽以为他发
生什么事了，总是匆匆赶来。他总是让征丽坐在他身边，当
他重新看到青春貌美的征丽坐在他身边时，一种噩梦似乎已
经过去。他对自己说：征丽是不会衰老的，她永远都是一件
美丽的商品。

43

他就这样慢慢地把对征丽的爱情转化为对一件商品的热
爱，每天他都转动着轮椅在路上来回行走，吴敏很担心他的
安全，曾提议用车送他去，但是他坚决拒绝了。他不停地转
动着轮椅，不停地渴望见到征丽，而当征丽出现在他身边时，
他唯一的欲望就是永远看到这件商品的美丽。生活就这样平
静地在他转动的车轮下延续着。

一个春天的傍晚，他转动着车轮又来到了征丽的楼下，
他在楼下停留了几分钟，感受着大地的寂静。这时一阵笑声
传来，他看到征丽正挽着一个男人的手臂从外面散步回来，
他转动着轮椅避开了他们。

征丽那天傍晚的笑声强烈地刺激着坐在轮椅上的刘昆。

但他转动着车轮，离开了那个院子，他不停地转动着轮椅，并告诉自己：没有什么，她对于我来说不过是一件商品。一阵春天的风吹来，卷起一些尘埃扑向他和他的轮椅。他在风中转动着轮椅，他的眼里吹进去一粒沙子，他不得不停下来，用手帕揉了揉眼睛，然后继续转动着车轮。

附

录

化蛹为蝶的女性

——海男《坦言》首发编辑手记

林宋瑜

　　海男属于出道很早的作家。1981 年她开始写诗，1986 年她曾与妹妹海惠从家乡丽江永胜小镇出发，沿黄河故道徒步旅行至黄河出海口，将近一年时间环绕黄河流域漫游，并一路以诗为记，写下黄河组诗。当时海男二十多岁，妹妹十九岁。这一场激情燃烧的青春事件，是属于时代也属于个人的岁月印记，给海男后来的写作提供了青春、旅程、自然乃至情绪的经验。

　　我与海男认识于二十世纪九十年代上中期。那时，她已经在《花城》杂志发表作品了，《疯狂的石榴树》便是她早期的重要作品。她从鲁迅文学院毕业不久，回到昆明，成为刚刚诞生的文学期刊《大家》的副主编。而她上学的鲁迅文学院与北师大合办的首届作家研究生班，同学差不多都是著名作家，比如莫言、余华、毕淑敏、迟子建、洪峰、刘震云等，所以也可以说这是文学大咖班。我作为资历尚浅的文学编辑，在杂志上读她的作品，也听关于她的诗、她的舞、她的美貌的传说。海男给我最初的印象及想象是非常特别的，有点像天边的仙女。

　　真正见到海男，是一两年后在连云港召开的一个文学会议上。下榻的宾馆是一栋老建筑改造的，海男和我，还有天津的作家赵玫，我们算是一屋又不算一屋，总之房间相连相通，没有隔音。天还没亮，就听到海男在接电话，有点焦虑、有点紧张的口吻。早上起床，果然见到她焦虑地坐在床前，皱着眉头思考着。原来是当时的《大家》主编李巍老师打电话来，要她去约某著名作家的新长篇，而这部长篇其实已经被某文学大刊约走了，李巍认为几方都是她的朋友，要她想办法沟通协调，把稿子拿到《大家》。这显然是一件棘手的事，海男不想这样"抢"稿子。结果如何我已经忘了，但海男的善解人意、为他人着想的做事方式给我留下深刻印象。

　　这次，我也见识海男的舞蹈了。晚上我们去娱乐，一开始大家上舞池跳交谊舞或者迪斯科。跳着跳着，舞池的人越来越少，海男正在独舞，既不是国标也不是迪斯科，而是一种可能来自云南边陲少数民族的舞蹈，也可能是自由发挥，节奏感很强、很奔放，舞姿奇特，但很有感染力。舞池上的人渐渐退下，都成观众，只有海男在独舞，完全沉浸在自己的世界。我看见海男内在的激情与灿烂的生命力，她就是一株"疯狂的石榴树"。

　　会议之后，我们成为好友。她在《花城》的责任编辑是当时的编辑部副主任文能，文能那时在文坛比较活跃，作者也多，见我跟海男关系这么好，就让我以后与海男联系稿件。此后在我离开《花城》之前，海男的作品基本都是由我组稿并责编。而因为海男的鼓励，我自己也开始真正写作。

海男似乎是一个矛盾结合体。她的诗、她的舞蹈、她的小说，饱含奇异的想象和充沛的激情，犹如西南热带森林植物的热烈与神秘。近年来海男开始画油画，她的画作用色大胆、结构多变，与她的文学作品有内在的一致性。但你见海男本人，她却是容易害羞紧张的，也不张扬。这么多年来，海男也甚少参加文学活动，甚少离开云南。她很有规律地生活，比如天刚亮就起床，先坐在书桌前书写，然后散步、早餐，再回来继续写作；比如一年四季洗冷水澡……所以我会把创作的海男和日常生活中的海男分开来。

创作的海男也可能是海男更内在更真实的面目。

不仅是海男的舞蹈，还有海男的诗、海男小说里的人物，以及海男成为画家之后所创作的画作，都有一种既轻盈又恣肆的东西，让人觉得她随时会飞起来。"飞翔"也是我对海男一直不变的印象。我曾写过一篇关于海男创作的评论《带着词语飞翔——关于海男近期小说叙事风格的转型》，发表在1999年第2期的《小说评论》上。写这篇评论是因为当时我密集读了海男的新作，也编辑了她好几部小说，其中包括《坦言》《蝴蝶是怎样变成标本的》《绿帐篷》《仙乐飘飘》等。

海男是多产的，创作类型也是多样的。记得那次在连云港开会快要结束时，海男急着要回家，因为她头疼，脑子里有无数词句要涌出来，她必须尽快坐到书桌前将这些语言释放出来，她已经被憋得头昏脑胀了。因为强烈的抒情性和奇幻的想象力，让海男获得"语言巫女"的称号。但再怎么变化，"欲望、性爱、完美、死亡"却是贯穿她所有作品的重要意象，也是海男试图破解的生命密码。回到《坦言》（首发于《花城》杂志 1997 年第 5 期）这部作品，它更加充分呈现海男创作中的这些意象。

由于她的身体像谜一般无法解开，里面的血液、头发、指甲、线条构成的故事让我感到惊奇；由于她的美貌禁锢着她的生活方式，她的私人生活便永远无法叙述清楚；由于我看见她的时候她似乎已经死去又似乎活着，所以，我选择了四种虚构方式叙述了模特征丽的故事。

这是《坦言》篇首的一段话，读者按照作者设置的四种虚构方式阅读模特征丽的四种爱情故事。征丽是谁？征丽是一个圈套，也是不断的追问。哪怕死去，依然没有终极答案，没有真相。

《坦言》在海男的个人创作中，有一种承上启下的意味。在中国当代女性主义写作中，它同样是承上启下的典范写作。之前的作品，海男可能更多是以书写者的身份将自己闭锁于写作内部，有更多呓语与抒情，有更多私人写作的成分。《坦言》却是清醒而理性的，甚至是有点主题先行，开始表达海男关于人的生存状况、妇女的精神与情感等方面的自觉思考。关于女人的性爱、女人的美丽，男女关系中的信任与责任、爱情与承诺、欺骗与背叛，等等，都具有不确定性和多种可能性，模特征丽的四种爱情故事具有这样丰富的隐喻。这部小说发表之时，正是国际上各种女性主义著述进入中国的时期，而中国本土的女性主义主张及创作也形成井喷景象。《坦言》以"目击者说"的冷静，观察陷于问题之中的现代女性，审视女性内在的灵魂，并试图追问女性生存的本质与意义。《坦言》因此被评论家所关注，被列为中国女性主义写作的代表作之一。

"'为女性而写'，为身体中荡漾的人性而写作，这就是我的女性主义。"这句话是海男在接受我一个访谈中说的。这句话，也正是《坦言》中的人物、故事、叙事方式的真实写照。海男同时还说："从形而上讲女人是闪开的味蕾，是突经异域之乡的女狐，是长跑道上滑行的逆影，是河流中飘动的青苔……基于这种理由，在我所有的小说中，女性都有漂泊不定的命运，并受到其命运的愚弄，同时相遇到生命中的美妙和纠缠，尽管如此，女性以游走、叛逆、寻找、疼痛来进入归宿的那个世界，依然呈现在时间之谜中。"

关注女性的命运与成长，关注性别关系，关注生命，是海男创作一贯的主题。在此基础上，她的表达方式不断变化，体裁及叙事角度也在变化。就像蝴蝶不断蜕变，不断成长，多姿多彩多变、自由轻盈地飞翔。

二十多年来，海男是我一直保持联系的作家朋友之一。去年秋天，我到昆明参加一个学术会议。晚上海男带着我和朋友们去青云街四号喝茶。青云街四号是一家私人口腔诊所，主人是海男的朋友、文艺范口腔大夫王医生。王医生把诊所布置成有民国腔调的雅居，治疗室像书房，进门的候诊厅则被打扮成鲜花环绕、灯影朦胧的茶室。据说王医生拥有一百多条连衣裙、几十条手工旗袍；据说王医生曾经在春天里召集她曾经的患者在一栋百年老宅文艺聚会……走进青云街四号，感觉无数的故事扑面而来，又似乎是一曲绕梁三日的乐曲。海男说，她正在写一部跨文体长篇作品《青云街四号》。非虚构与虚构之间、诗与散文交融，多种文体交叉穿越……我对这部作品充满兴趣和期待。坐在青云街四号品着陈年普洱，聆听海男讲她的构思，突然发现，在她各种文体创作中都存在的那种既轻盈又恣肆的东西，让人觉得她随时会飞起来的东西，其实就是诗性。海男的核心就是诗人，诗性是她的翅膀，是她的文本气质。这种气质让海男与烟火弥漫的俗世隔离开来，获得一种高蹈超脱的境界，尽管她每天走在尘土之上。

2019 年 4 月 9 日星期二，广州

死是容易的

——评海男的长篇小说《坦言》

程光炜（中国人民大学文学院教授）

一

读罢海男面世不久的长篇小说《坦言》，已是北国的深秋。北方以其特有的萧瑟、灰冷暗示出死亡的主题，令人心灵战栗，无以慰藉。然而，出现在眼前的主人公女模特征丽却让人们的期待落空，诚如作者在作品前的提示中所说，"她似乎已经死去又似乎活着"，她的存在本身证实了死亡的虚构性。与小说家善于利用叙述圈套的故技不同，海男的写作显然不是起于叙述而止于叙述的，这就使她对征丽这个人物既有扼腕，又葆有观察的距离；既为之痛惜，也不乏讥讽。人们会问：作者要在征丽戏剧性的命运中索得什么？倘别无所取，那她为什么要这般去写？

我们不妨回忆一下征丽在小说中的活动。白丛斌是第一个把征丽带入生活之中的男人，他的失恋使他首先有机会成为征丽的叙述者。在他眼里，征丽天性聪慧，却又整日神思恍惚，与世界格格不入。她的不幸也许主要来自与前者这种荒谬的关系：她爱上模特这种职业是因为台下众人的眼光成为她生活不可或缺的"镜像"，她生命的快乐与激情，无一不与这镜像发生联系，但实际上，镜像在幻想中是合理的存在，在现实之中又是子虚乌有的，事实证明，后来正是它葬送了征丽。她也渴望真正刻骨铭心的爱情，正如她在日记中表白的："画家的颜料使我变成了一幅肖像画，不知道为什么，我喜欢画框中的我自己。"不难看出，征丽的爱情观是高度主体化的，她完全是凭自己的感觉、好恶来判断进而选择爱人的，爱人不是对象，在某种程度上，其变成了与公众经验不可通约的、不能验证的幻觉。正因为如此，征丽爱的是 K，结果嫁的是不爱的医生胡平，而 K 却是一个艾滋病患者。征丽的自杀显然是出于对艾滋病的恐惧，但根本上是爱的幻觉的最后破灭。因此可以说，正像征丽死于山间车祸多少带有某种虚构性，人与世界的关系其实是不真实的，是可以通过各种叙述来虚构的。

有意思的是，海男为征丽设计的另一种死亡方式是她患了血癌。征丽与社会的紧张的关系因此而得以缓解。它使读者相信，主人公对镜子的迷恋恰好证明她是生活在假象之中，她之死，是自我迷恋的死，与其他人无关。请看征丽本人的表白：

总之，墓地已经在身后了，罗开韵已经不会再变成那个在她十六岁时送她镜子的男人。征丽离开墓地时，她告诉自己：作为一个女人，你又作为罗开韵的朋友，他送给了我一块镜子，我却给了他一块墓地。这种难以置信的对比使征丽在这一年感受到了在积着厚厚的灰尘中间——自己无法再追究他们之间到底是谁对谁错了。

这对介入过征丽私生活的罗开韵、向天喻、朱平等人，明显是一种开脱。问题在于，究竟是谁杀死了这位女模特呢？这自然牵涉到这篇小说的几种读法：一种是传统的阅读办法，在这种阅读中，女性的命运被预先置于反封建的文学母题当中，既然作为"社会化身"的罗开韵等人在肉体上曾占有过征丽而又未能使之幸福，那么，征丽的遭际即是社会造成的，她无疑成了社会道德的牺牲品；另一种是现代的阅读办法，即如之前我们所说，征丽是死于对自己的幻想之中，与其说男人是她的敌人，毋宁说敌人正是她自己，因此，女模特之死是心理学意义上的死；还有一种是解释学的阅读办法，在作品的"叙述方式之一"中，征丽因故死于一场车祸，在"叙述方式之二"里，则是死于血癌，在最后两种叙述中，征丽要么与麻醉师结婚生子，但又怀疑自己的真实存在，要么活在刘昆对她无止境的想象当中。在后一种阅读中，由于读者不再是作品的旁观者，而成了作品，也即是征丽命运的参与者之一，阅读变成了一种事实上的"在场"，这样，征丽的死与活就变得无足轻重了。因为，在各种可能发生的命运戏剧中，征丽不是唯一的主角，她只是若干个主要人物之一，读者在目睹征丽的死或生时，实际是在反观自己的生与死，他们反而成了个人命运的见证人。

二

　　需要进一步问的是，海男为什么要一反过去的风格，令人迷惑地折腾她笔下的人物，也包括读者呢？她在小说前的"提示"中交代说："由于她的身体像谜一般无法解开，里面的血液、头发、指甲、线条构成的故事让我感到惊奇；由于她的美貌禁锢着她的生活方式，她的私人生活便永远无法叙述清楚。"显然，这段话不可能为人们提供任何东西，相反，它倒像是横在人们与作品之间的一道面具。也许，1986 年前后是中国的青年作家"出走"最为频繁的年头。霍姆兹曾提出用"短路"这个比喻来暗示他那一代人所感受到的、与即在眼前的现实失去联系的状况。1986 年，是非非诗人以云游四方的生活方式表达他们的"非非"态度的一个人文标志。自称是"英雄与泼皮"的莽汉诸诗人，或以舟船，或以车履，周游于这个暮霭沉沉的国度，公开表示对"垮掉派"社会主张的大胆认同。海男恰在这时加入了相对主流文化而言毅然"出走"的行列，沿黄河漫游。大约是在这一阶段，生活上，她的爱情死于路途；精神上，她开始拒绝进入这个格格不入的时代；身体上，一场无形之中的大病使她在激情与灰烬之间垂死挣扎。她生命的体验使她突然地坠入虚无，她主动在精神上放弃了未来。

　　因此我们看到，海男的诗歌、散文尤其是小说里很少有对未来的憧憬，缺少对于它的描述。未来的缺席，很自然使她的想象退回过去。形成对照的，倒是她的"出走"情结，但她的出走不是向着未来，而是没有方向的出走——连作者本人也不知究竟有哪里好去。所以，她在小说《坦言》中说："我唯一没有想到的就是像征丽这样漂亮的女人，是最容易拎着一只箱子出走的，出走的原因可以是因为厌倦，如果征丽是因为厌倦的话，那么她一定是因为厌倦身边的人，包括我出走的原因有些也是因为私人秘密。对于目前的征丽来说，我想她最难言的私人秘密就是与 K 的关系，这种关系让她感到必须对生活妥协，而妥协的最有效的方式也就是出走。……出走的原因也可以是对新生活的向往，对另一个地名的期待。"征丽第一次出走的结果是嫁给了医生胡平，但两人之间毫无爱情可言。"另一个地名"并没有向征丽预支"新生活"，未来只是一种虚构，一个乌托邦，因此，海男在征丽身上得出的结论是"遗忘"。遗忘一方面拒绝了未来，另一方面也拒绝了现在。因此说，出走其实是一个尴尬的、没有结果的人生选择。

对克鲁亚克们的社会越轨行为，托马斯·莫顿是这样认为的："我们把明智与正义感以及慈悲为怀相提并论，它就是谨小慎微，就是爱别人、理解别人的能力。我们就靠世界上这样一些明智的人来保持这个世界，使它不至于野蛮、疯狂，不至于毁灭。可是，我们已开始懂得，正是这些明智的人才最危险。"而莫顿所谓的"明智的人"，在中国现代文化圣人鲁迅的眼里，则是一群可怕的"庸众"。在《随感录三十八》

一文中，鲁迅曾一针见血地指出，最广大的庸众在现实中的存在，无疑是"党同伐异，是对少数的天才宣战"。在字里行间，流露出对前者命运的深沉同情和理解。

出现在海男笔下的征丽、罗开韵以及叙述者"我"等，显然不是鲁迅意义上的思想者形象，他们与金斯堡、克鲁亚克等人也是大相径庭的。表面上看，他们是一群饮食男女，为男欢女爱而苦恼，因家庭对人性的禁锢而扭曲变形。他们对生活的要求，不过是能在文化禁忌与自由行动之间找一块宽松之处，在社会运行的轨道旁边，赢得一个私人生活的空间。但无可争议的是，他们却是这个时代的"少数人"。

据画家白丛斌说，他之所以突然爱上名模征丽，理由是在她身上找到了肖像画的感觉。而在此之前，他不知道对方的住址、姓名、职业，他甚至没有想过将来能否娶她为妻。这等于说，白丛斌对征丽的爱情是不符合大众的婚姻规则的，原因就在他没有为所爱的人提供婚姻的承诺，这种爱只有开始而没有结局。

如果用社会道德来衡量，朱平对征丽的爱情更是不负责任的。他先是以俗气的方式占有了征丽，却并不理解征丽的内心生活，这决定了他与征丽的关系是悲剧性的。因为，即使将来他娶了征丽，带给她的只可能是痛苦、隔膜，而不会是幸福。

在小说中，罗开韵、向天喻是另一种典型。与白丛斌、朱平相比，他们的行为中不免有一些在大众看来"疯癫"的痕迹，他们的存在是在社会的轨道之外的。罗开韵完全没有想到，他给征丽的一面镜子，决定了她一生的命运。但当他笨手笨脚地爱上这位大红大紫的名模时，令他始料不及的是，他同时打碎了他们之间原来曾有的美丽幻觉。因为征丽发现自己喜欢的其实是镜子中的罗开韵，而不是现实里的罗开韵本人。真正是芸芸大众中的匿名者的是向天喻。在读者眼里，他有点像鲁迅笔下的那个"狂人"，对"少数人"来说，他则代表了他们社会越轨行为的潜意识层次。在海男众多的人物之中，向天喻是征丽生活最清醒的"窥视者"，却又是最为可怕的。作品里有一段描写很能说明他们的关系：

　　很长时间以来，向天喻对于征丽来说一直是一个谜……她始终无法抹去多年前对向天喻升起的那种爱情，所以，当碰到向天喻时，她就被一种梦幻牵引着将向天喻带到了自己的住宅。而且征丽不知道从精神病院刚出来的向天喻，在第一天进入三分之一的正常生活之中时也毫不迟疑地爱上了她。
　　…………
　　那年春天，向天喻又变成了一名服装设计师，危险到底在哪里呢？看上去危险并不存在……危险是看不到的，公寓中存在的一个模特——另一面是女人温暖的颈和皮肤，公寓中存在的一个男人——另一面是疾病——再另一面是他抚摸着潮湿肌肤时的喜悦，哪里有危险呢？……她的全部秘密就在他为她设计的那些美丽的时装里面，她的全部秘密他都知道……

作为旁观者，向天喻比任何人都清醒地看到了根源于征丽性格中的悲剧，但作为亦真亦幻的存在，他让读者认识到，在看似皆大欢喜的时代生活深处，原来也是病态的，甚至是疯狂的。在这个意义上，向天喻是主人公征丽以灵肉分离的状态生活在世间的一个最真实的替身。因此，征丽所谓的"全部秘密"是：她活着的经验就是一遍又一遍地死。《坦言》与其说是生活的游戏，莫如说它是关于死的游戏。

三

由此我们想到了海男本人，什么是她写作的秘密呢？1986年，海男游走在黄河故道之侧，于是有了组诗《女人》。1989年前后，她作为艾略特所说的那种"局外人"，莫名地居住在古都北京，于是有了组诗《花园》等。1992年之后，当她回到故乡云南昆明，写的却是与这座真实的城市似乎毫无牵涉的《虚构的玫瑰》《空中花园》，以及像《坦言》这种虚拟的小说。这些作品一次次显示出作者的灵魂"在路上"的迹象，暗示出她对各种死的方式的不屈不挠的向往与追求。重要的不在于她选择诗歌、散文还是小说的形式，而在于她对这一神秘主题持续不断的兴致。

不难发现，促使海男产生写作冲动的首先是她对"假象""面具"的偏执和热忱。她笔下出现的人物，即使是像朱平这样的恶棍也好，行为中总有一种近乎怪癖的特征。他们的生活多半是无逻辑的、不可证明的，比如为什么要爱，为什么要恨，何以出走，等等。惟妙惟肖地描写社会生活以及细节也许不是她之擅长，她感兴趣的是，在生活——假象这一前提的背后，人们最真实的灵魂是怎样活动的，它最灼热、裸露的状态应该是怎样的一种表现。海男曾对我说："别人都说我是自然人。其实，我的写作主要是来自内心的某种恐惧。表面上看，它们是一个事件、一个回忆的片断，实际不仅仅如此。"这个自述在征丽的性格中留下很深的痕迹。

征丽的人生观来自对世间一切事物的怀疑。她在日记里这样记述对四周的印象："今天从开幕式上出来后乔伟在等我，后来我们去了酒吧，乔伟是我的高中同学……乔伟还问我几年没见，我怎么会变成了模特，而且长得这么漂亮。我想，这也许是男人们的习惯赞美之词。在我做模特之后没有一个人不说我漂亮。我二十六岁已经被他们的赞美声弄麻木了。"

所以，世间的假象甚至遮蔽了征丽对自己的认识，连她都要通过假设才能抵达个人内心深处，将自己置于一种尴尬的求证游戏当中：

她开始假设，在她的假设中自己的肉体显然是赤裸的，但是它给雕塑家会带去什么呢？征丽从做模特的那天开始，她似乎被一种无形的语言推动着，这些语言散发出的韵律笼罩着她的身心，她与自己的肉体独处时经常被置入这样的境地。

　　在征丽与刘昆扑朔迷离的关系中，他们之间的一次对话，像一道闪电照亮了征丽的内心：

　　"我要离开你……"
　　"可我们已经说好了呀！"
　　"其实，我们什么也没有说好，什么都在变化，世上没有永久说好的东西。"

　　在充满假象的生活里，征丽一方面被迷惑，另一方面又深怀疑惧。她相信"世上没有永久说好的东西"，是因为世界从来没兑现过承诺，打小她就未曾有过安全感（包括她在母亲那里）。这让我想到，海男写作的秘密来自于一种无形的面具。首先，她的作品作为一道屏障使她在生活里免遭伤害（文学毕竟可以虚构）。其次，反过来她会相信，既然文学是可以虚构的，那么我们为什么不可以用同样的方式虚构生活呢？这样，小说和生活在海男这里就变得难分彼此了，这一点酷似美国小说家菲茨杰拉德。一次，一位慕名而来的读者找到他的府上，门一拉开，菲茨杰拉德竟以为来人就是他小说中的某一个，不禁脱口说出了他的名字。这个例子无非说明，比较纯粹的作家在潜意识里多半是与他的人物生活在一起的，后者既是一种虚构，也未免不是作家生活的一部分。
　　这使我相信，当海男第一次离开云南永胜开始她的黄河之旅时，她就已不自觉地戴上那个"面具"了。在一般人眼里，徒步走在风沙中的海男是一个普通的旅游者。在男子的心目中，海男是一个不免天真的女孩。对于读者来说，则更乐于在她的小说中搜寻可供谈资的文坛故事。她与笔下人物的关系是互文的、对话性的。

在回答《巴黎评论》的问题时，金斯伯格有一段关于写作的议论十分精辟：

……如果你要对朋友说的和要对诗神说的话区别开来，那会发生什么情况呢？问题是要摧毁这种区分：跟诗神谈话时要跟对自己或对朋友说话时一样坦率。所以，在同伯罗斯、克鲁亚克和格利戈瑞、考索的交谈中，在同熟人的交谈中，在同尊敬的那些人的交谈中，我不断发现：我们随便的交谈跟已经存在于文学之中的东西不大一样。这也是克鲁亚克《在路上》的伟大发现。他和尼尔·卡萨迪谈的一些东西，他后来发现，正是他想要写下的内容。这也就是说，在那一刻，在他和任何一位初读本书的人的头脑里，已对文学究竟为何物的概念做了修改……文学的虚伪也许在于——你知道好像应该有一种正式的文学，这种文学与……在主题，用词，甚至布局谋篇上，与我们日常的、深受灵魂影响的生活有所不同。

四

海男对小说中死的描述，基本集中在主人公"在路上"的活动中。这不是偶然的。如果我们明了这个词组在二十世纪文化中蕴含的特殊意义，便不难找见海男的心灵与它之间的内在联系。总的来说，二十世纪的中国作家经常处于一种无名的焦虑之中，社会变革的激烈震荡、人生道路的变幻莫测，以及缺乏稳定的价值上的方向性，使得大多数人必须在非生即死上做出困难和沉重的选择。在这个意义上，意识形态在当前社会观念中的弱化，不等于这一历史命题真正得到了解决。它虽然不再直接关照作家的人生问题，不等于它不以另一种形式进入作家与时代的关系之中，影响到作家认识历史的深度。

表面上看，海男在她的作品中表达的是个人的焦虑。她笔下的男男女女，也都是以个人的命运浮沉为归宿、为悲喜的。然而，作为对时代生活个案的考察，这些男女的悲欢很难说触及的不是某些普遍性的社会生存的焦虑。在《坦言》中，她借商仪之口说："女人们大都是被幻想推到舞台上去的，在我有限的记忆中，曾有过我带领菲菲在废墟上行走时她的那些早年的幻想。"在普遍商业化的今天，过去的一切都意味着"埋葬"，消逝了的和即将消逝的事物，都被历史残酷地变成了一个又一个"废墟"。这其中包括爱、信任、承诺，也包括对自己和对世界的责任。所以不妨说，在玩世不恭的下面，在痛不欲生或是试图遗忘的下面，是另一形式的临风凭吊，是对死的无声的葬仪，对无奈的生的刺疼后的清醒。在一切还都处于"在路上"的历史大环境中，所有的人难道能够逃脱这一历史的规定吗？

征丽在这部长篇小说中多次谈到死。她也果真以虚构的方式死过一两回。作为贯穿作品始终的唯一的主人公，她所进行的无非是关于各种死法的戏剧性的尝试，有时是悲怆的，有时是卑琐的，有时是被他人观望的，有时则是近于自嘲的，总之，她以死表露了生存的态度，同时展现了自己婉曲、复杂、矛盾的内心。死在很大程度上成了征丽关于生的一面镜子。海男在其他场合也曾有过类似的表述。在小说《疯狂的石榴树》中，她自白道："我短暂的一生就像戏剧的风格，刚才我碰到了那口井，我坐在井栏上，并且想到了那么多关于井的问题，我倾向于歌唱的幻觉时常遭受到现实的照亮，这种鞭挞无疑是辛酸的。……这或许是死亡创造了生机。"死亡来自一段记忆，继而被现实所证实。在另一篇《对归宿的思念》里，她又自我剖析说："那是我初恋中的死亡，是具体的、难以想象的凋谢的花束。"但她把这归之于人的"归宿"。死在海男这里成为她写作灵感的源头，她是以活着的方式表达对死的目眩神迷，在这注定的结局中追寻有关死的浓厚的诗意。

是的，一般的、常见的死是容易的。然而，以死来保持心灵认同上的完整性的毕竟是极少数。对大多数中国人来说，需要的是对于生（哪怕是很糟糕的生）的认同。从一般的意义上理解，《坦言》探讨了关于死亡的各种可能性，它把答案留给了读者。在更深的认识层次上，那里面分明满贮着作者心灵的热情，死再次照亮了她生命的视野。在北方的残冬将尽的时候，我写下这些文字，权且当是与作者一次未完的对话。

1998 年 2 月 13 日于北京朔风之中